# 暗探

## 失落的真相

路晓 著

贵州出版集团
贵州人民出版社

**图书在版编目（CIP）数据**

暗探 : 失落的真相 / 路晓著. -- 贵阳 : 贵州人民出版社, 2023.1
ISBN 978-7-221-17404-8

Ⅰ. ①暗… Ⅱ. ①路… Ⅲ. ①长篇小说－中国－当代 Ⅳ. ①I247.5

中国版本图书馆 CIP 数据核字 (2022) 第 203356 号

**暗探：失落的真相**
ANTAN : SHILUO DE ZHENXIANG
路晓 / 著

---

**责任编辑** 潘 浩
**装帧设计** 王 鑫
**出版发行** 贵州出版集团 贵州人民出版社
**地　　址** 贵阳市观山湖区会展东路 SOHO 办公区 A 座
**邮　　编** 550081
**印　　刷** 涿州汇美亿浓印刷有限公司
**开　　本** 787mm×1092mm 1/16
**印　　张** 16
**字　　数** 238 千字
**版次印次** 2023 年 1 月第 1 版 2023 年 1 月第 1 次印刷
**书　　号** ISBN 978-7-221-17404-8

---

**定　　价** 59.00 元

每个人都有“暗角”。

你可以理解成人心深处不为人知的阴暗部分，就像老式相机底片上曝光不到的黑暗边缘，也可以理解成隐没在岁月中，长久不为人所知的隐秘真相。

在巨大喧嚣的都市中，在迷离绚丽的霓虹下，在涌动奔忙的人潮里，潜伏着多少灯火照耀不到的“暗角”，又酝酿出多少或惊悚或悲伤或动人心魄的故事?

我是《暗角》栏目记者路晓，专为你讲述人心暗角的故事。

目 录
Contents

# 故事一："着魔"

## 1

"河面惊现无名男尸！是凶杀、情杀还是意外溺水？今（10）日傍晚，两江区长嘉河段清漂船'长清 -6 号'作业员老吴和老王在清漂作业时，发现一具漂浮在河面上的无名男尸。该男子四十岁上下，中等身材，身穿一件黑色呢子夹克、一条褐黄色韩版休闲裤，脚穿一双黑色尖头皮鞋。除身上衣物外，没有发现手机、身份证、驾驶证等可以证明该男子身份的物品。目前，当地公安机关已经介入，希望知情市民提供相关线索，热线电话：长嘉区公安分局长嘉水上公安中队……"

11 月 11 日，又一次失眠的我，百无聊赖地躺在床上，盯着手机上一条名为《凶杀？情杀？还是醉酒坠河意外？长嘉河面惊现无名男性尸体，死因成谜，疑云重重》的社会新闻，努力让自己尽快入睡。

"故弄玄虚、矫揉造作、低劣炒作、无病呻吟……这样的稿子，他们领导都能让发出来？"我一边快速浏览着新闻，一边絮絮叨叨地讥讽着新闻作者业务能力的低下。

身为话锋传媒集团最优秀的深度报道记者，我自认为完全有资格嘲笑一下这些只会通过炒作吸引流量的同行。

然而，就算是反复阅读这样一条味同嚼蜡的新闻，我还是没有一丝睡意。

看到将近凌晨一点，我只好放下手机，强迫自己关灯睡觉。

却不想，失眠就像一段无法修成正果却又刻骨铭心的爱情，每到夜深人静就会乘虚而入，挤占你的全部身心，直到你筋疲力尽。

这种优秀人士才有的通病，同样优秀的我自然不能免俗。

接下来的时间，我在床上辗转反侧，就是睡不着。

凌晨两点一过，就在我即将迷迷糊糊睡着的时候，床头的手机忽然传来一声刺耳的脆响——“叮咚”。

“我他妈……是谁吃饱了撑的？”好不容易才聚起的睡意瞬间消散，我骂骂咧咧坐起身来，一把抓起手机。

点开手机一看，发现是集团整理部发来的一条线索提示。

“路晓主编知悉，今天凌晨一点二十七分接一女性读者爆料，称其丈夫‘着魔’后失踪，恐怕很快会做出行凶伤人的疯狂举动。线索经集团总编室分理，归类为《暗角》栏目特稿。目前，爆料人情绪异常激动，为避免发生意外，请尽快前往《暗角》编辑部采访。”

“‘着魔’？”看到这两个字，我是又好气又好笑，“二十一世纪都过去五分之一了，还有人把这当成新闻？你信也就罢了，却还大半夜把我从被窝里拽出来，这不是‘着魔’，这是作孽啊……”

虽说心里一万个不愿意，但毕竟来了工作，我嘟嘟囔囔着穿衣出了门，到街上叫了一辆出租车，又火急火燎地朝编辑部奔去。

凌晨三点，我来到了万年康泰传媒大厦。

话锋传媒集团，就位于这栋大楼的1-18层。

然而，我所在的《暗角》编辑部却不在其中。

转入大楼旁一条即将拆迁的小巷，在低矮的砖石平房和破旧小楼间穿行了一百多米，一座始建于二十世纪六七十年代的三层小楼出现在前方昏暗的路灯光下。

这里，就是话锋集团旗下最负盛名的深度品牌栏目《暗角》的编辑部。

我沿着小巷朝编辑部走。距离还有十来米时，前方突然传来一声女人凄厉的尖叫——

“他真的着魔了！”

这声音极其尖锐刺耳，就像是半夜里野地上坟地间陡然响起的炸雷，凄厉得摄人心魄。

这尖叫听得我浑身一激灵：“哟嗬，这动静够大的啊！”

嘴里这么嘟囔着，我心里随即兴奋起来，不禁脚下生风，快步朝编辑部走去。

进了编辑部，偌大的办公室里黑漆漆一片，并不见一个人影。倒是大办公室一角，我的小办公室灯火通明。

我急忙钻进办公室，就见一男一女两个年轻人正围着一个三十多岁的妇人，叽叽喳喳好像正劝说着什么。

两个年轻人我都认识——他们是集团总编室的值班编务小胡和保安李有财。

那妇人则很面生。她是一个身材清瘦的女人，生着一双细长的凤眼和一张清秀的瓜子脸，长相不算特别漂亮，却有一种小家碧玉的韵味，再加上穿着版型合体、风格简约的呢子大衣，更显得清丽脱俗。

然而，在女人细长的双眸中，却布满了通红的血丝。两个浓浓的黑眼圈，让她看起来异常憔悴。那张瓜子脸上的表情，更满是惊恐和慌张。

见我进门，小胡就像见到了救星，一把拉住我的胳膊欢呼道：“路哥，你可算是来了！”

我苦笑了一下，轻轻把她的手从胳膊上掰了下来，又朝那女人瞥了一眼，心说：“这位就是爆料的读者？”

“路主编，就是这位大姐想爆料。”旁边的李有财好像看出了我的心思，凑过来轻声说，“一点刚过的时候，她跑到集团楼下捶门，说她老公着了魔，要我们想想办法，不然……”

说到这里，李有财下意识地停了一下，又说道：“不然，她老公可能就要去害人了。”

“哦？”我闻言心里一震，转头对那女人说，“妹子，你老公准备怎么害人？”

见我开口，女人神经质地抬起头，怔怔地盯着我，眼神里混合了狐疑和深深的惊恐。

“刚才嚷嚷得那么大声，现在竟然还认生？”我心里暗自嘀咕着，立即换上了一副温柔的笑容，拽了一把椅子示意她坐下，轻声说：“妹子，你好，我是这里管事的，有什么要我们帮忙的，尽管说……”

小胡也奶声奶气地帮腔道：“大姐，这位是我们《暗角》栏目的主编，也是我们集团最厉害的深度报道记者路晓路老师……”

不等小胡说完，我就摆了摆手，插话道：“行了行了，什么主编名记的，我现在就一光杆儿司令，手底下一个人没有！”

“路哥，你是本事越大责任就越大嘛！这里就交给你了！我出去给你们泡咖啡！”小胡坏笑着应了一句，逃也似的朝门外走去。

“路主编来了，我就放心了。你们先忙，我要回去站岗了。”李有财也朝我笑了笑，转身和小胡一起出了门。

“溜得真快。”我盯着二人的背影苦笑了一下，又转头对女人说，“妹子，他们都出去了，你有什么话，现在方便说了吧。”

闻言，女人愣了一愣，开口道：“路记者，我，我，我……”

刚吐出这几个字，她猛地站了起来，一把拽住我的衣襟，声音也随之陡然升高，用之前那种极其凄厉的声音尖啸道：“我老公……着魔了！你们要是救不了他，明天他就要去杀人了！”

## 2

盯着女人惊恐的脸，我不禁生出一丝好奇，于是扶着她重新坐下，轻声说：“妹子，你说你丈夫‘着魔了’，到底是怎么个‘着魔’法？”

女人蜷缩在宽大的靠背椅里，双眼愣愣地盯着地面，瘦小的身体开始颤抖，好像在努力组织语言。

“你别慌，有话慢慢说。”我用温柔的语气引导女人，希望她能用比较平静的方式开始这场谈话。

这时，小胡端着托盘回来了。

来到我们面前，她递给女人一杯咖啡，又把一个乌黑发亮的紫砂壶放到我面前：“路哥，你喜欢的大红袍。”

我朝她笑了笑，继续盯着面前的女人。

小胡也端着咖啡坐下，轻声说：“周姐，你好好跟路哥说说。我们这里能帮到你的，就只有他了……”

直到这时，我才知道，面前这个女人姓周。

喝了几口热咖啡，女人终于平静了一些，用还有些颤抖的声音说：“路记者，不好意思啊，我刚才情绪有点儿激动，这件事发生得太突然……”

我一脸体谅地笑了笑，请她继续往下讲。

姓周的女人又喝了一口咖啡，开始向我们说起自己丈夫“着魔”的过程——

原来，女人全名周静，今年三十三岁，是一名全职家庭主妇。周静的丈夫大她三岁，名叫李勋。

两人是大学同学，也曾是同事。他们在邻省的农林科技大学一起学习，大学毕业后，又进入了同一家公司。五年前，因为在朝夕相处的过程中擦出了爱的火花，李勋主动表白，周静欣然接受，并在一年后结婚。

婚后，周静很快怀了孕，并生下了一个健康的男孩。为了更好地照顾孩子，李勋索性劝妻子辞了职，安心照顾家庭。

当时，周静这样问丈夫：“以后你养我们一辈子？我怎么知道你不会变心？”

李勋拍着胸脯说：“你老公也算青年才俊吧，难不成没本事养你们？至于变不变心嘛……咱们骑驴看唱本——走着瞧！”

闻言，周静小嘴一噘，抬手对李勋就是一通粉拳……

随后的三年多，李勋和周静感情和睦，孩子也健康成长。再加上李勋在公司顺风顺水，收入也跟着水涨船高，一家人买了房买了车，小日子过得越发滋润。

周静本以为，自己的生活就会这样一直持续下去，平静而幸福。

却不想，一个月前，李勋突然“着了魔”。

说到这里，周静的声音忽然一沉：“以前，他下了班就往家跑，生怕少陪了我和孩子一分钟。可一个月前，他开始经常不回家了……”

一开始，李勋还用出差、应酬客户等借口搪塞妻子。后来，他索性借口“出差”，一连很多天不回家。

“这臭男人在外面有人了？”周静越想越不对劲儿，缠着丈夫刨根问底，可不管怎么问，李勋就是不说。

于是，周静开始自己想办法。她找机会把李勋的手机、电脑、银行存折查了个遍，发现丈夫存折上的私房钱少了好几万。

这下可不得了，周静当即大发雷霆，夫妻俩因此大吵了几架。

一个月前，李勋索性关机玩起了失踪。

李勋失踪后，周静把孩子托付给父母，发了疯一样寻找丈夫，从李勋的亲朋好友到领导、同事、客户，只要她认识的全都问了个遍。

可是，周静不仅没找到丈夫，还从李勋的同事那里听到了一个更令她震惊的消息——李勋在三个月前就离职了！

“他三个月前就有野女人了？！”周静几乎崩溃，更加疯狂地寻找丈夫，甚至还去报了警。

可人海茫茫，她并没能在偌大的河东市找到离家出走的男人。

就在几乎绝望的时候，李勋的同事兼好友王凯旋突然找到周静，告诉了她一个消息：“李勋好像参加了一个什么会……是不能让外人参加的那种。”

闻讯，周静精神为之一振，缠着王凯旋问道：“他参加的是什么会？”

王凯旋沉吟良久，好不容易才回想起那个偶然听李勋提到的名字——圆寂会。

“圆寂会？”听到这三个字，我心里不禁一紧，原本有些戏谑的心情也变得严肃起来，“听这名头，莫非是那种教唆人犯罪的……邪恶教团？”

看到我的表情，周静立即嚷嚷起来：“路记者，当时我就觉得，这死男人参加的绝对不是什么好东西！”

说着，她的声音又开始颤抖：“更气人的还在后头！昨天下午，他主动给我来了电话……”

闻言，我精神随之一震：“他竟然给你来了电话？”

“对。”周静的眼神闪过一丝异样的兴奋，就像见到仇敌的母狼，但这兴奋中又混合了一丝哀怨……

昨天下午三点一过，周静的手机响了。

抓起手机一看，竟然是李勋的来电，她急忙按下了接听键。

电话接通，周静本想破口大骂，但听到李勋声音的一瞬间，她却眼圈一红、喉头一紧，一个字也说不出来了。

电话那头，李勋轻声说：“老婆，让你担心了……对不起。”

听到这话，周静泪如雨下。

沉默片刻，李勋又说道：“明天，过了明天，我就回家！”

“你到底在做什么？！”周静终于爆发了出来，声嘶力竭地吼叫道。

闻言，李勋再次沉默了。

片刻后，他才重新开口道：“明天，我们圆寂会要做一件大事……做完这件事，我立马就回家守着你和孩子。对不起！”

听到“圆寂会”三个字，周静猛然警觉起来，尖声道：“‘圆寂会’是什么？你们到底要做什么？！”

李勋却答非所问，他只是用一种混合了轻松和激动的语气说：“到后天就完事了！到时候你就知道了！”

这时，周静突然听到电话听筒里传来另一个男人的声音：“小李，该准备了！明天晚上前就得把他们全杀光！”

“好，我这就来！”李勋应道，随即挂断了电话。

听着听筒里传来的忙音，周静一动不动地愣在原地，就像一尊石像。

…………

说到这里，周静的表情又开始变得神经质。她用颤抖的双手捧起咖啡，灌下了一大口，定了定神才继续说道：“接完电话，我突然又想起了一件事……”

说着，她低头点开手机，找出一张照片递到我面前：“失踪前，他到网上买了这个，说是杀鸡用的……”

我定睛一看，随即一震。

照片上，是一把闪着寒光的剔骨尖刀。

“这东西，恐怕不是买来杀鸡的吧？”盯着照片，我又回想起周静在电话里听到的那句话：

“明天晚上前就得把他们全杀光！”

短暂的沉默之后，我急声问道：“刀呢？刀在哪里？”

周静咽了一口唾沫，圆瞪着眼睛说：“他失踪后，我在家里找过这把刀，但就是找不到了……”

这让我立即意识到了事态的严重性：按照周静的说法，李勋很可能参加了某个邪恶教团，不仅被迷了心智，而且正在准备实施一起恐怖的屠杀。难怪她说李勋“着了魔”！

## 3

时针指向了凌晨四点五十三分，我和周静的谈话也进入了尾声。

喝下最后一口浓茶后，我又向周静询问了一些李勋的家庭和社会关系，并把相关人员的联系方式记了下来。

做完这些，我尽量用柔和的声音说：“妹子，情况我都清楚了，你先回家好好休息一下。”

“回家……”周静细长的眼睛里掠过一丝惶恐，“回家做什么？继续傻等？路记者，我老公究竟在哪里？你能帮我找到他吗？”

看到她憔悴而又有些神经质的脸，我轻轻叹了口气：“明天，哦，不，今天天一亮，我就去找他。这期间如果有什么需要，我会第一时间和你说……对了，你有多久没睡好觉了？”

闻言，周静愣了愣，眼睛里的光芒忽然暗淡下来：“他失踪后，我就没睡踏实过……”

说着，她又猛地抬起头，盯着我急声说道：“路记者，如果有什么线索，你一定要第一时间告诉我……”

盯着周静的双眼，我慢慢点了点头。

凌晨五点，我让李有财把周静送到街上，替她叫了一辆出租车。

目送着两人的背影消失在小巷尽头，我再次跃跃欲试起来。

一旁，小胡看出了我的心思，眨巴着眼笑道：“哟，路哥，你又手痒了？”

“没错。”我也对她挤出了一个高深莫测的笑容，“这个关于‘着魔’的线索，说不定能挖出一个大新闻——小胡妹子，这还要谢谢你呢。”

“哟，路哥跟妹子我还客气？”小胡的脸唰地一红，竟然扭捏起来，“路哥，那我们回去休息吧……”

“我们回去……休息？”我一愣，随即坏笑道，“小胡妹子，你这话可要让人想歪啊……”

闻言，小胡的脸更红了，急忙解释道：“不不，我不是那个意思……我是说，我们一夜没睡了，现在各自回家睡觉去。”

欣赏着小胡窘成猴屁股的小圆脸，我心满意足地说：“你先回去，我还有正事要做。”

“路哥，你不睡觉？”小胡眨巴着一双水汪汪的大眼睛，愣愣地盯着我。

“嗯。”我点点头，朝她挥了挥手里的笔记本，笑道，“碰到这么好的采访线索，我怎么睡得着？”

说着，我抬脚就要出门，小胡却小跑着跟了出来：“路哥，你要去哪儿？我开车送你吧。咱们集团几十名中层干部，你是唯一一个没车而且还不会开车的……这黑灯瞎火的我怕你……”

“不会开车就不能做新闻了？”我有些窘，苦笑道，“妹子的好意我心领了。话说我虽然不会开车，但从这里出门两百米，抬手拦个出租车我还是会的……”

言罢，我也不再跟小胡磨叽，一溜小跑钻出了编辑部。

…………

来到小巷外，我并没有立即拦车，而是找了一家面馆，要了三两泡椒牛肉面，唏哧唏哧吃下了肚。

吃完面，身子也暖了起来。我这才来到街边，抬手拦了一辆出租车。

“到河东英豪小区。”钻进车，我对司机说出目的地，随即就蜷缩进座椅里，盯着车窗外不言语了。

汽车缓缓启动，穿过寂静的城市街道，一路朝目的地奔去。

车窗外，散发着金黄色光芒的路灯就像一把把火炬，照亮了行道树上同样金黄的树叶，也照亮了道旁林立的写字楼光滑的外墙。

在金黄色光芒的照耀下，黑夜正在渐渐退去。随着墨蓝色的天空一点点变成深蓝色，巨大的城市渐渐苏醒。

盯着车窗外的风景，我耳旁再次响起那句话：

“明天晚上前就得把他们全杀光！”

也不知道是不是因为灌进车窗的深秋的风，我忽然觉得一阵发冷，于是裹紧了身上的风衣，又顺手摇上了车窗。

二十多分钟后，出租车来到河东英豪小区。

付完钱下车，我径直来到小区大门前，但并没有立即钻进去，而是抬起头仰望大门。

方方正正的大理石大门上，“河东英豪”几个铝合金大字有些斑驳，显然已经有些年头。

话说这河东英豪小区，乃是本市河东机械厂的家属集资楼。小区里的住户，要么是机械厂的职工和家属，要么是外地来本市打工的小年轻。

这里，也正是李勋父母的家。

这时，几个早起晨练的老人进了小区大门。

我跟着他们进入小区。

这个小区不算很大，一共有 18 栋电梯楼，还有几栋八九层的小高层。

按照周静提供的地址，我很快来到了 9 号楼楼下。

李勋的父母李泰初和王心华，就住在这栋楼的 9-3 室。

抬头望了一眼屹立在晨曦中的楼房，我抬脚准备钻进楼里，却忽然又想起了什么，于是抬手看了看表。

已经七点零二分了。

我略略犹豫了一下，决定先打一个电话。

掏出手机，我从通讯录里找出署名为“两江区公安分局长嘉派出所所长于晓光”的电话号码，拨了出去。

按照之前周静的说法，李勋失踪后，她曾到家附近的长嘉派出所报警。

电话接通，听筒里传来一个浑厚爽朗的声音：“路记者，大清早找我，恐怕没什么好事吧？”

我乐了：“于所长，按你这么说，小弟我半夜找你就是好事了？”

“哈哈哈……你的《暗角》可从来不报道什么好事啊。”于晓光豪爽地笑了几声，问道，“说吧，路记者这次找我，又是有什么需要帮忙？”

我急忙说道：“于所长，前段时间，是不是有一个叫周静的女人向你们报案，说她丈夫失踪了？哦，她丈夫叫李勋，据说已经失踪一个月了……”

“报失踪的？”于晓光愣了一下，好像在努力回忆什么，“这样的案子可就多了，我得找值班的同志问一问。如果失踪真有这么久，按规定我们一定会受理的。怎么？这两人是你朋友？”

“不是，是采访对象。”我笑了笑，又问，“对了，于所长，还有件事……我听说本市好像出现了一个新的邪恶教团组织，叫圆寂会，你知道不？”

“圆寂会？这是什么东西？”于晓光的声音充满茫然，“路老弟，你也知道，如果本市发现有传播迷信、组织非法活动的邪恶教团，市里相关部门会第一时间通知我们。但你说的这个圆寂会，我确实没听说过。莫非……”

说到这里，于晓光忽然提高了音量：“这个消息，你是从哪里听到的？路老弟，作为本市大媒体的名记者和守法公民，你有义务向我们警方提供线索……”

我“扑哧”一声乐了：“得啦，我的老大哥，我这不是正在提供线索吗？但目前，我知道的也就这些。今天，我准备往深里挖一挖这件事，如果有什么收获，一定第一时间和你说！”

于晓光也乐了：“行！我就巴望路大记者能挖出一个大案要案，让老哥我立立功啦！不过话又说回来，你一定要注意安全！有什么需要随时联系！”

“没问题。”我笑着应了一句，“查到周静的报案信息，请第一时间通知我。”

“行。”于晓光朗声答道，随即挂断了电话。

放下手机，我深深吸了一口清晨凛冽的空气，抬脚钻进了李勋父母居住的9号楼。

## 4

来到9-3室门口，我按了按门铃。

门铃响了一声，房间里传来一声略显苍老的回应：“哪位？”

我犹豫了一下，开口道：“我是李勋的朋友。”

闻言，坚固的防盗门“当”的一声开了。

门后出现了一个头发花白的老太太，她的眼里布满血丝，同样也布满了焦灼。

老太太身后的沙发上，一个满头银发的老爷子正缓缓站起身来。

“他们就是李勋的父亲李泰初和母亲王心华了吧。”这么想着，我脸上立即浮出温柔的笑容：“叔叔阿姨，我是李勋的朋友，今天专门来看看你们。”

“哦，是勋勋的朋友啊，来，快进来坐……”王心华急忙退了一步，正要把我让进屋，忽然又犹豫了一下，一把抓住了我的胳膊，急声问道，“小伙子，你是不是有勋勋的消息了？”

“没……没有，阿姨，李勋不在，今天我就是专门来看看你们二老……”我急忙解释道，但并没有挣脱王心华的手。

“哦……麻烦你了。”王心华闻言有些失望，松开手转身泡茶去了。

“您别客气啊！”我客套了一句，并没阻拦，而是转身来到沙发前，快速环顾了一下四周。

这是一套很宽敞的三室两厅，虽然已经有些老旧，但收拾得干净整洁。

房间的电视柜上摆放着一个相框。相框里的全家福上，二位老人、周静、李勋和李勋的儿子都心满意足地笑着。

而在全家福旁，还放着两张单人照。照片里，年轻的李泰初和王心华穿着军装，笑得阳光而俊朗。

“李泰初年轻时和现在的李勋……长得好像啊。”盯着照片看了一秒钟，我在李泰初身旁坐了下来。

“李叔叔，我是李勋的朋友，在公司里认识的。”我自我介绍道。

“哦，哦，你好啊，小伙子贵姓？”李泰初点了点头，布满皱纹的脸上挤出了慈祥的笑容。

盯着他有些勉强的笑容，我心里有些不是滋味，但又不得不继续说道：“免贵……姓路……叫我小路就行。”

“哦，是小路啊，你好你好。”李泰初笑着点头。

这时，王心华泡好了茶，把杯子轻轻放到我面前：“小路费心了，还特地跑一趟，快，喝口茶……”

“谢谢阿姨。”我又客套了一下，笑道，“阿姨，你和叔叔身子骨儿挺硬朗啊，看起来还真不像七八十岁的人……”

王心华缓缓坐下，笑道：“小路你可真会说话……我老伴儿四十出头才有的勋勋……”

说着，她又发出一声叹息：“我们家勋勋也很懂事……这孩子从小就听话，学习好，性格也很阳光，从来不跟其他孩子拌嘴吵架……”

“还是有那么一两次吧。”李泰初插嘴道，“他上高中那会儿，不是也跟同学干过架吗？还差点儿被学校处分。”

“死老头子，你怎么老是帮外人说话？”王心华忽然急了，厉声呵斥道，“那次是他被人欺负了！人家天天在宿舍里打牌喝酒，他忍不住才还手的！你也不想想，勋勋那么上进一孩子，别人吵得他书都念不进去，能不还手？”

“行行行，你说的都对。”李泰初挠挠头，也不跟老伴儿争，转头用一种老干部的语气对我说，“小路，让你见笑啦。我跟你说啊，我们家勋勋总体来说还是很听话的……这么说吧，这孩子九分都是好的，就只剩下一分有那么点儿任性、冲动……”

“任性、冲动。”我默默把这两个形容词记在心里。

接下来一个多小时，我凭借三寸不烂之舌，从二老嘴里套到了不少话。

原来，李勋是他们的独生子，也是他们的骄傲。这小子从小就爱读书，虽然有点儿偏科，但很能吃苦，从小学到大学，老两口儿基本上没怎么操过心。工作后，李勋更是奋发有为，经过几次跳槽后，进入了本市最大的综合型龙头企业九龙集团，从一名基层员工做起，用了不到十年的时间就成了集团最年轻的中层管理干部。

对二老来说，李勋能在九龙集团这样的大单位混出个一官半职，自然是光耀门楣的大喜事。

然而，正因为李勋一直让父母省心，李泰初和王心华也就一直没怎么操心儿子的工作和生活。因此，李勋突然失踪后，二位老人不仅心理上备受打击，同时也百思不得其解。

聊到这里，我提了一个酝酿已久的问题："叔叔阿姨，李勋信神不？平时，他对烧香拜佛这些事有没有兴趣？"

"烧香拜佛？"李泰初和王心华一愣，相互对视了一眼，好像并不理解我为什么突然提这茬。

见状，我笑着解释道："我的意思是……怎么说呢……他遇到难事急事什么的，会去烧香拜佛吗？现在的年轻人不都喜欢这些吗？像星座啊，占卜啊什么的。"

李泰初好像明白了过来，两道雪白的眉毛也渐渐收紧："小路啊，我们家勋勋可从来不信这些！"

说着，李泰初慢慢站了起来，用手指着电视柜上自己年轻时的照片，用一种很严肃的语气说："小路，想当年，我和战友们为了保家卫国，在西南边境战场上跟敌人干仗，在敌人的炮火和冷枪下钻猫耳洞、打冲锋，很多战友都牺牲了……但只要是上级下达的任务，我们就没有完成不了的！现在有些人遇到个什么事，就喜欢去求个神啊拜个佛啊什么的，他们有他们的道理，我不懂。但我知道，我们家的人遇到难事，一定不会想着靠别人！想当年战场上的生死考验都经历过了，还有什么困难是自己克服不了的？"

说到这里，老人停了停，音量又高了八度："勋勋是我儿子，深得我的言传身教，我相信他也是这么想的！"

说这话时，李泰初混浊的眸子熠熠有光，原本有些蜷缩的身子也不知不觉站得笔直，就像那个当年在西南边境连绵的群山间冲锋陷阵的年轻战士。

看到老人的表情，我不禁有些肃然起敬，而听到他这些话，我对李勋在他们心里的印象也有了一个大致认识。

“看来，二老知道的就这些啦。”我心里嘀咕了一句，起身道：“时间不早了，叔叔阿姨，我改天再来看你们。”

见我告辞，李泰初和王心华好像有些怅然若失，急忙说：“小路，有空再来坐……”

“嗯。”我使劲点了点头，迈步来到大门口，又转身笑道，“叔叔阿姨，你们保重身体，我下次再来看望你们。”

这时，王心华再次拉住我的胳膊，一脸乞求地说：“小路，你要是有勋勋的消息，一定要给我们说一声……”

看到老太太的表情，我心里一阵发酸，急忙应声道：“阿姨也不用太担心了。我觉得吧，李勋可能是要办什么急事，因此才没跟你们打招呼……”

却不想，我这话一出口，一旁的李泰初也接口道：“老太婆，我也觉得勋勋是有什么急事……咱们再等等吧，说不定明天他就回来了呢。”

听到李泰初的话，我也不自觉地点点头，也开始希望李勋真如老人所说，很快就会回来……

## 5

从李勋父母家出来，已经是上午九点多了。

我并没有急着离开，而是一路转悠着来到了河东英豪小区附近的一个公园，找了一张长椅坐下。

秋天的暖阳已经升得老高了。金色的阳光照耀在公园茂盛的花草灌木上，其间回响着声声鸟鸣，和远处林立的高大楼群形成了一种恰到好处的对比，让人觉得静谧安详。

我欣赏了一会儿这都市深秋的景致，掏出了笔记本和手机。

之前周静提供了一些经常往来的亲戚朋友的电话，我开始一个个地拨打。

接下来的一个多小时，我联系了李勋的大舅、二姨、三叔和几个表兄弟，随后又给周静的父母和几个娘家人打了电话，提出了诸如“李勋失踪前有没有什么异常”“他和周静有没有吵架”“李勋两口子的经济有没有什么困难”之类的简单问题。

得到的回答出奇一致：“李勋看起来很正常”“他们夫妻感情很好”“他和周静都比较节约，没有什么大的花销，小日子一直过得挺滋润”……

而在每次通话的末尾，我也会特意再提一句：“你觉得李勋这人怎么样？”

回答依旧是如出一辙：“李勋很踏实，脾气也好。”

…………

一口气打出十几个电话，周静提供的亲朋好友里，只有一个名叫常航的人没接电话。

那是李勋的表哥，据说也是众多亲朋里跟他关系最好的。

放下电话和笔记本，我抬头伸了一个懒腰，注视着阳光下的公园，陷入了短暂的沉默。

上午十一点，我从长椅上站起身来，缓步离开了公园。

从静谧的公园重新来到喧嚣的街道，我犹豫片刻，抬手拦了一辆出租车。

钻进出租车，我对司机说出目的地：“九龙集团总部。”

司机应了一声“好嘞”，猛地踩下了油门。

…………

话说这九龙集团，在河东市绝对是一个童叟皆知的存在。

在过去的二十多年里，这家企业从一个生产塑料桶的小作坊起家，在本市日用百货行业一路高歌猛进，迅速向全省扩张，不仅涉足河东市乃至整个双河省的地产、商贸、物流等多个产业，还跻身全国五百强之列，成为双河省的一个商业传奇。

失踪的李勋，就是这家大型综合性企业的一名中层管理人员。

出租车快递地穿过街道，从长嘉区进入北河区，又一路直奔北河的商业中心——鱼头湾总部基地。

进入鱼头湾总部基地，道路两侧的高大写字楼群扑面而来。

几分钟后，一座巨大的分体式写字楼出现在汽车前方。

这就是九龙集团总部。

车到楼下，我付钱下车，快步来到写字楼脚下。

在九龙集团的大门前，竖立着一座巨大的腾龙铜像。

时值正午，阳光越发强烈，照耀在张牙舞爪的龙上，散发出一种咄咄逼人的光。

我盯着铜像看了一会儿，竟然有些意兴阑珊，于是转头进了大楼。

来到接待前台，一位身穿深红色职业套装的前台小姐走了过来，面带职业化的微笑问：“先生，请问您找哪位？”

我也挤出一个同样没有温度的笑容，轻声说出了一个周静之前告诉我的名字：“我找企划部的王凯旋。”

“请稍等，我这就给王总说一下。”前台小姐抓起了电话，拨出一串号码，“喂，王总吗？我是前台小陈，有一位先生想找你……”

说着，前台小姐捂住听筒，转头轻声对我说：“先生，请问您贵姓？”

“免贵姓路。”我笑了笑，“你就说是周静让我给他送东西来的。”

前台小姐点点头，对着电话复述了一遍，似乎是得到了王凯旋的同意，她放下电话对我笑道：“路先生，请上 19 楼总监办公室。”

我点点头表示感谢，快步走向电梯间……

坐电梯来到 19 楼，我才发现整个楼层都是企划部的地盘。

走进一间硕大的办公室，就见密集的格子间里，数十名员工正各自忙碌。

“哟嗬，这部门可真是够大的……比起就我一个人的《暗角》，这才叫核心部门啊……”我心里酸唧唧地想着，叫住了一个正从面前急匆匆经过的男人，“请问王总的办公室……”

“就在那间。”不等我说完，男人就抬起手，朝身后的一间小办公室一指，随即又转身朝前奔去。

“哟嗬，瞧这些员工忙得，他们老板一定天天在背后催命吧。”我心里又念叨了一句，抬脚朝男人所指的小办公室走去。

小办公室门没关，里面坐着一个正在打电话的男人。就见他三十来岁，上身穿一件灰色呢子风衣，下身是一条韩版束腿弹力休闲裤，穿着尖头英伦风皮鞋的脚正不住地抖动。

“这就是王凯旋吧？打扮还挺潮……话说全国五百强企业的精英就是不一样啊……”我一边暗自嘀咕，一边抬手敲了敲门，“请问是王凯旋王总吗？”

男人这才注意到我，急忙对着电话说了句“策划就先这样吧”，随即放下电话站起身，来到我面前轻声说：“你就是小静的朋友？”

我点点头：“她让我来找你请教一些李勋的事。”

听到“李勋”二字，王凯旋本来就很严肃的脸上瞬间闪过一丝阴霾。

他有些神经质地看了看门外，又轻轻合上办公室的门，这才开口道：“小李子还是没有消息？小静现在怎么样了？”

我一愣，随即“扑哧”一声乐了：“王总，我是来找你了解情况的，你怎么反倒问起我来了？”

王凯旋尬笑道：“抱歉，我一直很担心小李子和小静……三个月前，小李子被裁员之后，我就没见过他们了。特别是李勋，电话关机，留言也不回……”

“裁员？”听到这话，我心里一动，“之前周静跟我说，李勋是主动辞职的呀！”

这么想着，一种不能名状的兴奋，悄然涌上我的心头。

## 6

王凯旋并没发觉我微妙的情绪变化，转身指了指身旁的沙发：“坐。”

我笑着坐下，又开口道：“王总，听小静说，你和李勋是铁哥们儿？”

王凯旋点头“嗯”了一声：“十年前，我们一起加入了九龙集团，在新生代员工里算得上元老了。后来，我们俩都升了职，我成了企划部的副总，小李子当上了营销部的副总……”

“原来如此，二位都是青年才俊啊。”我不动声色地巴结道。

王凯旋却是一声冷笑：“青年才俊？青年‘社畜’才对！这些年来，集团生意越做越大，我们压力也越来越大，一天上班要十五六个小时，晚上睡觉手机也不能关，有消息必须三分钟内回复，否则就要被领导一通臭骂……”

见王凯旋滔滔不绝地倒起了苦水，我心里不禁一阵唏嘘：“别看这些白领精英表面光鲜，日子过得还真是辛苦……要不怎么说，他们都是996的‘社畜’呢！”

这么想着，我决定进入主题：“王总，刚才你说，李勋是被公司裁员的？”

王凯旋毫不犹豫地说：“对。”

“不对吧。”我接口道，“听小静说，李勋失踪后，她特地到集团来问过，你们这些同事不都说他是主动辞职的吗？”

“辞职？”王凯旋又是一声冷笑，声音也不禁高了八度，“他是提了辞职没错，但也是被逼的！”

“哦？”我一听更来了劲儿，又问，“是谁逼他的？你们老板？”

王凯旋点了点头，旋即却又摇摇头，脸色也更加凝重起来。

他慢慢抬起眼，环伺着自己的办公室，忽然长长地叹了一口气：“不光是老板，也是这个公司，是这个让人发疯的环境……”

说完这些话，王凯旋俊朗的脸上溢满了浓浓的惆怅。

看到他的脸，我不禁心生怜悯，却不得不接着往下问：“你说李勋是被逼辞职？到底是怎么回事？”

王凯旋苦笑了一下，轻声说：“九龙集团是从日用百货行业起家的。但这些年，老板觉得百货业利润太薄，又眼红地产和电商物流等行业的高利润，于是提出跨界经营，同时向好几个陌生产业扩张……随后几年里，集团的摊子越铺越大，但是懂新行业、会新业务的专业人才特别是管理人才显得捉襟见肘。对我们这些‘夹心层’来说，压力自然就越来越大。”

说到这里，王凯旋又是一声轻叹，低头拉开办公室抽屉，掏出一包烟，抽出一根递给我：“抽烟不？”

我犹豫了一下，起身接住他递来的烟，又掏出打火机点燃。

王凯旋也点燃了烟，深深吸了一大口，和烟雾一起喷出没说完的话：

“这几年，为了完成老板要求的营业额，人力资源部给我们这些业务部门增了三倍的 KPI（绩效考核指标），弄得我们是生不如死……对我们企划部来说，因为是创意部门，业绩量化没有那么硬，压力还相对轻一些。但小李子他们就惨了，你知道，他们做营销的，业绩全是白纸黑字的数字……”

我明白了缘由，接口道：“后来李勋被迫辞职，就是因为完不成营销任务？”

“可以这么说，但也不全是。”王凯旋的回答有些模棱两可，“虽然营销任务不断增加，但小李子也不是吃素的。他是那种既任劳任怨，脑子又很灵活的人才。任务难度和工作量不断增加，他也带领团队不断地想各种办法，一开始都能勉强完成。却不想，后来……”

说着，王凯旋又喷出一口烟，声音也更加沉重：“后来，张董来了……”

“张董？他是你们的新上司？”我明知故问。

“嗯。”王凯旋绷着脸点点头，“去年，原本分管我们企划部和营销部的李董退休了，集团就安排了另一位副董事长来管我们。他叫张武，刚过四十岁，是董事长的外甥，满脑子想的都是建功立业，一上任就把销售额提高了百分之三十，还要求小李子和市场部一起，尽快打入外省的物流市场……”

听到这里，我已经明白了八九分，插话道：“结果，李勋没能够完成张董安排的任务？”

“对。”王凯旋又深吸一口烟，把烟蒂插进烟灰缸，“坚持到今年 6 月，小李子他们的考核就一直没能完成。按照集团规定，如连续三个月不能完成考核指标，主办员工就要被辞退，不管是基层员工还是中层管理干部。”

我点了点头，说：“从今年 6 月直到 8 月，李勋都没能完成考核，因此面临被辞退的境况，对吧？”

王凯旋点点头，没作声。

我又问：“为了避免被辞退，他抢先一步提出辞职？”

王凯旋点点头，又掏出一根烟点燃。

抽着烟，他脸上再次浮出了之前那种惆怅的表情。

那种表情，混合了恼怒、无助、憋屈，却又饱含深深的无奈。

看到他的表情，我不禁也陷入了沉默。

但这种表情，并没在王凯旋脸上盘踞太久。

片刻后，他就恢复了白领精英的自信和精干，挠了挠头笑着说：“哦，不好意思，坐了这么久，都没给你倒水。”

说着，他起身来到饮水机前，倒了一杯水，递到我面前，笑着问我：“哦，对了，你姓路？”

我点点头：“我叫路晓。”

王凯旋笑笑，又问道：“你跟小静是朋友？我以前怎么没听说过？”

“我们也是才认识的。”我也笑道。

“才认识的？”王凯旋愣了愣，脸上闪过一丝不易察觉的紧张，“你们是小李子失踪后认识的？”

对他突如其来的提问，我也是一愣，随即猜到了什么，话里有话地笑道：“对，昨天才认识，是她主动认识的我。”

“她主动认识的你……”王凯旋喃喃自语，脸上的紧张表情更甚。

见状，我更加确定自己的猜测，于是决定不再捉弄他，解释道：“因为小李子的事，小静来找我帮忙。”

“她是让你找李勋？”王凯旋长出了一口气，但是随即又紧张起来，小心翼翼地问，“你是警察？”

我摇了摇头，低头从挎包里掏出一张名片，递了过去。

看到名片，王凯旋更紧张了：“你……竟然是记者？路主编，失敬失敬！那个什么……今天我说的……”

说着，他挤出一个有些扭曲的笑容，起身双手握住我的手，有些语无伦次。

对他的反应，我一阵想笑，说道：“王总，你放心，今天我是作为小静的朋友来帮忙找人的。今天你说的事，我都会保密。”

听到这话，王凯旋才如释重负，握住我的手一阵猛摇：“这……这就太好了，感谢路主编……你也知道，我们打工人不容易啊……”

我笑着点了点头，站起身说：“王总，感谢你提供的情况。对了，张董的办公室在哪里？我也想找他谈谈……哦，对了，你放心，我不会说今天我见过你。”

闻言，王凯旋却愣了愣，面有难色地挠了挠头：“路主编，今天你恐怕见不到张董了……因为今天他没来上班，也没向集团请假……”

“没来上班，还没请假？”我愣了愣，接口道，“你们集团董事长一级的高管，也要请假吗？”

“对。”王凯旋点了点头，“所有管理人员的出勤情况，都会在公司内部的办公系统上显示，方便大家签字办事。今天上午上班时，我看到张董的出勤情况显示的是‘旷工’。”

说着，他点开手机，打开公司内部的办公系统，递到我面前。

手机屏幕上，显示着当天九龙集团各部门各级员工的出勤情况。

而在“集团领导”一栏，标注着“副董事长张武”名字的个人照片下，的确显示着两个字：旷工。

“旷工？”我咀嚼着这个词，盯着手机上张武的照片，心里隐隐生出了一丝不可名状的担忧。

## 7

中午十二点一过，我谢绝了王凯旋共进午餐的邀请，提着包离开了他的办公室。

出门前，我又转过头，问出了最后一个问题：“对了，王总，李勋参加圆寂会的事，是你告诉周静的吗？”

“圆寂会？”王凯旋一愣，旋即想起了什么，“李勋失踪前，有一次和我喝酒，吐槽周静把他逼得太紧。我就问他，那几万块钱到底怎么花了。他就说，都花到圆寂会上面去了，还说这能改变他的命运。听他这么说，我也没弄明白这圆寂会到底是做什么的，可想再细问的时候，他已经睡着了。没过几天，他就失踪了……”

闻言，我又问：“既然你都不清楚圆寂会到底是什么，又为什么要把这件事告诉周静？你就不怕她担心吗？”

“我不是想让她担心……我才担心！”王凯旋的表情忽然严肃起来，“李勋失踪后，我想到了圆寂会这件事，而且越想越觉得蹊跷。你想想，他平白无故地说圆寂会可以改变自己的命运，还在那上面花了那么多钱，这件事是不是很蹊跷？我怕他加入的是传销或者是别的什么诈骗组织，因此才给周静提了个醒。”

“原来如此，多谢。”我得到了明确的回答，对王凯旋点点头表示感谢，快步走出了门……

从九龙集团大厦出来，我再次来到楼下的腾龙铜像前。

此刻，阳光更加刺眼，这条腾龙也更加咄咄逼人。

无数穿着时髦的白领从写字楼里涌出，奔向分布在总部基地各处的公司食堂和饭馆面店。其间，不少身穿红黄蓝各色制服的外卖骑手逆着人潮，小跑着钻向各个大楼……

这些快速移动的人群，在腾龙身旁勾勒出无数流动的彩色光影。

而那条腾龙，依旧冷漠地注视着周围为生计奔忙的人们，岿然不动。

我盯着腾龙驻足良久，之前那种隐隐的担忧也越发强烈：“因为完不成张董安排的任务，三个月前李勋被迫提出辞职。昨天，他在电话里向周静承诺‘后天就完事’，周静还听到有人对李勋说‘明天晚上就得把他们全杀光’……而今天，这个名叫张武的副董事长又无故‘旷工’……这么前后联想起来，李勋的失踪可就有些……”

心里这么盘算着，我突然觉得，寻找李勋这件事变得紧迫起来，也间接明白了周静那种神经质的焦急的原因。

想到这里，我正想低头掏手机，手机却突然响了起来。

掏出手机，我看了一眼来电显示，按下接听键：“于所长，我正想找你呢……”

于晓光爽朗的笑声响起：“哈哈哈哈哈，可不是嘛！路老弟，今天上午你说的失踪案我问过了，上个月 17 号，周静的确到派出所报过案，说她老公李勋离家不归。当时，李勋失踪还不到 48 小时，因此民警向周静解释了失踪案的受理规定，并提醒她，如果 48 小时后还没找到李勋再来报案。但后来她再没来过。”

听了于晓光的介绍，我接口道：“于所长，圆寂会……查到什么了吗？”

闻言，于晓光憨笑起来：“老弟啊，至于这个圆寂会，我仔仔细细把近年来的文件查了个遍，还向市里的相关部门进行了咨询，愣没找到一丁点儿线索……我说，你这个消息究竟是从哪儿来的？”

听到这个回答，我有些失望，犹豫了一下嘟囔道：“这是我得到的独家消息。但目前还没找到证据，我不能证明这个消息的价值，于所长恐怕兴趣不大……”

“哦？说来听听！”于晓光好像来了兴趣，半开玩笑地说。

我又迟疑了一下，还是决定把李勋失踪的事以及在九龙集团了解的情况告诉他。

听完我的介绍，于晓光原本不怎么正经的语气变得严肃起来：“老弟，李勋这个情况是有点儿急……从心理动机和目前掌握的各种迹象来看，他的确存在某种……怎么说呢……实施某种暴力行为的可能。但也如你所说，目前并没有任何证据显示，他准备或已经实施了这种暴力行为。因此，我们作为执法机关还不太方便参与……”

我苦笑道：“于大哥，既然你帮不上忙，这件事就交给小弟我来查吧。”

于晓光却语调严肃地反驳道：“谁说我帮不上忙？李勋失踪了这么久，那个叫张武的也不见了，再加上这件事存在暴力犯罪的可能，因此我们完全有必要介入，提前进行干预和预防。”

闻言，我心中一喜：“也就是说，你准备动用警方资源，寻找李勋和张武？”

“对。”于晓光郑重说道。

“那太好了！”我笑道，“小弟这边也加紧走访，争取尽快找出李勋的去向！咱们随时联系。”

“好！随时联系。”于晓光应了一句，挂了电话。

放下手机，我突然觉得有些茫然。

目前，周静提供的对象都问过了，虽然获得了一些信息，但并没有任何关于李勋去向的线索。

昨天下午，周静听到了电话里说“明天晚上就得把他们全杀光”；而现在，离天黑只剩下半天了。

我正满心郁闷地计算着时间，这时手机突然又响了。

我急忙掏出来一看，发现是周静的号码。

看到来电显示上的名字，我没来由地紧张起来，犹豫着按下接听键，把手机放到了耳边："喂……妹子。"

"路记者，有线索了吗？"周静有些神经质的声音传来，一如今天凌晨。

我迟疑了一下，回答道："你给我的联系人都问过了，暂时还没有什么线索。"

"王凯旋问了吗？"周静的语速更快了。

我对着手机点点头："嗯，我刚从他办公室出来。"

周静又说："常哥呢？"

"常哥？"我愣了一下，突然想起了一个名字，"哦，你说李勋的表哥常航？今天上午我给他打了电话，但他没接……"

"哦……"不等我说完，周静的声音就是一沉，语气里充满了失望，"他是培训学校的老师，可能昨天晚上备了课，今天上午正在休息。你可以晚点再找他，说不定有什么线索呢……"

我轻轻"嗯"了一声，说："你之前都问过他们了？"

"问过了……但什么都没问出来。"周静的声音越发低沉，"我觉得，你们做记者或警察的，应该能比我多问出点什么来……"

说着，她的声音溢出了哭腔。

听到周静充满哀怨的声音，我心里也不太舒服，于是又轻声劝了两句，这才挂了电话。

和周静通完话，原本饥肠辘辘的我突然没有了食欲，于是沿着九龙集团总部基地宽敞时尚的街道，漫无目的地游荡起来。

而我脑子里，又把和李勋相关的各种线索梳理了一遍……

走着走着，裤兜里的手机再次响了。

我掏出手机一看，是一个似曾相识的号码。

把手机放到耳旁，我试探着说了一声："喂？"

电话那头，传来一个陌生男人的声音："喂？哪位打我电话？"

“我打过你电话？”我嘟囔了一句，忽然想起了什么，急声说，“你是常航？”

“对。”

“我是周静的朋友，正在帮周静找你表弟……”

闻言，常航的声音一下子亲热起来：“哦，原来是小静的朋友啊，你找我什么事？”

我迟疑了一下，轻声说：“听说你和勋勋关系好，我想和你聊一聊他——我想知道李勋究竟是一个什么样的人。”

面对我这个有些冒失的要求，电话另一头的常航沉默片刻，随即很爽快地说道：“行，我也正担心勋勋。你要是有空，可以到巴山路的英才培训学校找我。”

闻言，我原本低沉的心情为之一振，急忙接口道：“好，我这就过来。”

## 8

下午一点刚过，一辆黄色出租车轻盈地驶出鱼头湾总部基地城，向同样位于北河区的巴山路疾驰而去。

车窗外，原本林立的写字楼急速向后退去，略显老旧的居民楼和林立的门市取而代之。依山而建的道路也渐渐变得窄陡，出租车开始随着地形忽上忽下起来。

在作为全市工业和商贸重镇的北河区，像巴山路这样还没被拆迁的老城区已经凤毛麟角。而悠久的历史和浓郁的市井烟火气，又赋予了这里独特的文化底蕴和人文情怀，成为全市著名的网红景点。

进入巴山路之后，久经岁月洗涤而变得斑驳的老街上，出现了三三两两的年轻男女。他们正举着单反相机和手机自拍，随后又兴冲冲地把这些忸怩作态的画面上传到朋友圈……

二十多分钟后，出租车在巴山路一个转盘前缓缓停下。

转盘一侧，一栋 8 层高的小楼房上，“英才培训学校——英才英才，助你成才”的霓虹招牌很是惹眼。

一个身材高瘦的年轻男子，正斜靠在巨大的“英才英才，助你成才”的招牌下，一脸困倦地吸着烟。

我付钱下了车，快步来到男人面前，试探着问：“请问是常航常老师吗？”

男人点点头，发出一声苦笑，道：“你是路哥吧？你叫我名字就行，我就一培训学校的打工人，怎么敢妄称‘老师’？”

“这个常航还挺谦虚啊。”我心里这么想着，改口道：“行啊，常兄弟。”

“嗯，路哥，咱们到上面说。”常航点点头，转身领着我钻进小楼。

沿着老旧却整洁的楼梯，我们来到了 4 楼，又穿过细长的楼道，钻进了一间小办公室。

办公室里堆满各种教学用具，甚至还能看到一副贴满了英文单词的人体骨架。

“路哥，随便坐。”常航说着，拉过来两把塑料椅子，有些歉意地笑了笑，“这是我们学校的库房，专门存放各种教具和宣传海报的。路哥别介意啊，到这里说话方便点。”

看到常航略有愧疚的表情，我急忙摆了摆手：“没事，这里环境好，说话清净。”

说着，我开始进入主题：“常航兄弟，勋勋失踪前，有什么异常表现吗？”

提到李勋，常航的表情就是一沉，声音也变得严肃起来：“之前小静也这么问过我。但勋勋失踪前，我们都没怎么见面，就算他有异常，我也不知道啊。”

“没怎么见面？”我掏出笔记本，又说道，“你们不是很要好吗？”

“要好是要好，可是我们都很忙。”常航说道，“我做培训，一个星期上六天夜班，剩下一天还要备课。勋勋更忙，一天到晚不是跑客户就是在熬夜加班。像我们这样的底层打工仔，一年能见上两三面就不错了。”

闻言，我挠了挠头，坏笑起来：“常兄弟不要这么说啊，你们做培训的一个月少说也能赚一两万吧，还底层？”

“一两万？”常航一愣，旋即又是一声苦笑，“路哥，我们学校三十几个培训老师，所有收入加起来，平均水平也就四五千。我算高的，一个月也不过七八千。一两万，那是一线城市顶级培训学校的顶级讲师才有的吧。”

“原来如此，果然市井传说不可信。”我打了一句哈哈，又继续说道，“勋勋失踪后，跟你联系过吗？”

“没有。”常航毫不犹豫地摇头，“他刚失踪的时候，我们都以为他和小静吵架了，或者是遇到了其他不顺心的事，一赌气溜到外面散心去了，倒也没怎么担心。毕竟勋勋从小就稳重踏实，不是不靠谱的人。可等了一个星期，他连个音信都没有，家里人这才开始担心，还一起找过好一阵，但没能找到。”

“哦？”我一听来了兴趣，接口道，“你们找了多久？”

常航摸着干净的下巴，双眼盯着天花板，好像在计算什么：“大概有两个多星期吧。从他失踪一个星期后开始，一直到昨天。”

“一直到昨天？”我插话道。

“嗯。”常航点了点头，“昨天，勋勋不是给小静打电话了吗？听说他没事，我大姨和姨夫总算放了心，家里人也就没再出去找他。”

听到这里，我心里又感到一丝失望：“看来，常航这里也提供不出多少有用的线索了……”

见我不说话了，常航还以为我是在担心李勋，于是反过来劝道：“路哥，你也别太担心了，勋勋都打电话回来了，说明他没事。”

“看来，周静并没有把李勋电话的内容全都告诉家里人……我可不是担心他有没有事，而是担心他会不会对别人做什么事。”我心里这么嘟囔着，又问道：“对了，常兄弟，勋勋平时喜欢求神拜佛不？”

“求神拜佛？”常航眨巴了两下眼，一脸不解地盯着我，“路哥，你怎么突然问这个？”

“没……没什么。”我笑了笑，随口胡诌道，“之前听小静说，勋勋平时好像很相信这些。我就顺口这么一说。”

“他信这些？”常航愣了愣，好像想起了什么，“听你这么说，我还真想起了一件事……”

闻言，我立马来了兴趣，问道：“你想起什么来了？难不成李勋真的在搞迷信？”

常航皱着眉，一边努力回想着什么，一边低声嘟囔道：“也不算是迷信吧……我觉着，他更像是在发酒疯。”

“发什么酒疯？”我催问道。

常航抬起头，盯着我说：“今年春节，我们家团年。一家人酒足饭饱之后，就开始陪老人打麻将。我和勋勋都不爱打麻将，于是就到楼顶天台上抽烟喝啤酒聊天。那天，因为很久没见了，我们聊得很高兴，每人都喝了三瓶啤酒，勋勋更是喝得有点儿高了。喝光最后一瓶酒之后，他开始……”

“开始什么？”我再次催问。

“他就开始……哭。”说到“哭”字，常航的眼神充满怜悯。

“哭？为什么？”我问道。

常航笑了笑，继续说道：“当时我就问他，男子汉大丈夫，哭什么。他说，他们公司领导发了疯一样给他加任务，他觉得自己完成不了。我就说，完成不了就提出来啊，大不了不干了跳槽，哭个屁。他却说，孩子还小，小静也没有收入，他不敢反抗更不敢跳槽，怕万一保证不了高收入，会影响老婆孩子的生活水平……”

说到这里，常航叹了一口气，又说道：“他的苦，我当然清楚。像我们这种三四十岁的城市打工人，谁不是这样的呢？于是，我也只能劝他说，车到山前必有路。”

我听着，不住地点头：“然后呢？李勋又怎么样了？”

常航又摸了摸下巴，继续道：“然后，他就把衣服脱下来揉成了一个人形，一边朝人形上拳打脚踢，一边嘴里还骂骂咧咧，说什么‘我咒你八辈祖宗，我咒你的业绩考核，我咒你公司分分钟倒闭’之类的疯话。”

说着，常航忽然笑了，补充道：“当时他真是喝高了，还说什么‘等老子在圆寂会修炼成功了，就让你吃不了兜着走’……”

听到“圆寂会”三个字，我心里陡然一振，急忙问道：“圆寂会到底是什么？他说没说？”

“没有。”常航耸了耸肩，“当时，勋勋已经喝得很高了，说完这句话，他就倒在地上打滚儿了……”

“李勋的酒品不怎么样啊。”我暗自嘟囔了一句，心思却已经全部集中到了圆寂会上。

“今年春节，正是张武到任不久、李勋的工作压力骤然变大的时候。按照常航的说法，李勋不仅捏了小人儿诅咒张武，还说等自己在圆寂会修炼成功，就要让张武吃不了兜着走。能说出这样的话，李勋加入邪恶教团并准备针对张武进行某种报复的可能性……基本上算是坐实了。”

这样想着，我的心“咯噔”一沉。

## 9

随后，我又围绕圆寂会提了好几个问题，常航却一问三不知。

迫于无奈，我开始把话题引到他对李勋的印象上，希望打开他的话匣子，再挖出点有用的信息。

接下来的两个多小时，常航可能是因为知道表弟没有大碍，于是开始用一种和朋友聊天的轻松心态，对我说了很多关于李勋的事——

六岁时玩“官兵捉强盗”，每次轮到李勋当强盗，他都耍赖说“我要当官兵，我是好人”。

上小学时，他被校外的小流氓欺负，零花钱被抢个精光，常航叫了一帮朋友要去给他出头，他却哭着说：“我是三好学生，不打架！”

长大后和常航一起逛街吃饭，每次看到有卖唱的艺人，他都会给对方一些钱，再点一两首歌。他说：“靠双手赚钱的人，光荣。”

…………

在这些零零碎碎的回忆中，一个善良、积极、沉稳的李勋，在我心里越发清晰起来。

交谈接近尾声时，我又提了一个问题：“你们做兄弟这么多年，你就没见过李勋发脾气？”

“当然见过，不过大多是一些小脾气。”常航笑了笑，又摸了摸干净的下巴，好像在努力回忆什么，“不过话说回来，在我印象中，勋勋真正算得上生气的时候，也就一次……”

“哦？”我挤出一个很八卦的表情，小声问，“哪次？”

常航毫不设防地说：“高中一年级的时候，勋勋在学校住读。同寝室的几个同学学古惑仔，晚上喝酒看小黄片，吵得勋勋没法看书。他跟人家交涉了几次，对方不仅不收敛，还扬言说要打他。一气之下，勋勋就跟他们干了架。他抡起椅子一个打三个，竟然还打赢了……”

说到这里，常航竟然开始眉飞色舞：“那是我印象里勋勋第一次跟别人打架，没承想，这小子原来这么能打！”

听到这话，我呵呵假笑了两声，接口道：“这事我也听说过——勋勋是不是后来差点儿被学校处分？”

“嗯。”常航使劲点了点头，“因为在寝室聚众打架，而且被打得最重的一个小混混是学校职工的儿子，对方父母缠着学校要说法。学校领导也护短，准备给勋勋一个校级处分以儆效尤。却不想，熟悉勋勋的一帮老师轮番给他求情，勋勋家里又赔了一笔营养费，这才没在他档案上留‘案底’。”

“原来如此……勋勋当年也是狠人啊。”我开了一句玩笑，随即又故作不解地说，“常兄弟，你说勋勋从小就听话，可当时下手怎么会这么狠？”

常航耸耸肩，一脸无所谓地说：“兔子急了还咬人呢，更何况是勋勋。他爱学习却被吵得不能学习，你说他急不？”

听到常航的回答，我轻轻点了点头，心里也完成了对李勋的画像：“李勋的性格阳光开朗、有极强的责任感，对自己的人生也有很明确的目标，并且愿意不惜一切代价去实现目标。但也正因为这样，他对任何干扰自己实现目标的人或事都会有很激烈的反应，就像那几个吵到自己学习的小混混，或者……是威胁要解雇自己、影响自己一家人生活的张武！这种个性，就是李勋的……暗角！”

想到这里，我不禁轻轻叹了口气。

对我的想法，常航并没有察觉。

他抬头看了看窗外，又低头看了看手机，摸着下巴对我笑着说：“路哥，今天我们是一见如故。你看看，这都快四点了，要不我们再坐一会儿，今天晚上我请你喝酒。”

“常航倒也是性情中人，只可惜还有两小时天就黑了，我哪有心情喝酒啊！”我心里这么嘟囔着，胡乱找了个理由婉拒道：“今天跟常兄弟聊得很尽兴，只可惜今天晚上我还要加班。要不这样，等勋勋回来之后，我们再约时间好好聚聚，你看如何？”

常航答应得也很爽快：“行！既然路哥还有工作，我也就不强留了。等勋勋回来，我们几兄弟再好好喝一回！”

“行！”我应了一声，起身告辞。

常航把我送到楼下，拦了一辆出租车，还塞给司机一张百元大钞，让他不准收我的钱。

快五点的时候，我一脸疲倦地回到了编辑部。

穿过空无一人的编辑部，我拖着发沉的双腿，缓缓钻进了小办公室。

开了灯，我在硬邦邦的旋转椅上坐下，脑子里突然一片空白。

经过一天的采访调查，我已经基本确定：李勋参加了一个名叫“圆寂会”的邪恶教团组织，并且在网上购买了凶器，准备在今天晚上对某些人发动报复性袭击。

然而，他准备什么时候，又在哪里发动袭击？圆寂会究竟是一个什么组织？以及他要报复的究竟是谁？对这一系列谜团，我并无任何头绪。

联想到今天张武的无故旷工，他被李勋报复的可能性最大……然而，除非找到他和李勋，否则这一切都仅仅是猜想。

想到这里，我有些懊恼，慢慢靠在椅背上，盯着布满水渍的天花板愣起神来。

可能是因为周围异常安静，也可能因为窗外越来越暗的天光，更可能因为昨天基本上就没睡觉，我很快蜷缩在椅子里，呼呼地进入了梦乡。

我做了一个诡异的梦。

梦里，一个阳光的年轻人朝我快步跑来，一边跑还一边喊：“路记者，路记者……”

可跑着跑着，他头上的天空突然乌云密布，闪电裹挟着豆大的雨滴呼啸而下。

电闪雷鸣之间，那个年轻人抱着头惨叫起来。

惨叫声中，他七窍竟然渗出了血，身体也开始迅速膨胀。

在自己身体即将爆裂开来的前一秒钟，年轻人用一种无比凄厉的声音喊出了三个字：“圆……寂……会！”

砰！

话音未落，他整个人就在剧烈的爆炸中化成了无数四溅的血肉。

“李勋！”

在那凄厉的号叫声中，我猛然惊醒，却发现自己正身处办公室。

这时，耳旁传来了一阵熟悉的电子铃声。

手机响了。

我揉了揉惺忪的睡眼，掏出手机按下接听键。

电话接通，于晓光浑厚爽朗的声音再次灌进耳膜。

和之前不同的是，这次他的语气很焦急：“路老弟，张武被我们找到了！”

“哦？他在哪里？”我浑身一激灵，立即睡意全消。

于晓光并没立刻回答，而是吞了一口唾沫，缓缓吐出了三个字：“他……死了。”

“死了？”我先是一惊，随即心里一沉，“他怎么死的？”

于晓光沉吟了一秒钟，好像在努力组织语言：“实际上，昨天他就被发现了……他死在长嘉河里，是被清漂船找到的。”

“清漂船？昨天？”听到这话，我突然想起了什么，急声问道，“莫非……张武就是昨天新闻里说的无名男尸？”

## 10

“对。”于晓光声音更加低沉，“他就是昨天被‘长清 -6 号’清漂船发现的男尸……”

得到了确定的答复，我的心情变得和于晓光的语气一样沉重。

沉吟片刻，我开始低头在挎包里翻找起什么来。

好一会儿后，我找到了一盒香烟。

我急忙抽出一根烟，点燃，又深深吸了一口，稍微平静了一下。

这时，我心里隐隐还存有某种希望，于是又问道："昨天新闻上不是说，无名男尸身上没有发现任何证明身份的东西吗？你们怎么确定他就是张武？"

"不是我们确定的……是他的家属认出来的。"于晓光说。

"张武的家属认出来的？"听到这句话，我心里仅存的希望烟消云散。

原来，昨天晚上张武没回家，他妻子李莉有些担心，一直拨打张武的电话，却始终没有人接。

因为张武以前陪客户吃饭也曾醉倒街头，第二天才睡眼惺忪地回到家，因此李莉一开始倒也并不太在意。

一直到今天下午，打了一晚上麻将的李莉补足了瞌睡，躺在床上刷手机，偶然间看到了长嘉河发现无名男尸的新闻。她发现新闻里无名男尸的穿着打扮和自己老公一模一样，这才紧张起来，急忙再次拨打张武电话，却发现电话已经关机。随后，她又联系了九龙集团，听说张武没到公司，心里就更急了，立即拨打了新闻里公布的公安局线索热线。热线里的长嘉水上公安中队，正是于晓光手下的一个部门。

听到这里，我沉默片刻，问道："这么说来，李莉已经到所里认尸了？她确定这就是她老公？"

"认了，而且只看了一眼，她当场就晕倒了。现在，她正在楼下哭得死去活来呢。"于晓光应了一句，随即好像察觉到什么，笑道，"路老弟，你好像很希望李莉认错？没错，因为男尸长时间被水浸泡，再加上曾经头朝下被河底石滩摩擦过，因此面部特征已经很不明显……但从男尸的穿着、体态和身体特征上，她确定就是张武！"

闻言，我轻轻叹了口气："无名男尸是怎么死的？于大哥你们验过吗？"

于晓光并没立即回答，反问道："路老弟，你觉得老哥我很不专业吗？"

我一愣，随即打起了哈哈："于大哥可是长嘉神探，小弟怎么敢质疑于大哥你的专业水准……我只是想再确认一下。刚才你也说了，溺水死者外部特征并不明显，外行人很容易认错。于大哥刑侦经验丰富，自然比小弟我更清楚。”

“路记者可真会说话啊……你说得没错。”于晓光笑道，“发现尸体后，我们第一时间进行了尸检，发现该男子身上的外伤主要集中在头部，而且是死后造成的。除此之外，他身上没有任何致命伤。同时，他体内发现了大量酒精，但并没有任何毒素和安眠药残留。据此，我们推测，此人是在喝醉酒后因为某种原因一头栽进了河里，因为醉酒造成溺水，而后又被潮水从浅滩卷到了深水区，一路漂流直到被清漂船找到……”

“因为某种原因？”我反复咀嚼着这句话，心里又燃起一丝希望，“也就是说，你们并不确定男子是他杀还是意外死亡？”

于晓光轻轻“嗯”了一声，补充道：“从尸检结果上看，意外死亡的可能性更大。但结合之前李勋的事，我倒更倾向于张武是被李勋灌醉后推下水的。”

闻言，我心里有些发紧，把手里的烟蒂放进烟灰缸，很严肃地说：“于大哥，既然存在两种可能性，你们会接着往下查吧？”

“路老弟，你这不是废话吗！我们当然会去查！更何况……”说到这里，于晓光有意停了停，又说道，“如果周静没有听错的话，李勋威胁要杀掉的是‘他们’……”

“对。”我很不情愿地点点头，“如果李勋真要报复谁，那么死的可能不止张武一个……”

这时，于晓光却憨笑起来：“路老弟，我怎么觉得，你好像很护着李勋啊。”

我急忙否认道：“不，于大哥，我只是觉得时间提前了。”

“时间提前了？”于晓光一愣，立即明白了什么，“你的意思是，李勋威胁作案的时间……提前了？”

对于晓光说的“作案”两个字，我心里略有不悦，但还是立即回答道：“对，昨天周静在李勋电话里听到的是‘明天晚上前就得把他们全杀光’，可张武昨天晚上就死了。”

“这……”于晓光也觉得有些蹊跷，但很快又自我安慰道，“不过这应该不重要吧。万一是李勋有意放出来的烟幕弹呢？”

“可能吧。”我嘟囔道，估摸着于晓光说得差不多了，于是准备结束通话，“于大哥，当务之急是找到李勋。接下来我也会再加把力，希望可以尽快找到他。”

“嗯。”于晓光应了一声，说道，“接下来，我们会把李勋作为重点嫌疑人进行调查和抓捕，一有消息，我们及时沟通。”

“好。”我轻轻点了点头，又补了一句，“对了，如果有可能的话，建议你们对无名男尸进行 DNA 检测……”

“DNA？”于晓光又是一愣，突然乐了，“路老弟，你还是不相信无名男尸就是张武？”

“没有，我只是不想错过任何可能性。”说完这句话，我挂了电话。

结束和于晓光的通话，我觉得有些头昏脑胀，于是站起身来伸了一个大大的懒腰，又低头看了看手表。

已经是晚上七点二十七分了。

晚饭时间到了，我却没有一丝食欲。

窗外，巨大的都市华灯初上。我缓步来到窗前，点燃一支烟，冷冷地注视着窗外灯火阑珊的城市。

幽深的小巷之外，话锋传媒集团所在的楼层依旧亮着灯，记者、编辑和经营部门的员工们正在加班。节能灯冷峻的银色灯光照耀着大楼，让这座庞然大物化身为披挂银色铠甲的巨人，俯瞰着编辑部所在的平房区和远处林立的高大楼群。

现在正是下班高峰期。高楼脚下的街道上，拥挤的人潮和车流汇集成了滚滚大潮，在都市的血管里奔涌，驱动着这座城市不断前行。

而相对于巨大的城市，不论是高楼里正在加班的人，还是街道上正在涌动的人潮，都显得那么微不足道。

就像李勋和张武一样。

想到这里，我脑子里忽然浮出了一句话：“人可以被毁灭，却不能被打败。”

这是美国作家海明威的名篇《老人与海》里，主人公圣地亚哥的名言。

在小说里，老渔夫圣地亚哥最终没能战胜大海和鲨鱼群，但却赢得了自己的心。

而在现实中，塑造这个硬汉形象的海明威，却用一把双管猎枪结束了自己的生命。

当年，我也曾百思不得其解，为什么有“硬汉作家”之称的海明威，会选择这样的人生归宿？

现在，在被现实无数次敲打之后，我好像知道了答案：他选择主动毁灭自己，就是希望避免自己最终被现实打败。

在他心里，这可能就是一种希腊英雄式的结局，一种充满浪漫主义的归宿吧。

李勋，是不是也这么想？

心里这么想着，我再次发出一声叹息：张武死了，李勋无疑具有重大嫌疑。看来，这个阳光向上的男人，最终还是被打败了。如果真是这样，那么当务之急，就不再是寻找李勋，而是阻止他下一次作案。

然而，直到现在，我仍然没有掌握任何关键性证据，而周静预告的作案时间，却已经悄然来临。

要再找不到什么线索，被现实打败的就是我了……

我点燃一支烟，颓然地坐回到椅子里。

## 11

你相信老天爷吗？

当我坐在椅子里近乎绝望时，手机响了。就是这个电话，让我相信老天爷还是很眷顾我的。

抓起手机一看，来电显示跳动着常航的名字。

我急忙按下了接听键。

“路哥，还在加班吗？”常航的声音传来。

“嗯。”我点点头，故作轻松地说，“常兄弟，你找我有什么事？莫非今天就想约我喝酒？”

“路哥如果加完班了，我当然愿意和你喝啊。”常航笑道，随即进入正题，“路哥，刚才我突然想起了一件事。”

“什么事？”我的语气依旧平静，但又隐隐怀有某种希望。

常航笑着说：“路哥，今天你不是问我知不知道圆寂会吗……”

听他提到圆寂会，我的心猛然一颤，急声道：“圆寂会怎么了？”

常航被我吓了一跳，有些胆怯地“嗯”了一声，说道：“今天下班后，我一个人到学校外面的一家小馆子吃饭，要了一份皇家黄焖鸡。等黄焖鸡端上来，我突然想起，勋勋好像和我提到过圆寂会……”

说着，常航又停了下来，好像在努力组织语言。

我有些不耐烦，急声催促道：“他是怎么说的？”

常航的语气充满犹豫：“他失踪前，曾经给我发过一些语音消息。他的原话我记不太清了，好像是说，他知道我爱吃黄焖鸡，等以后在圆寂会修成正果了，就让我这辈子有吃不完的鸡……”

“让你有吃不完的鸡？”这话听得我一头雾水，“难不成李勋是想自己得道成仙之后，用手一指，就给他表哥变出一大群黄焖鸡？看来，这个人的脑子被邪恶教团毒害得真够深的。”

心里这么嘀咕，我不禁觉得意兴阑珊，又问道：“关于圆寂会，李勋就说了这些？没其他了吗？”

“不不，还有。”常航急忙补充道，“当时我只当他开玩笑，压根儿就没当回事。见我不相信，他就急了，说改天领我到青峰山去看看，圆寂会真能让我有鸡吃……”

“青峰山……”我重复着这三个字，只觉得一阵热血直冲脑门，“如此说来，圆寂会就在青峰山？”

常航轻轻“嗯”了一声：“他是这么说的。”

我心里一阵狂喜，又问：“圆寂会到底是做什么的？李勋跟你提过没？”

“没有，当时他给我发的语音，说话也没头没脑的。我们俩从小就经常这样，有一句没一句地瞎聊。因此，当时我也没多问，后来很快就给忘了。”常航说着，又嘟囔着补充道，“我估摸着是一个卖鸡或者养鸡的地方吧……

要不他怎么说有鸡吃？”

闻言，我就像捡到了什么宝，急声问：“你还有聊天记录吗？”

“有，我发给你吧。”常航说着，随即又好像想到了什么，欲言又止。

我察觉到他的犹豫，问道：“怎么了？”

他迟疑了一下，试探着说：“路哥，你老问圆寂会做什么？这东西很重要吗？”

面对常航的提问，我竟然也犹豫起来。

沉吟片刻，我才模棱两可地说：“当然很重要。因为和圆寂会有关的，并不仅仅只是李勋一个人……”

对我的回答，常航显然更加一头雾水。但我并没有给他继续提问的机会，果断插话道：“常兄弟，暂时就这样吧。等会儿你把语音发给我，如果还想起什么来，及时和我联系。”

“好的。”常航应道，犹豫着挂了电话。

随后，常航发来了一条消息。

那是一段经过屏幕录制的聊天记录，聊天时间是 9 月 27 日。

9 月 27 日……这个时间，李勋已经从九龙集团辞职了。我心里默默计算着，点开了聊天记录。

聊天记录里，李勋和常航你来我往，一共发了六条语音。

我一一点开听了起来。其中有三条是李勋的，有两条提到了圆寂会。

第一条语音说的是：“哥，你不是爱吃黄焖鸡吗？告诉你啊，我加入了圆寂会，等在这里修成正果了，我就请你吃很多鸡，这辈子都吃不完的鸡！完全免费啊！”

另一条则说的是：“哥，你别不信。等我忙完手里这件大事，就领你到青峰山转转，保你大开眼界！”

听完语音聊天记录，我发现和常航说得大同小异。

放下手机，我再次兴奋起来。不管怎么说，现在至少知道圆寂会在哪里了。

这么想着，我拨通了于晓光的电话。

听我说完常航提供的线索，于晓光也很激动，承诺立即组织警力到青峰山排查，同时会协调市局，依托覆盖全市的“天网”系统加强对市区的监控，希望能及时发现李勋的动向，预防可能的报复行为。

挂电话前，于晓光还念念有词：“青峰山，倒还真是一个修仙的好地方……”

闻言，我也乐了。

话说这青峰山，的确是一个修仙的好地方。

作为全省的最高峰，青峰山不仅有着近三千米的海拔，还是河东市著名的旅游景区。在这个地形多山的大都市里，距城区仅八十千米的青峰山，是疲惫的都市人亲近大自然、消夏避暑的首选去处。

选择在这么一个风水宝地修仙得道，看来李勋真的已经走火入魔。想到这里，我眼前突然闪过李泰初坚定肃穆的脸，心情随之一沉。

此时，已经是晚上八点多了。

可能是因为找到了线索，我略略宽了心，肚子也咕咕叫了起来。

来到小巷另一头，下班高峰期还没过，街道上依旧人车熙攘。

我汇入滚滚人潮，寻了一家人不多的小面馆，要了一碗重庆小面，又点了一个万州羊肉格格，呼噜呼噜吃了起来。

正吃着，手机发出“叮咚”一声轻响。

有信息传了进来。

我低头一看，是总编室小胡发来的。

“路哥，在忙吧？今天晚上社会新闻栏目预发布的稿子都到齐了。老规矩，领导让我把稿子发给你先选一选，看有没有可以供《暗角》深挖的。”

信息下面，是一个压缩文件夹。

“每天的作业又来了。”我轻叹了一口气，点开文件夹。

小胡说的“预发布”，就是准备发布的新闻。《暗角》是深度报道栏目，集团其他版块发布的稿件是其重要的素材来源。因为总编室每天都会把时政、社会、文体等版块准备发布的新闻传给我，选择可以进一步深挖的素材。

文件夹里，储存着各种报道家长里短的社会新闻，不是这家儿子不孝顺，就是那家闺女体重一百八十斤要减肥……都是些不超过一千字的小稿子，以及对应的配图和视频。

我的目光在这些新闻上快速移动，开始例行公事般地选择题材。

突然，我扑哧一声笑了，差点儿把嘴里的面条呛进鼻子里。

因为我看到了一条特好玩的新闻标题《小情侣约会大桥下柔情蜜意怎奈何惊现全裸男吓个半死》。

正文不长，还附加了一条视频。

这标题挺逗啊……我抹了抹嘴，继续往下看。

“今（11）日晚上七点二十分，一对情侣到九合区鳌鱼大桥下约会，见大桥洞下堆积着一些废弃的巨型水泥管，好像是大桥修建时留下来的建筑材料。于是，二人想钻进管子做亲昵之事。却不想，两人钻进一根管子后，发现里面赫然蜷缩着一个不省人事的全裸男子。据这对情侣回忆，当时该男子就像一只蜷缩的龙虾，躺在管子另一头的几块塑料布上，周围还摆放着一些塑料瓶子和几床被子。见状，两人才明白，该男子是一名流浪汉，但又见该男子浑身赤裸且通体冰凉，两人害怕他已经死亡，于是拨打了九合区 110 报警电话。民警赶到后，发现该男子浑身酒气，应该是宿醉未醒，于是尝试将他唤醒。好一阵后，男子才微微张开眼，口中却喃喃自语‘杜总，来，再吹一瓶’！看来，他的酒并没有醒。因为他浑身赤裸，身上没有证明身份的物品，于是民警在水泥管附近进行了搜寻，但是并没有任何发现。据此，民警推测，该男子应该是昨夜和客户吃饭，酒醉后不知怎么就到了江边，然后可能遭遇了盗窃，才变成了这副模样。目前，该男子已经被民警带回派出所醒酒。这正是‘酒醉男子夜宿大桥洞　一夜醒来成了裸奔族’，在此，特告诫各位市民：劝君饮酒要节制，免得舍财又走光。”

看完正文，我觉得还不过瘾，于是又点开了视频。

视频应该是爆料人用手机拍摄的，显示的是民警在对那裸男进行问话，而男子正在喃喃自语，一对小情侣站在旁边。

裸男年纪约莫四十岁，身材结实，皮肤白皙，也算是相貌堂堂。从气质和外貌上看，应该是有些身份的人。

这时，拍摄者慢慢凑近，将镜头对准裸男的脸。

看到这里，我又忍不住开始嘲讽某些同行的专业素质：“这些人什么素质，怎么能直接拍人家脸？当心被人家告侵犯肖像权！这家媒体也是，也不打个马赛克就……”

话还没说完，我却突然愣住了。

因为我看到，画面里那张男人的脸，好像似曾相识。

盯着那张脸看了几秒钟，我脑子里突然闪过了王凯旋手机的画面——今天九龙集团员工的出勤情况。

想到这里，我噌地站了起来，引得面馆里的人纷纷侧目。

我毫不在乎他们的目光，而是用激动得有些发抖的声音对自己说：“这男人……不就是张武吗？”

## 12

发现张武还活着，我忽然产生了一个极其强烈的念头。

在这个念头的推动下，我发现自己正不断接近李勋“着魔”的真相。

风卷残云般吃完东西，我一路狂奔回办公室。

坐定后，我掏出采访笔记本，埋头写写画画起来。

“邪恶教团”“圆寂会”“死亡预告”“请表哥吃鸡”“无名男尸”“张武”“工作压力”“修成正果”“周静”“李勋”“大学同学加公司同事”“王凯旋”“李勋父母”“九龙集团”……这些关键词被一一整理出来，和李勋失踪相关的各种线索，也在头脑里渐渐清晰。

整理完关键词，我掏出一支烟点燃，盯着笔记本静静吸着，脑子却在疯狂地运转。

一种谜案将破未破的冲动，迅速挤占了整个身心。

“是什么？李勋失踪的动机究竟是什么？”

怀着这个疑问，我的目光开始在笔记本上的白纸黑字间急速游走。

突然，我的目光停住了。

眼前，“请表哥吃鸡”和“大学同学加公司同事”两行字映入眼帘。

“李勋和周静是大学同学，又是公司前同事……失踪前，李勋说要请表哥常航吃鸡……”我自言自语着，脑子里忽然灵光一闪。

“对了！”

我啪地一拍巴掌，手忙脚乱地摸出手机，拨通了青峰山所在的碧峰镇刘镇长的电话。

“路记者，好久不见，上次你写的宣传我们的报道……”

刘镇长的声音传来，我不等他说完就插话道：“刘镇长，我有一件急事想请你帮忙！”

刘镇长一愣，呵呵一乐：“路大记者要求我帮忙？这可真是稀罕了。要我帮什么，尽管说。”

我吞了一口唾沫，向刘镇长提出了一个问题。

“就这个？”仔细听了我的提问，刘镇长又是一愣，似乎有些出乎意料，随即笑着给出了答案。

“原来如此……”听到刘镇长的回答，我大喜过望，连声道谢，挂了电话。

放下电话，我扑哧一声乐了。

“看来，我真的猜对了。这么说来，李勋的失踪还真是一件奇案……”我心里嘀咕着，又拨通了于晓光的电话。

“路老弟，又有什么发现啦？”于晓光充满疲倦的声音传来。

听到他的声音，我有心想戏弄一下他，于是问道：“于大哥，张武的DNA 测试结果出来了吗？”

“哪有这么快？”于晓光一声冷笑，“你以为我们这个小派出所就能测试 DNA？今天我刚刚让人把样本送到市局，再怎么快也得明天了。怎么突然问这个？莫非你还是觉得张武没死？”

“于大哥，这可不是我觉得啊。”我嘴角浮出一丝坏笑，一个字一个字地说，“张武他真的没有死！”

“什么？”听到我语出惊人，于晓光的声音一震，好像有些怀疑自己的耳朵。

“于大哥，张武真的还活着！”我复述了之前看到的新闻，并把新闻链接发给了他，“视频里那个人就是张武。你联系一下九合区公安分局就知道了，他们应该还没有确认张武的身份……”

电话那头，沉默了一分钟之久。

于晓光看完了新闻链接，用满是震惊的语气说：“张武真的还活着？他活着，那具无名男尸又是谁？”

我使劲点了点头：“这就要神探于所长出马了。”

“我这就派人去查！”于晓光好像有些急了，语气里还隐隐透出一丝怨气。

察觉到他是在埋怨自己错认了尸体，我急忙劝道：“于大哥，你不要太过自责，这件事也不怪你。话说按照正常处理程序，溺水死者如果确定死因不是他杀，而且又有家属认领，公安机关一般不会进行 DNA 测试，你并没有做错什么。”

于晓光嘟囔了一句：“话虽没错，但不管怎么说，我确实认错了尸体。这是人命关天的大事，又怎么能够认错呢！”

“于所长不愧是有责任感的好警察啊！”我顺口巴结了一句，听着像是奉承话，语气却充满了真诚。

于晓光并不接我的话，正色道：“虽然无名男尸不是张武，但李勋还是没有音信，他到底在哪儿？”

我笑笑，卖了一个关子：“于大哥，我基本已经弄清了李勋失踪的真相。要不这样，你先派人重点查一查无名男尸的身份。我这就到你办公室来，然后我们一起去找李勋。”

于晓光也激动起来：“路老弟，你真的知道李勋在哪儿？我们这就出发吧！李勋和同伙不是扬言今天晚上就要……”

“于大哥，你别急啊。”我打断了他的话，又语气严肃地补充道，“我向你保证，今天晚上李勋不会杀人。”

说着，我把找到的线索以及自己对李勋失踪的推测，一五一十告诉了于晓光。

“李勋的失踪，竟然是这么一回事？”听了我的介绍，于晓光有些将信将疑，沉吟片刻后才回道，“行，我先派人查无名男尸，同时到九合当面见一见张武。你这就过来，等会儿我们一起去找李勋。”

“行，我这就来。”我笑了笑，挂了电话。

放下手机，我看了看表，已经是晚上十一点十八分了。

"今天晚上就要结束了……李勋和同伙也已经忙完了吧。"我学着于晓光的口吻自言自语着，提起包走出了办公室。

## 13

半小时后，我来到了长嘉派出所。

在堆满各种文件的所长办公室里，我见到了双眼布满血丝的于晓光。

"来了，走吧。"看到我，于晓光噌地站了起来，抓起外套就要出门。

"于大哥，再等一会儿。"我笑了，"还有人跟我们一起去。"

于晓光一愣，问："还有谁？"

"等会儿你就知道了。"我卖了一个关子，掏出一根烟递给他。

"路老弟，我说你什么都好，就是说话老说一半……都这时候了，你还卖什么关子？"于晓光嘟囔着点燃烟，重新坐了回去。

一根烟还没抽完，办公室门外传来一阵脚步声。

一名年轻民警领着一个女人来到门口，轻声说："所长，这位小姐说要找你。"

不等民警说完，他身后的女人就看到了我，立即扑过来拉着我大声喊道："路记者，你找到李勋了？"

见状，于晓光一愣，随即恍然大悟道："她是……周静？"

"对。"我应了一句，又苦笑着把被掐红的胳膊从周静铁箍般的纤纤细手里抽出来，对她说，"妹子，你冷静一下，我们已经知道圆寂会在哪儿了，这就去找李勋。"

周静神经质地叫喊道："他在哪儿？他到底在哪儿？"

我盯着她充满焦急的脸，轻声说道："如果我没有猜错，他应该就在……青峰山。"

11 月 12 日零点二十七分，于晓光驾驶一辆桑塔纳警车，载着周静和我呼啸着冲出长嘉派出所，朝河东市主城区东北八十千米处的青峰山疾驰而去。

一个半小时后，警车抵达青峰山脚下，又在我的指引下，沿上山公路朝景区附近的一片未开发的山林奔去。

一刻钟后，一个被密林包围的小村子出现在车窗前方。

凌晨的山村一片寂静。墨蓝色的天空下，黑黝黝的密林就像涌动的黑色海潮，将同样漆黑的村庄环抱怀中。

唯一例外的，是村子后山上的一座建筑物。

那是一座由环保板材搭建成的板房，占地面积相当于三个篮球场。而在建筑物周围，还立着一圈铁丝网，将周围方圆近百亩的山林圈了进来。

时间已经来到凌晨两点三十九分，那排厂房般的建筑物却依旧灯火通明。

警车来到后山脚下，停稳。

我开门下车，领着于晓光和周静沿着山坡，朝那座建筑物缓缓走去。

围栏前，一道做工粗糙的拱形大门映入眼帘。大门顶上，一个巨大的水牛头骨悬挂在正中央，在群星闪耀的天空下显得有些惨白，透出一种粗制滥造的诡异。

看到门上的牛头骨，周静突然浑身一抖。

我和于晓光没说什么，继续朝那座建筑物走去。

随着距建筑物越来越近，从里面射出的灯光也越来越明亮。

我们看到，上山的泥结石小道旁，有一条临时开挖出来的简易排水沟。

排水沟里，一条涓涓细流正安静地朝山下流动。

“血！”

看到排水沟的一瞬间，周静赫然发出一声尖叫。

我和于晓光转过头，看了看她，又看了看排水沟。

渐渐明亮的灯光中，排水沟里奔腾的水流里，赫然混合了一道血红。

盯着流淌着鲜血的排水沟，周静惊恐地抬起头，沿着水流的方向望向那座建筑物，双眼溢满了恐惧。

见状，我轻轻叹了一口气，说道：“妹子，走吧，你老公就在前面。”

说着，我头也不回地朝前走去。

于晓光也不发一语，沉着脸跟了上来。

见我俩越走越远，周静犹豫了好一会儿，还是踉踉跄跄地跟了上来。

来到我和于晓光身旁，周静低声说：“我就知道……他真的加入了邪恶教团……他真的杀了人！”

说这话时，她颤抖的声音里透出了一种歇斯底里的神经质。

我和于晓光依旧沉默。

很快，我们来到了建筑物前。

建筑物没有关门，大门前有一块平整的坝子。借着从大门里透出的灯光可以看出，坝子显然被人冲洗过，但还是能依稀看到地上残留的一大片淡淡的血迹。

“啊……”周静发出一声惊呼，整个人身子一软，跌坐在湿滑的地面上。

听到响动，大门里突然传来一声充满警惕的低吼——

“谁？”

一阵脚步声随即传来。

随着脚步声越来越近，周静浑身开始剧烈颤抖。她求助般地看了看我，又看了看于晓光。

我和于晓光却都没动，而是静静地盯着脚步声传来的方向。

几秒钟后，大门后出现了一个年轻人。

就见他中等身材，五官周正，身上穿着一件黑色围裙，脚上套着一双长筒雨靴。

在他的围裙和雨靴上，赫然可见斑斑血迹。

而在他右手上，正紧握着一把明晃晃的剔骨尖刀。

看到那个男人，周静双眼瞪成了铜铃，身子筛糠般抖成一团，喉咙一阵剧烈紧缩，随即爆发出一声尖锐的叫喊——

“李勋！”

## 14

尖叫声起之际，持刀男人也是一惊，双眼直勾勾盯着周静，嘴唇动了动，良久才说出了两个字：“小静……”

说着，他握着沾满鲜血的刀，慢慢朝周静靠了过去。

“不，不，你不要过来！”周静的双腿一阵狂蹬，拼命朝后退去，又抬头朝我们一阵尖叫，“路记者、于警官，救……救我！”

闻言，李勋不禁停了下来，转头盯着我和于晓光，一脸茫然地说：“你们是……记者和警察？”

直到这时，我才开口道：“对，我是记者，他是警察。你妻子要我们来找你。”

言罢，我也不等李勋说话，俯身扶起已经被吓得魂飞魄散的周静，对她轻声说：“我们进去看看。”

“不要！我不要看，里面有死人！”周静疯狂地挣扎起来。

看到她的反应，李勋又凑了过来：“小静，你……”

“你走开！”周静尖声吼叫道。

看到歇斯底里的周静，我突然发出一声暴喝：“进去看看！”

吼声响起，周静整个人一震，好像瞬间被定住了。

我盯着她的眼睛，一个字一个字地说道：“进去看看，你就知道李勋在做什么了！”

说着，我不由分说，拉着周静就朝建筑物里走。

“你，把刀放下，和我们一起。”于晓光推了推李勋。

李勋很顺从地放下刀，跟着我们进了大门。

进入大门，就觉得豁然开朗。

明亮的节能灯下，建筑物内部一览无余，一种混合了血腥和粪便臭味的味道扑面而来。

在这座室内面积大约三千平方米的建筑物内，搭建有几个巨型围栏。

围栏里空空如也。围栏的地面上铺满了松针和稻草，遍布星星点点的粪便，还安装了喂养动物用的集中饮水机。

盯着眼前的景象，我转过头问周静：“怎么样？看明白什么没有？”

周静的身子又是一抖，好像被我的声音吓了一跳。片刻后，她才颤抖着声音应道：“他们参加的这个邪恶教团，把人都关在这里，然后再把他们都杀了？”

听到周静的回答，我和于晓光对视了一眼，扑哧一声乐了。

我转头对同样一头雾水的李勋说："李勋，这里就是圆寂会？"

李勋不知所措，看了看周静，又看看我，半晌才嗫嚅着说："没错，这里就是圆寂会。"

我点点头，又对周静说："妹子，你知道圆寂会是什么吗？"

周静的脸色依旧煞白，颤声说："是……邪恶教团……"

"邪恶教团？"闻言，李勋也乐了，"宝贝，你怎么会觉得圆寂会是什么邪恶教团？它是……"

我不等他说完就插话道："它是你给自己和家庭准备的后路，对吧？"

被我抢了话，李勋转过头看了看我，脸色一下子严肃起来："对……"

"给我们家准备的后路？"周静重复着这句话，急声问道，"路记者，你这是什么意思？"

我再次盯着周静的双眼，表情也变得严肃起来，一字一顿地说道："为了你和孩子以后能继续过无忧无虑的好日子，李勋瞒着家里人准备了一条后路。而这条后路，就是圆寂会！"

说着，我看了看李勋，嘴角浮出了一丝笑容，又盯着周静继续说："这个你我曾以为的邪恶教团，实际上是一个养鸡场！"

周静的身子又是一抖，好像并不理解我话里的意思："这到底是怎么回事？圆寂会不是邪恶教团，而是养鸡场？不可能啊，他不是买了刀吗？还说要'杀光他们'……"

盯着周静歇斯底里的脸，我并没有立即回答，而是转头对李勋说："兄弟，圆寂会有办公室没有？这大半夜的，我腿都站麻了。"

"有。"李勋应了一句，朝身后一指，"这边请。"

几分钟后，我们来到了建筑物旁的一间砖木结构的农舍。

这里就是李勋的办公室。

进了屋，李勋一边很殷勤地搬来几把塑料椅子，一边招呼我们坐下："两位大哥，条件有限啊，请坐。"

说着，他又很温柔地把一把椅子摆到周静面前，用一种略有歉意的声音说："亲爱的，你也坐吧。"

周静并没有坐下，而是嗫嚅着朝我们靠了靠，目光中有怀疑，更有惊恐。

坐定后，我看了看周静，又盯着李勋轻声说：“圆寂会的全名，是‘原生态山地鸡养殖协会’，简称‘原鸡会’，对吧？”

“对。”李勋挠挠头，依旧一头雾水，“这位……记者大哥，你是怎么知道的？”

“本地镇长是我老朋友，他告诉我的。”我笑笑，又说道，“大概是今年上半年，你感觉到自己不管怎么努力，也不可能完成张武安排的工作考核指标。从那个时候起，你就开始准备‘圆寂会’这条后路，是不是？”

“没错。”李勋点点头，随即又一脸狐疑地问，“记者大哥，你怎么知道？我没有对任何人说啊。”

“别叫大哥了，我叫路晓。”我没有回答他的提问，继续问道，“在九龙集团的最后几个月，你一定备受煎熬吧？”

闻言，李勋脸上闪过一丝阴霾。

“对。”他的声音变得低沉，“张武新官上任三把火，满脑子想的都是建功立业。而他建功立业的方式，就是单纯提高营业额。只要能提高营业额，他根本就不管员工死活！”

说着，李勋变得有些激动：“他上任半年，工作量就增加了三倍，整整三倍啊！为了完成任务，我和团队拼命加班，拼命跑客户，拼命拓展市场……前两次，我们都勉强完成了，可张武还在提高考核指标！见实在完成不了了，我也找张武谈过，告诉他市场拓展要稳扎稳打，不能急功冒进，也告诉他团队已经到极限了，再这么下去部门会散……可你猜猜他说什么？他说‘我手下的部门就应该是超一流团队，完成不了高难度的任务，吃不了别人不能吃的苦，那就滚蛋’！说完这话，他还阴恻恻地对我说：‘别人做不下去，还可以跳槽，可你老婆没工作，孩子又刚上小学，你有种吗？’娘的，这不是拿我老婆孩子来威胁我吗！去他娘的，当时我就气得拍了桌子！”

见李勋的情绪很激动，我斜眼瞄了一眼周静，话里有话地说：“因此，你就想杀了张武？”

李勋毫不犹豫地应道：“当然想！”

“但你真的做了吗？”我明知故问，随即又补了一句，“就像……当年和影响自己学习的同学打架？”

李勋愣了愣，似乎没料到我竟然知道他高中时的事，脸上的表情也舒展开来，搔搔头说：“怎么可能？我可是有老婆孩子的人，就算不对自己负责，我也得对他们负责。”

说着，他怕兮兮地看了看周静。

周静也察觉到了什么，原本混合着歇斯底里的惊恐表情渐渐散去，一种深深的关切取而代之。

## 15

说到这里，李勋重新收起目光，吞了口唾沫继续说道：“那次谈话之后，我就觉得在九龙集团做不成了，于是就开始准备后路……”

听到这里，我插话道：“你准备的后路，就是运用自己在大学学习的农业科技专业知识，又偷偷动用了家里的一部分积蓄，开办了‘圆寂会’，对吧？”

李勋又是一愣，笑道：“记者大哥……哦，不，路哥，我的事，你都是怎么知道的？”

我欣赏着李勋惊异的表情，小小的虚荣心得到了极大的满足，略有显摆地说：“昨天，周静找到我，说你偷拿了家里积蓄，是要参加一个名叫‘圆寂会’的神秘组织，并听说你们要在昨天晚上‘把他们杀光’，还专门买了剔骨尖刀。因此，我和她一样怀疑‘圆寂会’是一个迷惑人心、教唆犯罪的邪恶教团。后来，和你有过节的张武神秘失踪，并且在长嘉河岸边发现了疑似张武的尸体，我也越来越坚信你就是参加了邪恶教团，并且准备对一些特定对象展开报复，直到……”

说到这里，我有意停了一下，看了看周围人的表情，这才继续说道：“直到我偶然发现张武并没死，因此只得寻找其他合理的推理方向。后来我突然想到，你和周静是邻省农林科技大学的同学。我立即查了你们当时的专业，是特色禽类养殖，对吧？”

李勋点了点头。

我笑了笑，继续说道："就因为想到了这个，我觉得思路一下子通了。因为在九龙集团干不下去了，你就偷偷动用了家里的一部分积蓄，又拉上了一个或者是几个志同道合的合伙人，一起到青峰山开办了这个养殖基地，准备以后自己创业，不再看别人脸色吃饭，对不？"

听到这里，李勋脸上溢出了满满的崇拜，高声说："对啊，路哥，你可真神啦！当时我看在九龙集团干不下去了，于是就联系了几个大学同学，又请大学的系主任做顾问，准备重操旧业养山地鸡……"

我点点头，问道："之前你一直瞒着家里人，就是想等创业成功之后，给他们一个惊喜。而前天周静在电话里听到的'把他们都杀光'，实际上指的是养鸡场出笼的第一批山地鸡，对不？"

"没错没错。"李勋的头点得像鸡啄米。

我乐了，问道："你的合伙人呢？应该都在这里吧？"

李勋搔搔头，说道："昨天屠宰完第一批山地鸡，大伙忙到凌晨一点多，累坏了。我就让他们都去睡了，我一个人留下来打扫鸡场，结果你们就来了……"

说着，他皱了皱眉，嘟囔道："可是你又怎么知道'圆寂会'在这儿的？我可是没对任何人说啊。"

"不，你说了。"我笑了笑，"几个月前，你和你表哥常航语音聊天时，说要请他吃一辈子都吃不完的黄焖鸡，也提到'圆寂会'在青峰山……"

"我提过吗？"李勋愣住了，"不可能吧，我一点儿印象都没有呢。"

看到李勋的反应，我也生出一丝不解。

沉吟片刻，我忽然想起了什么，转头问周静道："你老公是不是酒量不好？而且喝了酒就会变成话痨？"

周静点了点头。

"这就对了。"我笑笑，转头对李勋道，"那段时间，你是不是经常和'圆寂会'的合伙人喝酒？"

"哦，对，我想起来了。"李勋低头查看了一下手机聊天记录，恍然大悟，"在'圆寂会'筹备阶段，我天天都和他们在一起讨论养殖场的规划。白天讨论累了，晚上就一起喝酒吃饭，继续畅谈理想……那感觉可真是好啊……”

我接口道：“结果，有一天，你小子喝高之后，就开始用手机和常航畅谈人生理想，而且酒醒之后，就把这件事给忘了？”

李勋搔了搔头，笑着“嗯”了一声。

“原来你跟我一样，喝了酒就变话痨，至于说过什么，酒醒之后又全忘掉了。”我也笑了笑，继续道，“三个月前，你拿到了上半年被拖欠的业绩奖金，从九龙集团正式辞职，随即全身心投入‘圆寂会’的工作。一个月前，你突然开始夜不归宿，是因为你吃住都在‘圆寂会’。当时，‘圆寂会’的第一批山地鸡应该就要上市了吧，你是忙不过来才离家出走的，对吧？”

李勋点头道：“路哥说得对。”

这时，一旁始终沉默的于晓光忽然插话道：“李勋，你小子养鸡就养鸡，可非要说什么‘把他们全杀光’……你这不是给我们找事吗？”

“对不起。”李勋连忙道歉，“这几天，鸡场养殖的第一批山地鸡已经达到了上市标准，被省里一家连锁餐饮企业全部预订了。昨天夜里，我们就按照客户要求对这些鸡进行了屠宰，今天天一亮就要装进冷冻车运走。前天下午我给小静打电话，就是想告诉她我们创办‘圆寂会’，而且已经开始赚到钱这件事，只是当时话还没说完，旁边就有合伙人叫我，我对合伙人说‘把它们全杀光’，才造成了这样的误会……对不起，真是给你们添麻烦了！”

说着，李勋腾地站了起来，朝我和于晓光深深鞠了一躬。

“行了，你又没做亏心事，没那么严重。”于晓光摆了摆手，很大度地说。

李勋又看了看周静，重新坐回了椅子上。

说到这里，我沉吟片刻，问出了一个在心里萦绕了很久的问题：“既然你辞职之前就创办了‘圆寂会’，为什么一直等到前天才给周静说？你就不怕他们担心吗？”

闻言，李勋低下头，盯着办公室凹凸不平的水泥地面陷入了沉默。

良久，他才用一种严肃的声音说：“当初为了更好地照顾家庭，我让小静辞掉了本来很稳定的工作。当时，我对她说‘以后我来养家’！为了兑现这个承诺，我一直很努力地工作，三十岁出头就成了全省最大企业的管理人员。因为这个，爸妈都把我当成骄傲，小静才能全身心地照顾孩子，不用担心没钱买柴米油盐，能给自己买大牌香水和漂亮衣服，能让孩子去游乐场、上补习班……就连我刚上小学的儿子，也会在作文里很自豪地说‘我爸爸是一个大公司的总监，是他让我和妈妈无忧无虑地生活’……”

说到这里，李勋的声音有些颤抖：“可是，我尽了一切努力，都无法保住这样一份让家人生活无忧而又很有面子的工作。而我唯一能做的，就是从大公司的管理精英变成一个在大山里养鸡的养殖户……这个身份落差太大了，我……我……我说不出口！除非我赚到了大钱……”

说这话时，李勋的十指紧紧交叉在一起，因为用力，指节上变得有些发白。

片刻后，李勋稍稍平复了情绪，抬起头又说道：“本来我想等到第一批山地鸡卖到钱之后再给家里人说的……要知道，我的山地鸡一只能卖120～180元，第一批鸡就有三千多只呢！却不想，还没等到我说，你们就找上门来了……”

说到这里，李勋又低下了头，苦笑起来。

沉默，再次笼罩了简陋的办公室，直到被一声女人的怒吼打破——

“李勋，你是一个大傻蛋！”

我、于晓光和李勋同时一愣，就见周静扑到李勋面前，举起纤弱的拳头似乎就要打下去，却又停在了半空。

拳头没有落下，她已经扑进了丈夫怀里，嘴里还大声叫骂道：“你这个浑蛋！你……知不知道我有多担心你？我还以为你要做什么傻事！你不知道我爱你吗？你不知道我爱你，不是因为你是什么大公司的精英，而是因为你是我老公！你辞职又怎么了，我爱的是我老公，不是什么狗屁总监！你凭什么觉得我们的好日子是你给的？！以后我们一起养鸡，一起赚钱，一起过我们的好日子！”

听着周静的哭诉，李勋的眼眶也是一红，俯下身紧紧抱住妻子，嘴里喃喃道：“对不起，闹了这么大一个乌龙，让你担心了……你才是傻蛋，认识我这么多年，我怎么可能去信邪教、去杀人呢？你爸不是说过，人活着，就是要和生活战斗吗？”

见状，我站起身对于晓光说：“于大哥，事情都弄清楚了，咱们留在这里不合适吧？”

于晓光呵呵一乐，也站起来点点头，若有所思地说道：“现在，就只剩下无名男尸这一个谜团没解开啦。”

“那就是你于大神探的事了。”我耸了耸肩，拉着他一起走出了“圆寂会”办公室。

…………

当天中午，于晓光给我打来电话，兴冲冲地告诉我：无名男尸的身份查清了！

随后，他用很少见的激动语气，向我介绍了无名男尸的调查结果——

原来，因为应酬时饮酒过量，张武患上了轻微的酒精中毒，一直拖到昨天晚上才苏醒。苏醒后，他告诉警察，前天夜里，他和一个客户喝酒，酩酊大醉后独自打车回家，却不知道为什么在大桥下下了车。随后他就遇到了一个流浪汉。流浪汉说要送他回家，却把他带到了长嘉河边的一座大桥下。然后，他就什么都不知道了。

根据张武的证词，警方对那名流浪汉进行了重点调查，经过对附近“天网”监控的排查和对当地商铺的走访，最终还原了流浪汉那天晚上的活动轨迹，并将他和无名男尸进行了同一认证。

原来，前天夜里，流浪汉见张武酒醉不醒就起了歹心，将他身上的钱包、手表、手机等值钱的东西洗劫一空，就连衣服都扒下来，穿在了自己身上。

抢到了一笔横财，流浪汉心花怒放，于是到附近一家便利店买了一条香烟、一箱啤酒和一些熟菜，沿着长嘉河一边吃一边喝。话说这流浪汉也是够悲催的，酒量比张武还差，喝了没几瓶啤酒就醉得不行。当时，喝醉酒的他很可能一时不慎，失足掉进了长嘉河，很快就因为酒醉溺亡，又随着河水一路漂到了长嘉派出所辖区，直到被清漂船发现。又因为流浪汉穿着抢来的张武的衣服，加之身高体态和张武很像，且他的脸部特征又不能辨认，因此才会被悲伤过度的张武妻子误认成自己丈夫。

…………

听于晓光介绍完，我不禁啧啧称奇："于大哥，如此多的机缘巧合，这么多的乌龙和误会……这件案子，还真是一个奇谈啊。"

于晓光却坏笑道："忙活老半天，却发现李勋并没'着魔'。他战胜了自己人性的'暗角'，避免了自己走入邪路……路老弟，你这篇《暗角》怕是不好写啊？"

我呵呵一乐，反问道："于大哥，这话就不对了。如果李勋因为一时激愤走火入魔，真的杀掉了张武，我的确可以得到一个反映'社畜'生活压力的深刻题材。但与其如此，我倒更愿意看到他成功战胜了人心的'暗角'，寻找到更适合自己的生活。你也更愿意看到这样的结局，不是吗？"

闻言，电话里传来了于晓光爽朗的笑声。

# 故事二：“走生魂”

## 1

“路记者吗，我就快死了，你要救我！”

11 月 17 日上午，我接到了这样一个略显突兀的电话。

电话里，传来一个男人的声音，沧桑、浑厚，似乎上了点年纪，却又在剧烈颤抖。

“你要死了？”听着这个声音，我苦笑，“请问你哪位？我连你是谁都不知道，要怎么救你？”

男人声音抖得更厉害了：“我……我……我是顺岭镇的孟东北，我……我……我……”

说到这里，这个名叫孟东北的男人突然停住了，半晌才挤出后半句话，“我……我……‘走生魂’了！”

“什么？‘走生魂’？”听到这个词，我扑哧一声乐了。

话说这“走生魂”，乃是流传在本省偏远农村地区的一种迷信说法。据说人有三魂七魄，三魂七魄都齐全，人才有生气。“走生魂”就是三魂在人活着的时候就离开了身体，以主人的形象到处乱跑。因此，“走生魂”的人会同时出现在两个地方，一个是本体，另一个是幻化成本体的“生魂”。坊间传说，只要是走了“生魂”，这个人就活不长了。

想到这里，我有些不以为然，笑着对孟东北说：“大哥，这都什么年代了，怎么可能呢，你可别迷信啊。”

“我真看见了！”孟东北歇斯底里地吼叫起来，“老辈都说，走了生魂只能活三天！我快死了，你要救我！”

听到孟东北的反应，我估摸他是喝醉了，但又不太好直接堵回去，于是接着他的话茬往下问：“孟大哥，你怎么看见自己‘走生魂’了？”

孟东北用力吞了一口唾沫，好像在努力平复自己的情绪，好一会儿之后才开口道：“昨……昨天，我在我家粉条厂守着工人加夜班。大概刚过夜里十一点，我到厂子外头给我老婆子打电话，就……就……就看见……”

说到这里，孟东北的声音又开始颤抖，他再次吞了一口唾沫，继续道：“我……我……我就看见，厂子围墙下面，站……站……站着一个人……当时，我还以为是有小偷儿摸了进来，想趁夜色偷点东西，于是转身操起一根棍子，还叫了两个工人，悄悄地靠了过去……可……可等我凑近了用手电筒一照，那人却一动不动……我这时才看清了——那人的身形、打扮……就连相貌都……都……都……都跟我一个样！妈啊！”

言罢，孟东北发出一声尖叫，好像那个“生魂”就在面前。

我没被他的讲述吓到，却着实被他这一声尖叫吓了一大跳。

说完了“走生魂”的经历，孟东北又开始央求：“路记者，你可是省城里大名鼎鼎的文化人，你……你……你一定要救救我！”

我轻轻叹了一口气，说出了自己的推测：“孟大哥，昨天晚上你喝没喝酒？”

“喝了！”孟东北的回答很坚决，“但我真的看见‘生魂’了！”

我的态度也很坚定：“昨天你喝了多少？”

孟东北犹豫了一下，答道：“也就半瓶江津老白干……”

“那就对了。”我的语气轻松起来，“孟大哥，你就是喝多了眼花……别自个儿吓自个儿了。”

“我没有眼花！”孟东北再次吼了起来，“我平时是三斤的酒量，昨天的半瓶酒才半斤，我怎么可能眼花！”

听到这话，我又乐了，心说：“但凡说自己没醉的，都已经喝得很醉了。”

虽然我嘴上没这么说，但孟东北显然察觉到了我的满不在乎，于是急声说道：“路记者，你别不相信，除了我，昨天跟我一起的两个工人也看到了我的‘生魂’！不信，你现在就来问问他们！”

“哦？其他人也看到了‘生魂’？这可就有点儿意思了。”我心里嘟囔着，决定接下这个采访，于是连哄带骗地劝道，“孟大哥，就算你和两个工人真看到了‘生魂’，这不也还有两天嘛。这样吧，明天我去找你，咱们再找个专家给你治一治，应该还有救。”

“今天你不能来吗？”孟东北又央求道，“昨天晚上十一点我就已经看到了‘生魂’，最多后天晚上十一点我就要死了！路记者，救人一命胜造七级浮屠啊！”

听到孟东北几乎要哭出来的声音，我盘算着今天要做的另一个采访，犹豫了一下说：“孟大哥，明天一早，我一定过去找你！”

孟东北沉默良久，才很不情愿地说出两个字：“好吧……”

我笑了笑，忽然又想起了什么，于是问道：“对了，孟大哥，你是怎么找到我的电话的？”

孟东北愣了一下，心不在焉地说：“是镇文化站的牟站长给我的，他说你是省里的大记者，也最喜欢研究这些神神秘秘的事情……”

“原来是牟站长，我跟他是老朋友了。”我嘟囔了一句，又安慰了孟东北一下，让他相信科学，不要自己吓自己，就挂了电话。

接下来大半天，我完成了当天的采访，随后就回到空荡荡的编辑部，准备把稿子写出来。

回到编辑部时，已经是夜里九点多了。

我所在的《暗角》编辑部，隶属于话锋传媒集团，是集团旗下最负盛名的深度报道栏目。编辑部的办公场所，在集团总部万年康泰传媒大厦旁的一条即将拆迁的小巷里，是一栋始建于二十世纪六七十年代的三层小楼。

到目前为止，整个《暗角》编辑部就我一个人，身兼主编、编辑和记者多项职务，从采访、写稿、排版、校对到网上发稿，全都由我一个人完成。

虽然我已向集团人力资源部抱怨过很多次，人力也答应尽快招人，但因为深度报道对记者的业务能力要求比较高，所以编辑部的人手迟迟没有得到补充。我也就这么一天天一个人扛了下来，成为整个集团唯一一个手下没兵的中层干部。也因此，这天我回到编辑部开始各种忙活时，很快就把孟东北“走生魂”这件事给忘了。

深夜十一点刚过，我总算写好了稿子，又完成了对杂志和网站更新的排版校对，这才发觉自己还没吃晚饭。

我提起包走出办公室，准备到巷子外吃一碗牛肉面。

一百多米长的巷子里，连个鬼影都没有，只看见昏黄的路灯散发出幽幽的光。沿着巷子，我走了还不到三十米，忽然手机响了。

我掏出手机一看，是一个陌生号码。

“这谁啊？莫不是又有什么紧急采访？”我嘟囔着按下接听键，就听到电话里传来一个年轻男人急促的声音——

“喂，我是顺岭镇派出所的李方圆，你是谁？”

我一听，有些不耐烦地反问道：“奇了怪了，你给我打电话不知道我是谁？”

闻言，对方的语气严肃起来：“今天晚上，我们顺岭镇发生了一起死亡事件，我们发现今天上午死者给你打过电话，因此想找你了解一下情况，请你配合。”

听到这话，我猛地想起了孟东北，突然意识到了什么。

“莫非……孟东北出了什么事？”我低声问道。

“对。”这个名叫李方圆的警察也压低声音说，“就在刚才，我们接到村民报案，说在顺岭河峡谷里发现了孟东北的尸体。经过对死者物品的检查，我们发现今天上午你和孟东北通过电话，因此想问问你们都说了什么，你有没有发觉孟东北有什么异常？”

“异常……”我重复了一遍这个词，答非所问地说，“孟东北竟然……真的死了？”

听到我这句话，李方圆愣了愣，随即急声问道：“这么说，今天他跟你提到了他会死？他是怎么说的？是有人找他寻仇还是他想自杀？”

我却又一次答非所问：“李警官，孟东北到底怎么死的？”

李方圆又是一愣，随即恢复了之前严肃的口吻：“这位同志，警方办案不能随便透露，对了，你还没有告诉我，你到底是谁。”

我“哦”了一声表示理解，答道：“我是话锋传媒的路晓，是负责《暗角》栏目的记者。”

却不想，听到我自报家门，李方圆原本冷峻的态度陡然一转：“《暗角》？路晓？你就是《暗角》的路晓路记者？”

“对。”李方圆态度的转变出乎我的意料，于是点点头，半开玩笑地说，“李警官你认识我？我可没有任何犯罪前科啊……”

“不不不，路记者，我是《暗角》的忠实粉丝！”李方圆的声音更加激动，甚至还透出一种朴实的敬仰，“你们《暗角》栏目办得好啊，每篇稿子都是针对社会和人性阴暗面的调查，在调查阴暗面的同时又不忘挖掘人性光明的一面，这才叫弘扬正气，这才是主流媒体该做的！你可能不知道，我还在警校的时候就喜欢看你的稿子，每一篇都要仔仔细细看上两三遍……”

听到李方圆开始絮絮叨叨地表达崇拜之情，我小小的虚荣心得到了极大的满足，但是也没有忘记正事。

于是我打断了李方圆的絮叨，插话道：“那啥，李警官，既然你也认识我，要不我们找个时间聊聊？我会向你如实汇报和孟东北通话的详细内容，也有些事想请你帮忙……”

闻言，李方圆激动得好像要跳起来：“没问题！”

## 2

在电话里，我简单向李方圆介绍了白天和孟东北的通话内容，又约定第二天上午见面。

挂上电话，我也顾不得吃牛肉面了，掏出手机向集团总编室汇报了自己到顺岭镇的采访行程，又网上预订了第二天到顺岭的长途汽车票。

忙完这些，我才到小巷外的重庆面馆要了三两红烧牛肉面，又呼噜呼噜地吃完，急忙回家睡觉去了。

让人郁闷的是，虽然我早早躺到了床上，却怎么也睡不着。

夜深人静之际，我耳旁又回响起白天孟东北带着哭腔的声音："路记者，我快死了，你要救我……"

回想着这充满绝望的求救声，想起当时自己不那么重视的态度，我不禁生出一丝愧疚。

"孟大哥，你到底发生了什么事？莫非真应了'走了生魂三天必死'的传言？"

带着这样纷乱的思绪，我渐渐进入了梦乡。

第二天上午七点二十分，我坐上了前往顺岭镇的长途班车，西出河东市主城，沿高速公路朝西南方向一路疾驰而去。

顺岭镇隶属于长水县，位于省城河东市远郊一百八十多千米的顺岭山脉腹地。虽然跟大城市的距离并不算很远，但因为山高坡陡、土地贫瘠，这里的发展一直比较滞后。

三个小时后，长途汽车进入了长水县长途汽车站。

按照昨天我和李方圆的约定，他会在这里接我，然后一起前往三十千米外的顺岭镇。

一下车，我就看到一个身穿警服的年轻人在左右张望，急忙走了过去。

来到那名警察面前，我笑道："你就是李警官吧？"

"路记者？你就是路记者？"李方圆满眼都是惊喜，盯着我急吼吼地说，"可算是见到你了！没想到路记者这么年轻！还是这么帅！"

"年轻也不算了，今年我都 36 岁了，奔四的人了。"我苦笑了一下，低头看了看手表，"小李，要不咱们车上说？"

"哦，对对对，瞧我这激动得把正事都忘了。"李方圆搔搔头，转身领我钻出了车站。

车站门口，停着一辆长安警车。李方圆和我一起钻进警车，沿着人车混杂的公路，缓慢地朝县城外驶去。

警车来到县城外，我开始进入正题："兄弟，昨天孟东北到底是怎么死的？哦，对了，你对我可以放心说，我不会乱写的。”

李方圆听到我称呼他为“兄弟”，有些心花怒放，接口道：“嗨，路哥，你可是长期宣传我们公安工作的大记者，我当然愿意跟你说了。”

说着，李方圆转动方向盘，驾驶警车转入了一条柏油修筑的乡村公路。

公路右边，耸立着一块指示牌：距顺岭镇二十一千米。

警车驶入乡村公路的同时，李方圆继续说道：“昨天夜里十一点零九分，我们所接到了一个报警电话，是村民张长顺打来的。他说在顺岭峡钓夜鱼时，发现河滩上躺了一个人。当时他还以为是谁家的男人喝醉了酒，于是凑过去想帮帮忙。等他凑到跟前一看，才发现这人是孟东北，一摸鼻子，已经没气了。吓得张长顺立马给我们打了电话。”

说着，李方圆忽然停住了，一阵猛打方向盘，驾车转上了一个陡峭的斜坡，又沿着盘山公路一路朝上走。

看着他做完这一系列动作，我催问道：“孟东北到底是怎么死的？你们确定了他的死因没有？”

李方圆手握着方向盘，轻声道：“接警后，我们立即赶到现场，发现孟东北浑身瘀伤，但都不致命。经过县局法医的鉴定，发现孟东北真正的死因是心脏骤停，被人发现时他身上还有余温，因此死亡时间应该就在昨天晚上十一点左右。我们随即对现场进行了勘查，在尸体旁的一座山坡上找到了一行朝上走的脚印，脚印在半山腰处终止，随后又在这行脚印终止的位置发现了有人从山坡上滚落的痕迹。经对比，脚印和滚落的痕迹都是孟东北的。因此，我们推测，孟东北当时沿着山坡向上走，然后脚下一滑，从山坡上摔了下来，因此受惊造成心脏骤停。对了，我们问过孟东北的亲属，据说他的心脏一直有毛病。但是，唯一让我们不解的是……”

说到这里，李方圆忽然停了下来，原本平静的表情也变得有些犹豫不定。

“不解的是什么？”我急忙催问道。

李方圆想了想，说道：“唯一让我们不解的，是孟东北脸上的表情。当时，他双眼圆瞪，嘴巴大张，好像受到了极大的惊吓……”

说着，李方圆又急忙补充道：“不过，当时我们所长也做出了推测，这样的表情很可能就是孟东北从山坡滚下来时受惊造成的。你想想，一个就快六十岁的人，心脏本来就不好，深更半夜从山坡上突然滚下来，换成谁都会吓得不轻吧。”

听了李方圆的介绍，我默默点了点头，问道：“就这些？现场没有其他线索了？”

“没有。”李方圆摇了摇头。

我有些失望，沉默片刻又说道：“对了，深更半夜的，孟东北为什么要跑到河谷里爬山？”

这次，李方圆的回答倒是干脆：“据报案的张长顺和孟东北的家属讲，孟东北也很喜欢钓鱼，特别是钓夜鱼。昨天，我们在现场也发现了他的钓鱼竿和水桶，还有一个钓夜鱼专用的大功率充电灯。”

听到这里，我不禁心生疑惑：“昨天白天，孟东北就对我说他快死了……他都被吓成这样了，还有心情钓夜鱼？”

李方圆也愣了愣，随即嘟囔道：“对啊，但现在我们手里并没有其他更有价值的线索，也只能走一步看一步了。”

我点点头，抬眼凝视着汽车风挡玻璃外急速向后掠过的乡村风景，不说话了。

见我沉默，李方圆忽然笑了：“怎么，路大记者觉得这案子没意思？”

我苦笑了一下，说道：“昨天夜里，我给你说过孟东北‘走生魂’的事，你给所领导说了吗？”

闻言，李方圆一愣，转头一脸惊讶地说道：“路哥说的事，我当然给所领导汇报了。但所领导和我都觉得，‘走生魂’根本就是封建迷信！孟东北说自己‘走生魂’和他的死很可能只是一个巧合。路哥，你该不会真以为孟东北的死是因为‘走生魂’吧？你可是省城的大记者，可不能被封建迷信糊弄啊。”

听到他略有些调侃的话，我轻轻叹了一口气：“兄弟，我下半句话还没说完。你想想，昨天白天孟东北就对我宣称自己活不过三天，晚上他就真如自己预言的那样死了。我就觉得吧，在‘走生魂’和他的死之间，可能存在某种关联。这可能是孟东北死亡的关键，也可能是一种无关迷信但是有关人性的关联！”

听了我的想法，李方圆也严肃起来，皱眉盯着汽车前方，半晌才点点头，若有所思地说：“路哥的思考果然独到。听你这么一说，我也觉得孟东北‘走生魂’这件事有点儿蹊跷。”

我又苦笑了一下：“也就是说，昨天你们并没有调查那两个工人？”

“就是前天夜里和孟东北一起见到‘生魂’的工人？”李方圆反问了一句，又自顾自答道，“还没呢。今天上午，所长带人去问孟东北的家属了。昨天你说你要来的事情，我跟所长汇报了，他就让你和我一起去找那两个工人问问。哦，对了，我们所长也是你的忠实粉丝。不过话又说回来，我个人觉得，这两个工人跟案情的关系并不大……”

听到他的回答，我轻轻叹了一口气：“也对，到目前为止，的确还没有任何证明孟东北死亡是谋杀的证据。但这也不能说明，他的死就真的是意外。”

“嗯。不放过任何蛛丝马迹，路哥的思维方式和我们真的很像。”李方圆使劲点了点头。

“兄弟，你嘴巴可真甜啊。”我开了一句玩笑，和李方圆同时大笑起来。

此时，警车已经渐渐进入了顺岭山脉腹地。

前方，沿着越来越高的山势，公路依旧在向上爬升。车窗外，公路旁几米处就是高耸入云的峭壁。峭壁下方缭绕的云雾间，环布着当地农民世世代代开垦的梯田。梯田里种满了玉米和水稻，间或还能看到锦簇成团的果树和蔬菜地，就像一块块彩色的云雾，给苍茫的大山平添了几分生机和活力。

注视着车窗外世外桃源般的景色，我心里却没来由地生出一种畏惧。

我隐隐觉得，在这缭绕的云雾之间，在青翠葱茏的田间地头，隐藏着一些不为人知的神秘和诡谲。

## 3

中午十二点一过，我们抵达了顺岭场镇。

作为整个顺岭镇的中心，这座场镇依山而建，面积约三平方千米，是近年来新建的新型场镇。虽然远远没有河东主城那种国际化大都市的高大上，但对一个深居大山的偏远乡镇而言，也算有几分气派。

让这个偏远小镇有如此气派的，是分布于全镇的八百多家红苕粉作坊。

作为顺岭特产，用山地生态红苕（北方人说的红薯）加工制作的顺岭红苕粉闻名全省。近年来，经过各级政府的大力扶持，当地苕粉渐渐形成了一个特色产业，在整个西南地区都算得上是一张名片。

孟东北，就是这个产业的从业者之一。

一下车，我的视线就被场镇里星罗棋布的苕粉作坊吸引了。

就见密集的小高层楼房和错落有致的平房之间，分布着大大小小数十块坝子。每块坝子上都竖立着无数花花绿绿的竹竿。在这些竹竿上，晾晒着轻薄的金黄色的红苕粉。

在晒干了水分之后，这些苕粉就会变得又硬又脆，就像一张张易碎的塑料壳。到这个时候，工人们就会把苕粉收起来，放进包装盒和塑料袋，再贴上商标或零售或批发到全国各地。

目光在这些晾晒着苕粉的坝子和坝子后的简陋作坊之间游走，我的神情也渐渐严肃。

李方圆察觉到了我的心思，主动插话道："路哥，你是在找孟东北的苕粉厂吧。喏，半山腰上最大的那家就是。"

说着，他朝半山腰努了努嘴。顺着他的目光，我的视线向半山腰移去，果然看见密集的房屋间，耸立着一排天蓝色顶棚的标准化厂房。

"哟，孟东北的生意做得很大嘛。"我轻声嘟囔着，像是在跟李方圆说话，又像是在自言自语。

"对。"李方圆笑着搔搔头，从衣兜里掏出一包烟，递给我一根。

"兄弟，你要抽烟啊？"我坏笑起来，"刚才坐在车里这么久，我早就想掏烟了，又怕你不抽，让你吸了二手烟。"

"路哥，刚才不是在警车里嘛，我哪敢在警车里吸烟啊。"李方圆又搔了搔头，放了一根烟到嘴里，重新进入了正题，"在顺岭镇，谁不知道'东北苕粉'的名号？孟东北这家厂年营业额有两三千万元，是全镇最大的企业呢。"

"哦？这么牛？"我灵机一动，又问道，"这么说来，孟东北可算是镇上的首富了？”

“对。”李方圆使劲点了点头，喷出一口烟说，“他家的资产再怎么着也得有个好几千万吧。”

“原来如此……”我眯缝起眼，盯着半山腰上的厂房沉默了。

见状，李方圆又插话道：“路哥，你该不会觉得，昨天孟东北的案子是有人谋财害命吧？”

我点点头，反问道：“你们没这么想过？”

“当然想过。”李方圆好像生怕被我觉得不专业，急忙说道，“昨天晚上一确定死者是孟东北，我们所长第一反应就是调查他的利益关系人。所长说，就算孟东北真的是死于意外，也要排除有人谋财害命的可能性后才能下结论。这会儿，所长可能正在找孟东北的家属问话呢。”

“你们所长说得对。”我又点点头，“既然所长大人在问他的家属，等下咱们就去会会和孟东北一起看见‘生魂’的两个工人。”

“行啊。我这可算是和大记者路哥一起采访了。”李方圆说着，脸上溢满了激动的神情。

我呵呵一乐，学着他的口吻说道：“我这也算是和未来的大警探李警官一起查案了啊。”

此话一出，我们同声大笑起来。

三五口吸完了烟，我和李方圆重新钻进警车，一起向半山腰的孟东北苕粉厂驶去。

不到十分钟，警车就来到了厂门前。

就见高大的工厂拱门上，赫然竖立着五个朱红大字：东北苕粉厂。

看见警车到来，守门的保安急忙拉开大铁门，把我们放了进去。

来到厂房前宽大的晒坝上，李方圆停稳了车，和我一起下了车。

保安急忙迎了上来：“警察同志，有什么吩咐？”

李方圆面无表情地说：“你们老板娘和小少爷呢？”

保安把身板挺得笔直，用一种给领导汇报工作的语气说：“报告警察同志，昨天老板出事后，老板娘和小少爷就被你们叫走了，现在还没到厂里来过。”

闻言，李方圆若有所思地点点头，又凑到保安面前，神秘兮兮地问道：“我们听说前天夜里，厂里有工人和孟老板一起看见了他的‘生魂’？有这事没有？”

“‘生魂’？有……有啊！”保安一愣，脸上旋即溢满了话痨的表情，“昨天夜里老板出事后，这事已经在厂里传遍了！大伙都说，老辈人说得不假，孟老板走了‘生魂’，果真没活过三天！”

闻言，李方圆和我对视了一眼，又转头对保安说：“当时看见孟老板‘生魂’的工人都在厂里吗？你去把他们给我找来，我有话要问。”

“在，听说老板出事后，他们几个都吓得不轻，现在正躲在宿舍里害怕呢。我这就去把他们叫来。”保安说着，转身一溜烟跑开了。

片刻后，保安领着两个工人回来了。

我和李方圆同时抬眼，打量了一下这两个工人。

就见他们一胖一瘦，胖子十八九岁，瘦子有二十三四岁。

身材各异，两人却都满脸惊恐。

还不等我们开口，保安就很积极地说道：“警察同志，这里站着说话不舒服，要不我们一起到值班室去？”

“行。”李方圆很有气场地点点头。

来到大门旁的保安值班室，几个人各自找了一把塑料椅子坐下。

盯着那两个年轻工人，我朝李方圆挤了挤眼，他立即心领神会，主动开口道：“我听说昨天你们和孟东北一起看到了他的‘生魂’，当时到底是怎么回事？请你们给我们说说。”

听到“生魂”两个字，那个胖子浑身一抖，差点儿就从椅子上滑了下来。那个瘦子要镇定一些，但脸上也立即堆满了惊恐。

沉默了几秒钟，还是瘦子先开了口：“警……警察同志，我们镇上老辈人都说，甭管是谁，只要是走了‘生魂’，就绝对活不过三天啊！”

“别跟我们扯这些有的没的。”李方圆有些不耐烦地打断了他的话，“你就给我们说说，前天夜里，你们是怎么看到‘生魂’的！”

闻言，瘦子缩了缩脖子，又转头看了看身旁满头冷汗的胖子，这才用颤抖的声音说了起来……

## 4

瘦子姓牛，胖子姓吴。

他俩是一起长大的表兄弟，老家就在顺岭镇长山村。

一年前，他们来到东北苕粉厂打工。这段时间因为厂里生意好，他们几乎每个星期都要加三天班。

前天，又是加班的日子。

从晚上七点开始，他们就和工友们一起在厂里忙活，用机器把苕粉切割成均匀的粉条，再捆好放进印有“东北苕粉　驰名中外”的牛皮纸箱。

昨天夜里约莫十一点过一刻，牛瘦子和吴胖子所在的班组提前收工，先于其他班组下了班。

班组里其他工友都住在镇上，只有牛瘦子和吴胖子两个单身汉住在厂房后面的职工宿舍，因此下班后两人结伴从厂房后门朝宿舍走。

刚出厂房，牛瘦子远远地就看到，他们的老板孟东北正猫着腰站在距离厂房后门十几米的空地上，盯着远处工厂的围墙一动不动，好像是在观察什么。

“这不是老板吗？”吴胖子当时还嘟囔了一句。

就在两人犹豫着要不要给老板打招呼的时候，孟东北突然转过身，猫着腰朝厂房跑了过来。

看到两人，孟东北就是一喜，跑到他们面前，小声说：“后门围墙下面有个贼，咱们过去把他按住。”

“有贼？”吴胖子一听，不禁血气上涌，立马就摩拳擦掌起来，准备在自个儿老板面前好好表现一番。

牛瘦子自然不甘示弱。他转头一瞧，看到墙角堆着几根做晾晒杆剩下的短竹棍，于是操起三根，递了两根给孟东北和吴胖子。

三人提着棍子，朝孟东北看到贼的位置悄悄摸了过去。

很快，三人就来到了之前孟东北所站的位置。

果然，在围墙靠近工厂后门的地方，他们看到了一个身材肥硕的男人，正一动不动地站在围墙的阴影里，距离三人有十八九米。

牛瘦子脑子灵活，立即开始排兵布阵："老板，我们从两边包抄，你就在这里……"

可他话还没说完，一旁急着表现的吴胖子已经操起棍子，发出了一声大喝："哪里来的蟊贼，敢到我们厂里来撒野？！"

言罢，这胖子竟然提着棍子就冲了出去。

"蠢货！"牛瘦子一愣，但心想既然已经惊到了那贼，与其被表哥抢了头功，倒不如跟着他一起冲锋陷阵，也好在老板面前表现表现。

这么想着，牛瘦子也拔腿就朝那人冲去。

"娘的！"见状，孟东北骂了一句，也操起棍子跟了过来。

却不想，两人冲出了八九米，那人影依旧一动不动地站在原地。

"哟嗬，这都不跑？这蟊贼的胆子真肥啊……"牛瘦子心里刚这么想，却看到前面的人影突然一阵抖动。

那抖动很剧烈，像是从脚一直传到了那人头顶。

见状，牛瘦子心里又闪过一个念头："哟嗬，这家伙发羊角风了？"

却不想，那人突然浑身一颤，又定定地站在了原地。

重新站定之后，他抬起右手，直直地指着前方，随后竟然一蹦一跳地朝三人靠了过来。

对，就是一蹦一跳，就像老电影里的僵尸！

"妈哟，他有家伙？"看到那人奇特的动作，牛瘦子不禁一愣，有些害怕对方手里有枪，于是猛地刹住了脚步。

他前面的吴胖子似乎也察觉到了异样，一蹲身就抱头窝了下来。

这时，同样身材肥硕的孟东北，哼哧哼哧地冲了过来。

跑到近前，他举起棍子就朝那人骂道："娘的，你他妈还……"

可话还没说完，孟东北就愣在了原地。

几乎就在同时，吴胖子和牛瘦子也愣住了。

因为他们看到，面前那人已经一蹦一跳地来到了路灯光下。

而那人的样子和身材包括穿着打扮，竟和孟东北一模一样！

见状，牛瘦子先是一惊，随即转头看了看呆立在原地的孟东北，又看了看正举着手臂直直地指着孟东北的男人，好像有些不相信自己的眼睛。

而他前面不远处，蹲在地上的吴胖子痴痴地站了起来，盯着那人看了好一会儿，又转头看着孟东北，嘟囔道："奇了怪了，这不是……老板吗？"

在几乎就要凝固的空气中，几个人彼此对视着，直到被一声尖叫打破。

"妈啊！"孟东北好像突然想起了什么，猛地一声尖叫，随即一个后仰一屁股跌坐在地上，眼里瞬间溢出了恐惧。

看到平时威风八面的老板吓成这样，牛瘦子好像也意识到了什么，立即惊恐地叫喊起来："他……他……他……莫非是老板的'生魂'！"

闻言，三个人同时吓得一哆嗦。

这时，"生魂"又直起身子，直愣愣地朝前又一蹦。

"妈啊！"孟东北又是一声尖叫，连滚带爬地转过身，发疯般朝灯火通明的厂房狂奔过去。

牛瘦子和吴胖子哪里还敢久留，也急忙转身抱头鼠窜。

三人玩命般冲进厂房，几个正准备下班的工人看到这般场景，纷纷投来不解的眼神。

这时，孟东北顾不得老板的派头，径直扒拉开面前的工人，朝厂房正门小跑而去。

"老板这是怎么了？"一个工友问满头冷汗的吴胖子。

"老板他看见……"吴胖子正要说什么，身旁的牛瘦子狠狠推了他一下，呵斥道："别废话！"

说完，他拉着身子还在发抖的表哥就朝宿舍走去。

## 5

说到这里，牛瘦子哆哆嗦嗦地停了下来，斜眼看了看身旁满头冷汗的吴胖子，又看了看我和李方圆。

我和李方圆对视一眼，主动开口道："小牛，之后你们就一直待在宿舍里？"

牛瘦子使劲点了点头，说："前天我们回到宿舍，直接就钻进了被窝。可一闭上眼，就是'生魂'蹦蹦跳跳的模样，吓得我们一宿没睡。昨天上午，我本来想拉着表哥去上班，可他着实被吓得不轻，连宿舍门都不敢出，我心里也怕得很，于是就跟组长请了假，在宿舍里一直躲到现在。"

我沉默了一下，又问："从前天晚上回到宿舍到今天被叫出来这段时间，有什么人能证明你们在宿舍？"

闻言，牛瘦子一愣，随即察觉到了什么，高声道："警察同志，你们莫不是怀疑我们做了什么？天地良心，我们一直在宿舍！你们要不信，可以看监控！"

"宿舍里有监控？"李方圆嘟囔了一句，转头盯着身旁的保安。

"有，宿舍每层楼都有监控。"保安好像找到了插话的机会，急忙点头道，"以前宿舍里就遭过贼，因此老板就让我们在每层楼都安了监控，还是高清红外无死角的那种……"

得到肯定的回答，我轻轻"哦"了一声，又对有些激动的牛瘦子说："牛兄弟，你不要激动，我们也只是找你们了解一下情况。"

说着，我从包里掏出烟，给几个人一人发了一支，自己也点燃了一支。

点燃烟吸了一口，我又问："你们一直躲在宿舍里，又是怎么知道孟东北死了的？"

牛瘦子喷出一口烟，低声说："昨天半夜，收工回宿舍的工友告诉我们的，说是镇子西面的河谷里发现了一个死人，就是孟老板。警察连夜就到厂里来找人问了话。"

说着，牛瘦子低下头，双眼直勾勾地盯着地面，嘴里自言自语般嘟囔道："前天晚上看到'生魂'，昨天晚上老板就死了……'走生魂活不过三天'的老话，还真不是吹的……"

听到他这句话，身旁的吴胖子又是一阵哆嗦："警察同志，孟老板死了，下一个会不会是我们啊？你们要救救我们啊，呜呜呜……"

说着，这个身高体胖的男人，竟然哭了。

盯着哭得一塌糊涂的胖子，我强忍住笑，和李方圆又对视了一眼。

就见他也满眼笑意，好像在努力强忍着不让自己笑出来。

见吴、牛二人也问不出什么来了，我朝李方圆挤了挤眼，主动站起身和几个人握了手，转身走出了值班室。

和我们道别后，吴、牛二人又一前一后哆嗦着朝宿舍走去。

盯着他们的背影，我不禁一声叹息："年纪轻轻就这么迷信，看来，这'走生魂'的说法在顺岭很有市场啊。"

"可不是嘛。"李方圆耸了耸肩，"像顺岭这样的偏远山区，民间有很多迷信思想在流传。逢年过节或者是红白喜事，当地人也还有一套一套的法事……对我这个城里来的外人来说，好多法事看得我是一头雾水。"

"对对，警察同志说得对。"一直屁颠颠跟在我们身后的保安也插话道，"我们顺岭迷信得很呢，'走生魂'只是这里面的一种说法，还有很多其他的规矩，比如说……"

"行了，别比如了。"我急忙挥手抢话道，"对了，保安大哥，你在这里干了多久了？"

见我问话，保安眼睛里又溢出一丝兴奋，急忙道："我在这里干了十来年了。从前，厂子还是小作坊的时候，我就在孟老板手下打工。那时候我才 30 多岁。后来一次摆弄机器时弄伤了左手，孟老板就让我当了保安，比较轻松。"

说着，他脱下手套，朝我们举起左手 —— 他的左手只有三根手指。

重新戴上手套，他轻轻叹了口气："孟老板仁义，可惜他命不长啊。"

闻言，我的心思却飘向了别处，沉默了一会儿又问道："既然孟老板这么仁义，那跟其他人关系应该都挺好吧？"

"好，好得很啊。"保安不假思索地说，"孟老板仗义疏财，不仅跟客户关系好，对工友们也很照顾。碰上哪个乡亲父老有个难处，都爱找他借钱，他也从来不推辞。"

"原来如此，孟老板真是好人。谢谢你了。"我说了应酬话，转身就朝停在晒坝上的警车走去。

李方圆也赶紧跟了过来。

我们开门上车，驶出了东北苕粉厂，又朝山下的镇子开去。

汽车前方的镇子越来越近，李方圆紧握着方向盘，头也不回地问：“路哥，接下来我们找谁？”

我抬手看了看时间，已经下午一点多了，于是对他说：“我们先找个地方吃点东西，今天下午再找孟家的人聊聊。”

“行啊，瞧我这记性，路哥你来的时候都中午了，也没招呼你吃饭。”李方圆搔搔头，说道。

“没事，我也不饿。”我笑道。

李方圆也笑了：“话说这会儿，所长他们应该也和孟东北的家属谈完了，要不吃了东西，我们先去见见所长？”

我犹豫了一下，点头道：“行啊。”

李方圆使劲点点头，开车沿着盘山公路钻进镇子，又停在了一家名叫“顺岭土菜馆”的馆子门前。

李方圆停好车，转头对我笑道：“路哥，今天你可别跟我争啊，我请你好好吃一顿咱们顺岭当地的家乡土菜……”

“你刚才不说自己是城里人吗？怎么这会儿又成本地人了？”我开了一句玩笑，和李方圆一起进了土菜馆。

## 6

在顺岭土菜馆，早就饿得心慌的我也不客气，一口气点了八菜一汤。

见我一点儿也不心疼钱，李方圆倒是毫不介意，很是豪爽地一个劲儿催我：“路哥，够不？再点两个？”

“够了。”我笑了笑，放下了菜单。

李方圆笑眯眯地搔搔头，正想再说点儿什么，忽然听到裤兜里传来一阵电子铃声。

手机响了。

他急忙接起电话：“喂，所长，对，我和路记者在一起呢。什么？你们刚忙完？行啊，那就过来一起吃吧。我们在顺岭土菜馆。什么？他们都忙去了，就你一个人来？行，你快点儿来吧……”

放下电话，李方圆笑着对我说：“路哥，说曹操曹操就到，所长刚和孟家人谈过话，待会儿过来和我们一起吃。”

我点点头，很真诚地说：“行啊，今天给你们添了不少麻烦，我来之后都还没给你们所长道谢呢。”

李方圆递给我一根烟，自己也点燃了一根，笑道：“我们所长也是你的粉丝，等会儿你就知道了。”

说这话时，他脸上浮出了一种高深莫测的笑容。

等我见到他们所长，我才明白了他这笑容背后的含意。

十来分钟后，我背后传来了一阵轻快的脚步声。

李方圆的座位正对着大门，因此他立即看到了来人，急忙抬起手喊道：“所长，这里！”

我转过头，顺着他的目光朝大门看去。

就见一个身材高挑、眉清目秀的女警官笑盈盈地走了过来。

我急忙站起身来，正欲打招呼，女警已经伸出手：“你就是路记者吧？你好，久仰大名了，我是顺岭镇派出所的方华。”

“原来这所长是女的，还是一个美女……方华？这名字挺好听的，真是名如其人。”我心里很小男人地叽歪着，脸上却挂满了职业化的笑容：“方所长，你好。”

“路记者，快请坐。”方华一双炯炯有神的大眼睛笑成了一条缝，目光在我身上快速移动起来，“路记者好年轻啊。”

李方圆坏笑着插话道：“路哥不仅年轻，还很帅呢，所长，你说是不？”

闻言，英姿飒爽的方华竟然扭捏了一下。虽然只是一瞬间，却没逃过我和李方圆的眼睛。

“果然，所长也觉得路哥才貌双全吧。”李方圆得寸进尺，一脸坏笑地搓着手，转头对我说，“路哥，我们所长年方三十一，正是御姐黄金年龄。她可是一等功臣，还是全省最年轻的派出所所长！这么多年，有不少男人都想追她，可都没能入她的法眼。不知道路哥是不是那啥？你懂的……”

看到他那副笑眯眯的表情，我只能一阵苦笑，一时间竟愣在原地，不知道怎么接茬。

还是方华反应比较快，主动打圆场道："小李，你别胡说，当心吓到路记者。"

说着，她又恢复了之前那种稳重端庄的笑容，转头问我道："路记者，今天的采访怎么样？这个'走生魂'的题材能不能入得了《暗角》大记者的法眼？"

我急忙应道："这个题材很有意思，我正想去找孟东北的老婆孩子聊聊呢。"

闻言，方华明净的眼睛里忽然掠过了一丝狡黠，话里有话地问道："哦？那请问路记者，这个题材是哪方面吸引了你呢？难不成是'走生魂活不过三天'的传说？"

"这女人……是在考验我？"我心里嘀咕了一句，于是有意说起了反话，"没错，'走生魂'这种说法很吸引人，方所长不也这么觉得？"

方华眨了眨明眸大眼，似乎察觉到了我话里的深意，正欲再说点儿什么，忽然听到身旁传来一声吆喝："来了，蒜苗盐煎肉、土豆红烧肉、青椒炒肉丝、洋芋炖猪蹄、蒜泥白肉、炝炒莴笋、蒜泥黄瓜、虎皮青椒拌皮蛋、高山萝卜汤——8号桌的菜，齐了！"

在抑扬顿挫的吆喝中，两个端着大托盘的服务员一前一后走过来，麻利地把托盘上的菜端到我们面前。

看着饭菜一一上桌，李方圆食指大动，立马对我和方华说道："来来来，边说边吃，我都饿得前胸贴后背了。"

"瞧你那尿样！"方华笑了笑，笑着对我说，"路记者，快动筷子，我们这偏远山区条件有限，你别客气啊。"

"我就喜欢吃山里的饭菜，原生态，好吃！"我急忙应了一句，抱起碗呼啦呼啦吃了起来。

可能是因为肚子太饿，我也顾不得吃相，在方华面前三下五除二就把一碗米饭吃得精光。

方华则捏着筷子，一边小口小口地细嚼慢咽，一边笑盈盈地看着我。

这时，李方圆又坏笑起来：“所长，被路哥的吃相迷住了？”

闻言，我吭哧一声，差点儿把米粒呛进鼻子。

好一阵咳嗽之后，我才冲李方圆一阵嘟囔：“小李子，你小子老叽歪什么呀？今天咱们才第一次见面，你小子就敢把你们美女所长交给我？”

方华则咯咯咯地笑了起来：“路记者真会说话。不过话说回来，刚才你吃得可真香呢。”

说着，她站起来，接过已经被我吃得铿亮的碗，又给盛满了饭。

“这怎么好意思呢，谢谢，谢谢。”我有些受宠若惊，急忙双手接过碗坐下。

方华依旧笑盈盈地盯着我，轻声说：“路记者，刚才你说对‘走生魂’很感兴趣。我很想知道，像你这样一个大记者，为什么会对这么一个在偏远山区流传的迷信说法感兴趣？”

“这女人……还在考我。”我心里嘀咕了一句，放下碗筷笑道，“‘走生魂’吸引我的地方，其实也是吸引方所长的地方。”

“哦？这话怎么说？”方华用一双玉手拖住粉腮，眨巴着眼睛看着我。

我和她对视了一秒钟，笑着说：“吸引我们的，并不是这个迷信本身，而是为什么孟东北见到‘生魂’之后，就真如迷信所说的那样死了。试想，如果前天孟东北在死亡之前没有‘走生魂’，那么我们会不会只把他的死亡认定为一场意外？”

听了我的话，方华的大眼睛里有光闪了闪，脸上随即绽放出动人的笑容：“看来，路记者和我们想的是一样的……”

## 7

接下来半个小时，我向方华询问了孟东北的基本家庭情况。

方华告诉我，孟东北的妻子名叫曾丽，是一名全职家庭主妇。他们有一个儿子叫孟进，正在河东美术学院上大三，这个月请了病假回家。

因为昨天孟东北的死并没有明显的他杀迹象，再加上孟进正在生病，因此方华和同事并没有立即打扰他们，而是先通过电话向孟家的其他亲戚朋友了解了情况，一直等到今天上午才找到母子俩，进行了简单的询问。

经过对母子俩及孟家亲朋的问话，方华他们掌握了孟东北的基本家庭情况。

原来，曾丽和孟东北是二婚，孟进是她和前夫生的。孟东北和曾丽结婚后没有再生育，但他对孟进视如己出，对曾丽更是百依百顺。孟东北不抽烟不打牌，除了钓鱼和偶尔喝些小酒，基本上没有什么爱好。他最喜欢的就是陪曾丽到镇上赶场，或者是一起到省城逛街购物。孟东北生活节俭，对老婆孩子却是出手阔绰，给曾丽买几千元一个的包、上万元一件的皮草，从来都不皱一下眉。

也因此，但凡认识他的，没有不说他是绝世好男人的。

…………

听了方华的介绍，我对孟东北也不禁心生敬仰："都说男人有钱就变坏，可孟东北这么一个身家千万的老板，还能这么顾家，在今天这个浮躁的社会可真是少见啊。"

闻言，李方圆把一大块红烧肉放进嘴里，一边嚼一边含混地说："路哥，你也别说人家，你要是结了婚，一定也是绝世好男人！"

说着，他还转头朝方华挤挤眼。

"多谢兄弟抬举。"我应了一句，觉得有些尴尬，急忙低头吃起菜来。

吃着吃着，我忽然又想起了什么，转头问方华："对了，方所长，孟东北有没有立过遗嘱？"

"遗嘱？"方华一愣，立即察觉到了什么，笑道，"路记者果然睿智。你是想问，孟东北的财产继承人是谁，对吧？"

"对，方所长果然冰雪聪明。"我学着方华的语气巴结了她一句，随即又回到了正题，"如果孟东北生前立过遗嘱，而继承人又不是老婆孩子，这个案子就有些蹊跷了。"

"路记者说得对。"方华点点头，眼睛里溢出一丝笑意，"不过，现实可能要让你失望了。今天，我也向曾丽提过这件事，她说孟东北因为心脏不好，前几年就找律师立了遗嘱，受益人写的是她和儿子。她还打开家里的保险箱，把遗嘱的复印件给我看了……”

说着，方华低下头，掏出手机递给我：“看，我还拍了照片。”

我低头看了一眼遗嘱的照片，受益人的确写的是曾丽母子。

方华收好手机，又说道：“当然，还有另外一种可能，那就是孟东北中途背着曾丽和孟进悄悄修改过遗嘱。为了排除这种可能性，我联系了孟东北的律师，他表示孟东北并没有修改过遗嘱，也就是说，曾丽母子就是孟东北千万家产的继承人。”

闻言，我略感失望，低头把一筷子肥肉塞进嘴里，使劲嚼了起来。

吞下这口肥肉，我又对方华说：“也就是说，曾丽母子并没有让孟东北死的动机，对吗？”

方华点点头：“至少目前来看是这样。”

我轻轻叹了一口气，想了想又补充道：“方所长，下一步我建议可以深挖一下孟家的人际关系……不仅仅是亲朋好友和生意伙伴，包括曾经有过关系的都可以再问一问，比如说，像什么前男友前女友，以前的拜把兄弟或同班同学之类的……”

闻言，方华轻掩朱唇，咯咯咯地笑了起来：“路记者，你这是要让我们当狗仔队啊。”

“如果能找到线索，当狗仔队又如何？”我也笑了笑，不再说话，埋头吃起东西来。

…………

下午两点一过，我和李方圆风卷残云般吃光了面前的饭菜，而方华则只是很矜持地吃了一小碗。

拍着撑得滚圆的肚子，我心满意足地站起来。

见状，李方圆一把拉住了我，高声道：“路哥，说好了今天我请客的，你别跟我争啊。”

我苦笑了一下，说道：“刚才我说我要打电话，想去找老板把账结了，却不想，老板说有人已经给了……”

说着，我和李方圆同时转过头，盯着方华。

方华依旧笑盈盈地看着我，说道：“路记者，你来了就是客，这顿饭怎么可能让你破费？”

我搔搔头，笑了一下，有些不好意思地说：“方所长，你这就见外了。我可从来没让美女请过客……”

听到被我称作美女，方华的眼睛里不自觉地掠过一丝惊喜，但表情依旧很端庄：“路记者，你也别跟我客气，大不了，下次我到省城，你再请我吃一顿。”

“行啊。”我也不磨叽，很爽快地点点头。

这时，李方圆坏笑着凑过来，转头看看我，又看了看方华，说道：“哟，这就约上了？方所长果然是警界英模、女中豪杰，动作真是够快的……”

此话一出，我不禁一愣，方华的脸上更是升起了两团红霞。

“臭小子，你说什么呢？”她忍不住呵斥道，“平时我请你吃的饭还少吗？怎么不说我也在约你？”

李方圆故作惊讶：“姐，我倒是想。不光是我，人家市局的李副支队长、隔壁山场所的马所长，还有河北区的老程都想……啊哟！”

李方圆话还没说完，突然觉得左手臂一阵刺疼，不禁惊声叫了起来。

一低头，就见方华的两根纤纤玉指正像铁钳般拧着他手臂上的肉。

李方圆急忙求饶：“哎哟，姐，好疼，我错了，你快……快松手。”

方华冷哼了一声，威胁道：“小样儿，别跟我没大没大小的，饭也吃饱了，下午接着给我干活去！”

“遵……遵命。”李方圆揉着被拧得发青的手臂，一个劲儿地点着头。

看到方华和李方圆打打闹闹，我不禁觉得很亲切，笑道：“方所长，你们所里上下级关系真好啊。”

“哪里，让路记者见笑了。”方华转头看向我，脸上又恢复了之前端庄矜持的笑容，“所里这些臭小子被我惯坏了，说话没大没小的。幸好，他们干活都很麻利。”

听她提到干活，我的心情又沉重起来，说道：“方所长，时候也不早了，我也该去干活了。如果有什么新发现，我会及时跟你们沟通。”

闻言，方华一愣，李方圆更是着急起来：“路哥，今天下午你不和我一起了？”

“对，谁让你刚才乱说话的。”我坏笑起来，就像是在报复他之前的玩笑。

“别啊，路哥，我不说话了还不行吗？”李方圆的表情有些委屈。

我还是摇头：“兄弟，今天下午我真要一个人行动。”

见状，李方圆一张脸急得通红。

这时，一旁的方华却开了口：“路记者，你是想单独采访孟东北的老婆孩子，对吧？”

“方所长果然冰雪聪明。”我笑了笑，“今天上午你们刚问完孟家人，如果下午我又和警察一起去，恐怕他们会有点儿不大舒服。毕竟，在警察面前大部分人都会紧张吧。”

听到这话，方华笑了：“路记者果然人如其文，真是洞悉人性啊！那……你在我面前也紧张吗？”

我完全没料到方华会这么问，一时间竟然愣在当场，不知如何作答。

看到我的窘样，方华掩住嘴，咯咯咯地笑个不停。

…………

下午两点三十七分，我谢绝了李方圆开车送我的建议，向方华要来了孟家的地址，又和方华约定，采访完曾丽母子之后，就到派出所和他们会合。

随后，我告别二人，朝孟家走去。

## 8

十来分钟后，我来到顺岭场西南角，在一个竖着围墙的院子前停下了脚步。

院子很宽敞，一栋宽敞豪华的三层小楼耸立在院子中央。

小楼外墙上贴满印有“金玉满堂”吉祥话的瓷砖。碧绿的琉璃瓦房顶下，中式仿古的斗拱结构和楼下院子里照壁上雕刻的九条金龙，共同营造出一种杂糅粗劣的奢华感。

院子大门上，赫然竖立着两个朱漆大字：孟府。

“哟，果然是大老板的宅院，派头不小啊。”我盯着那两个朱漆大字嘟囔了一句，按响了大铁门的门铃。

“谁啊？”门里传来一声有些不耐烦的喊声。

我犹豫了一下，应道："是方所长让我来的！"

"哦，来了！"那声音立马低了八度，语气也变得和善起来。

很快，大铁门"哐当"一声开了，门后面出现了一个身材矮小、身上围着围裙的中年妇女，看打扮应该是孟家的保姆。

看到我，中年妇女急忙在围裙上擦了擦手，转身朝院子里一指："快，警察同志，快请进。"

我并不介意被她认成警察，笑着进了院子。

中年妇女立即麻利地转过身，在前面引起路来。

"大姐，你贵姓？"我笑着问。

"免贵姓陈。"中年妇女回头应道。

"陈大姐，你是这里的总管吧？"我有意巴结道。

"哟，警察同志可真会说话。"陈大姐摆了摆手，"我就是一个保姆，怎么敢叫什么总管哟。"

"大姐可真谦虚。"我又巴结了一句，渐渐进入了正题，"对了，陈大姐，老板娘和小少爷他们好些了没有？"

闻言，陈大姐一声长叹："自从昨天老板出事后，他们母子俩就一宿没睡，到现在没吃一口东西。可惜了，孟老板一家都是好人啊，怎么突然就……"

说着，陈大姐抬起粗壮的手臂，抹了抹眼泪。

这时，我们已经来到三层小楼门口。

在陈大姐推开小楼大门的同时，我急忙说道："陈大姐，孟老板一家平时对你不错吧？"

"那是自然。"陈大姐毫不犹豫地说，"你别看我是下人，可孟老板一家对我可好了。我到这里有八九年了，人家逢年过节就给我发红包，还帮我儿子解决了工作……"

说着，陈大姐已经推开了门。

我对她笑了笑，低着头进了小楼。

小楼一层是宽敞豪华的客厅。客厅一侧墙上，一台巨大的电视机几乎占满了整个墙面。一旁的真皮沙发上，一个约莫五十岁的女人正蜷缩在一件貂皮大衣里，双眼通红。女人身旁，一个二十岁出头的小胖子正斜靠在沙发上，面无表情，但眼圈也是红的。

“这就是曾丽和孟进了吧。”我心里估摸着，转头看了看陈大姐。

陈大姐很懂事地走了过去，对二人轻声说：“老板娘、小少爷，这位警察同志还有点儿事想……”

“你们烦不烦！”不等陈大姐说完，孟进突然跳了起来，对着我一阵吼叫，“上午你们不是才来过吗？我妈一宿没睡了，你们就不能让她清静一会儿？”

看到孟进的反应，我苦笑了一下，劝道：“孟进兄弟，你们的心情我很理解，但我们这么做也是为了工作，也请你们理解。”

孟进也不接话，只是气呼呼地“哼”了一声，重新坐回到沙发上。

我从他身上移开目光，对曾丽说道：“曾大姐，我想再问两个问题，行吗？”

曾丽抬起通红的双眼，眼睛里透着一丝绝望：“警察同志，我知道的都说了……你们老是问老孟的事，我这心里不好受啊……我也知道，你是在工作。行吧，我不难为你，你想问什么就问吧！”

说着，曾丽有些费力地坐直了身子。

“那就不好意思了。”我搔了搔头，来到她身旁坐下，“曾大姐，孟大哥出事前，你们察觉到他有什么异常吗？”

曾丽轻轻叹了一口气：“今天上午你们所长就问过了……他没有什么异常。”

“哦……”我搔搔头，想了一下又问道，“那孟大哥这段时间有什么情绪波动吗？比如说，他有没有突然很生气、很高兴或者是……很害怕？”

在说到“很害怕”这几个字时，我有意加重了语气。

曾丽犹豫了一下，低头直直地盯着地面，本来就毫无神采的双眼，此时显得更加疲倦。

沉默片刻，她轻轻摇了摇头：“老孟很正常，该吃就吃，该睡就睡，没有什么情绪波动。”

“原来如此。”我绷着脸点了点头，又假装低头沉吟，然后突然再次发问道，“对了，曾大姐，我听说孟大哥出事前，曾经走过‘生魂’，这件事你知道吗？”

闻言，曾丽愣了愣，随即苦笑起来：“警察同志，你们可是国家干部，可不能信这些封建迷信啊。”

我笑了笑，又重复了一遍之前的提问：“孟大哥‘走生魂’的事，事发前你们就知道吗？”

说着，我抬起头，直直地盯着曾丽的双眼。

曾丽也察觉到了什么，眯缝着眼盯着我。

片刻后，她才开口道：“警察同志，你为什么要问这个？”

听到曾丽这句话，孟进也转过头来，满眼狐疑地盯着我。

我沉默片刻，轻声道：“前天，孟大哥给我打过电话，说自己走了‘生魂’，活不过三天了，求我救他。”

说着，我低头从包里掏出记者证，慢慢放到二人面前。

看到记者证，曾丽就像想起了什么事，浑身不禁一抖，声音也开始有些颤抖：“老孟出事后，厂里很多工人都在传，说老孟是走了‘生魂’才死的。我还当他们是胡说……可老孟跟记者求救过，难不成……前天他真的走了‘生魂’？”

## 9

说着，曾丽怔怔地盯着地板，双眼有些发直。

看到她一脸震惊的表情，我沉吟片刻，轻声问：“孟大哥‘走生魂’的事，之前你们真的一点儿都不知道？”

曾丽蜷缩在沙发里，眼睛直直地盯着地面，好像根本没听到我的话，嘴里只顾自言自语：“‘走生魂’这种事……怎么可能是真的？不……不可能的……”

这时，一直铁青着脸保持沉默的孟进嘟囔道：“怎么不可能！”

他的声音很低，却充满了笃定，就像一头在暗夜里低声咆哮的熊。

听到他的话，曾丽和我都是一愣，转头怔怔地盯着他。

就见孟进圆瞪着双眼，脸上渗出了层层冷汗，嘴唇也变得苍白。

我一脸狐疑地盯着他，用一种比较轻松的语气问："孟进兄弟，你可是新世纪的大学生，'走生魂'这样的迷信你都信？"

"封建迷信？"孟进脸上又渗出了一层冷汗，"如果没听牟叔亲口说过，可能我还不会相信……"

"牟叔？"听到这个称呼，我又是一愣，转头看了看曾丽。

她也一脸疑惑地抬起头，嘴唇动了动，却一句话也没说出来。

我转过头，继续问孟进："你说的牟叔，就是顺岭镇文化站的牟兴初牟站长？"

孟进绷着脸点了点头。

我盯着他，并没有立即进入主题，而是从旁迂回道："我听说，他跟你爸关系挺好？"

"嗯。"孟进应了一声，补充道，"我爸没什么文化，但是很尊重文化人。牟叔是文化站站长，平时喜欢研究一些地方历史和鬼怪传说，而且也很喜欢钓鱼。很多年前，我爸和他就是朋友，平时经常一起钓鱼喝酒，也会请他讲一些顺岭当地的历史传说和农村的灵异故事……"

说到这里，孟进吞了一口唾沫，低下头不言语了。

"'走生魂'的事，就是牟站长告诉你的？"我又问。

孟进摇摇头："不，'走生魂'的事，在我们农村流传很广，我从小就听老人说过。但真正相信，还是从牟叔嘴里听来的。"

闻言，我来了兴趣，急忙问道："哦？他是怎么让你相信的？"

孟进又吞了口唾沫，眼神也开始有些发直，好像想起了什么可怕的事情："去年冬天，对，就是冬天，我爸约牟叔钓夜鱼。当时我正在放寒假，在家闲着也是闲着，于是就跟他们一起去了……那天夜里，我爸和牟叔一边钓鱼一边聊天，不知怎么就说到了农村里流传的各种灵异传说……"

说到这里，孟进怔怔地看了看我，又看了看一旁沉默的母亲曾丽，继续说道："当时，牟叔说，他在邻村一个大户人家里，淘到了一本用毛笔写的地方野史，上面专门有一个章节，叫《异志》，记载了很多清朝、民国一直到二十世纪七八十年代发生的灵异传说，其中很大一部分是关于‘走生魂’的……”

“哦？书上是怎么说的？”我又问。

这时，孟进已经平静了一些，对我的态度也不再那么抵触。他又朝我靠了靠，轻声说：“牟叔说，《异志》上一共记录了一百多个灵异故事，约莫有三分之一是和‘走生魂’有关的。有一些还是前几年发生的，甚至里面提到的很多人，我们都认识……”

说着，孟进又看了一眼曾丽，继续道：“比如说，顺岭镇长丰村朱老七的爷爷，2003年的一天到亲戚家喝了酒，一个人走夜路回家，远远就看到前面路上站着一个老头儿，正背对着他直愣愣地站着。当时朱老七爷爷就喊道：‘哥老倌，你大半夜不回家，挡路上是要啷个？’听到他的喊声，远处那个人影慢慢转过了身。朱老七爷爷一看，当时就一声大叫，坐到地上整个人都吓瘫了。因为……因为他看到……那个人的长相、穿着竟然跟他一模一样！看到这人，朱老七爷爷知道自己走了‘生魂’，当时就吓得魂飞魄散，连滚带爬绕道回了家，还跟家里人说了这事。当时家里人都当他喝大了，却不想不出三天，老爷子就心脏病发作，死了。”

孟进怔怔地瞪着眼，想了一会儿又说道：“另外一个，是顺岭场张财喜的表舅，前几年一直在外面打工。有一年春节，他回家过年，被父母催婚，并让媒人给介绍了长河村头老张家的女儿。一天，财喜表舅被家里人赶出门，到长河村相亲，回家时天已经黑了。在从长河村通往顺岭场的小路上，他也看到了一个和自己一模一样的人，当时就被吓得不轻。但财喜表舅毕竟年轻，血气旺，睡了一觉也就把这事给忘了。可三天后，顺岭河里漂出了一具尸体，乡亲们一看，竟然就是财喜表舅……”

说到这里，孟进的声音又开始颤抖：“还有一个，是黑山坳村孟久富他爹。前年，对，就是前年，一天天没亮，他和两个儿子起早赶场。在通往顺岭场的路上，三个人见到了孟老头儿的‘生魂’。孟老头儿当过大队干部，一开始也不相信，可不出两天，他一个人上山采药，碰到山体塌方，整个人都被石头埋了，到现在都没找到……”

说到这里，孟进已经满头冷汗，双眼发直，身子也筛糠一样地抖，就像那些“生魂”就在面前。

我盯着他一言不发，心里却觉得有些好笑。

过了好一会儿，我才说道：“你说的这些听起来是很邪乎，但它们都只是传说。你凭什么相信就是真的？就因为这么一本手写的农村野史？”

“当然不是！我又不傻！”孟进听出了我话里的怀疑，红着脸争辩道，“当时我就问了牟叔，这书上写的都是真的？牟叔只是说，书上写的有些人和事，他也听村里其他人说过，还真像那么回事。一开始我也不怎么相信，但后来找表爷爷家核实过，的确有这么一回事。哦，对了，刚才说的孟久富他爹是我爸家的远房亲戚，我该叫表爷爷的。我找他们问过书上说的表爷爷的事，没想到我两个伯父都拍着胸脯说，当时的确看见了表爷爷的‘生魂’……记者大哥，你说说，都这样了我能不信吗？”

听到孟进改口叫“大哥”，我心里不禁一喜，抓住机会继续深入道：“孟进兄弟，你见过那本书吗？那书是什么模样？”

孟进点点头：“见过，书就放在牟叔办公室，是有人用毛笔写好后，用棉线订在一起的。”

我故作认真地“哦”了一声，又问道：“这本书是谁写的，你知道不？”

孟进摇了摇头：“不清楚，但听牟叔说，这本书的作者应该是一个本地的风水先生，要不也收集不到这么多邪门的事情。”

“嗯……”我若有所思地转过头，又看了看曾丽。

她依旧蜷缩在沙发里，双眼隐隐闪出一种捉摸不定的光，眼神里既有惊恐，又有一些说不清是害怕还是担心的情绪。

见她这副表情，我用一种尽可能轻松的语气问：“大姐，刚才孟进兄弟说的，你都听说过吗？”

曾丽痴痴地抬起头，怔怔地看着我，好一会儿才憋出一句话：“听他们爷儿俩提过一些，但我除了觉得有点儿吓人，倒也没怎么放在心上……没承想，老孟他竟然真的……”

说到这里，曾丽眼圈一红，又开始抹泪。

见状，我觉得也没有什么好问的了，于是站起身准备告辞。

见我要走，曾丽虽然满怀悲痛，但还是很有礼数地叫来候在一旁的陈大姐，让她送我出门。

我向母子二人道了别，跟着陈大姐沿着来路离开了孟家院子。

在走出院子大门前，我转头问陈大姐："对了，昨天晚上孟老板出事时，老板娘和小少爷都在家吗？"

"嗯。"陈大姐毫不犹豫地应道，"昨天夜里，老板娘在客厅看电视，小少爷在自己屋里上网，都是很晚才睡。"

"你看到了他们一直在家里？"我又问。

"对。"陈大姐很肯定地点点头，"十点多的时候，我还给他们送过夜宵。"

闻言，我心里估摸了一下：孟东北是十一点左右死亡的，而从孟家到顺岭河谷，开车也得一个半小时。也就是说，曾丽母子俩确实没有作案时间。

想到这里，我朝陈大姐道了声"多谢"，低头走出了孟家院子。

## 10

从孟家一出来，我就急不可耐地掏出电话，找出了一个电话号码。

号码的署名是"顺岭镇文化站站长牟兴初"。

话说这牟兴初，在河东市农村民俗研究领域很有些名气，也算是我的一个老朋友。

几年前，我到顺岭及周边几个乡镇采访地方民俗文化，偶然认识了他这个土专家。牟兴初性情豪爽，和我可以说一见如故。随后几年，但凡有关于地方民俗和人文地理的题材，我就爱向他请教请教。

前天，孟东北走了"生魂"之后，就是通过他介绍才找到我的。而就在刚才，孟进又跟我说，他之所以相信"走生魂"确有其事，也是因为牟兴初讲的乡土灵异传说……

"牟大哥啊牟大哥，你好好一个文化站站长，怎么一天到晚传播封建迷信呢？"我心里这么嘟囔着，按下了电话拨出键。

片刻后，电话接通，一个中年男人浑厚铿锵的声音传来："哟，路大记者，你可是来电话了！你已经到镇上了？"

我却还以一声冷笑，用一种满是怨气的语气说：“对，小弟已经到镇上了。我这次来，还不是拜牟大哥所赐。”

牟兴初显然听出了我话里的深意，急忙接话道：“能接到像‘走生魂’这么邪乎的采访，路老弟莫非还不乐意？”

“没有不乐意。”我笑了，这才进入了正题，“牟大哥，你在文化站吗？我过去找你聊聊孟东北的事。”

牟兴初立即回道：“我在办公室，你快过来吧，我也有一肚子话想跟你说。”

“行，那待会儿见。”我应了一句，挂上了电话。

下午四点一过，我拦了一辆三轮摩的，来到了顺岭镇文化站。

文化站紧靠镇政府，是一栋很老旧的三层小楼。

“也难怪我和牟大哥一见如故，看看这办公条件，还真同是天涯沦落人……”每次看到这样的小楼，我就会想起龟缩在巷子里的编辑部，心里总会生出一丝亲切。

在心里这么嘀咕着，我来到了文化站楼下。

文化站一楼是一间很宽敞的堂屋，里面堆放着音响、麦克风和一些腰鼓、威风锣鼓之类的乐器。这里是村民文化活动室，平时乡亲们要在庙会上表演节目，就会到这里排练。

小楼二楼也是活动室。这一层的三间房，分别是村民阅读室、留守儿童游戏室和书画室。

在过去的很多年里，牟兴初找上级要政策要经费，又到处找社会爱心人士募捐，才张罗出这么一个文化站，希望当地村民能多来读书看报写写字。

可惜的是，这样做的效果却并不怎么好。除了极少一部分文化人，大多数村民还是喜欢喝酒打麻将，很少来活动室消遣。

我还记得上一次来的时候，看到活动室里的图书、文房四宝和乐器上都落满了厚厚的灰尘。

当目光再次扫过门可罗雀的文化站，我不禁一阵唏嘘：“这些年，当地虽然物质生活慢慢富裕起来，但精神生活还是这么贫瘠，也难怪这么多人会相信像‘走生魂’这么邪乎的事……”

这么想着，我已经来到了文化站三楼。牟兴初的办公室就在这里。

来到挂着“站长办公室”牌子的小房间，我也不敲门，直接推门而入。

一个面庞通红、身材高大的男人正坐在办公室里。

他就是牟兴初。

看见我进门，牟兴初急忙站了起来，三步并作两步来到了我面前。

“路老弟，你可算是来了。”牟兴初朝我伸出手。

“牟大哥，你对朋友可不厚道啊……”我和他握了一下手，盯着他堆满笑容的大红脸说。

“不厚道？”牟兴初一愣，有些委屈地反问道，“大兄弟啊，碰到这么好的题材，我可是第一时间介绍给你了，我……我怎么就不厚道了？”

我扑哧一声乐了：“牟大哥，孟东北走了‘生魂’，你让他来找我就算了，可你还跟他们父子俩说什么鬼故事……你堂堂一个文化站站长，这不是传播封建迷信吗？这下可好，孟进信了邪，你说该怎么办？”

闻言，牟兴初又是一愣，随即反应了过来，苦笑道：“路老弟，你这可就错怪我了。来来来，坐下说。”

说着，牟兴初拉过一把椅子，让我坐下，又给我倒了一杯茶，随后就在我身旁坐下。

我喝了一口茶，又给牟兴初递了一根烟，说道：“牟大哥，今天孟进和我说，他就是听了你讲的鬼故事，才相信‘走生魂’是真实存在的。对了，你是不是还有一本书，专门记录乡村灵异事件的？”

“对。”牟兴初点了点头，掏出打火机点燃了烟，深深吸了一口之后，说，“去年，我到长河村收集民俗文化素材，偶然在一个村民家里找到了这本册子。听这个村民说，以前一个风水先生来村里做法事，在他们家住了几天，临走的时候把这个册子忘在了他家。当时我也看过这册子，里面记录了很多顺岭镇及周边乡镇的灵异传说，说得有模有样，于是就花了一百元钱买了下来，想当作研究民俗文化的资料。后来，我跟老孟爷儿俩一起钓鱼，给他们说了几个从册子上看来的故事，当时还把老孟吓得不行……要是我知道，老孟会因为这些事就……我……”

说到这里，牟兴初忽然叹了口气，炯炯有神的眼睛里溢出了一丝自责。

盯着他发红的眼眶，我心里有些不是滋味，却又不得不继续往下问："牟大哥，那本册子还在吗？"

"在。"牟兴初站起身，来到身后的大书柜前，从柜子里抽出一本书，转身递给我，"喏，就是这个。"

我急忙低头翻看起来。

与其说这是一本书，倒不如说是一沓用棉线胡乱装订起来的打印纸，大概有八十多页。册子没有封面，每一页纸上密密麻麻写着漂亮的蝇头小楷。而由这些文字排列组合出的一个个故事，却充满了一种荒诞而诡异的气息。

我一目十行地浏览了册子上的几个故事，发现都是一些农村乡野常见的灵异奇谈故事，其中虽然有不少语法错误和错别字，但文风直来直去、内容明确，大多都明确记录了时间、地点和人物，可谓是标准的记叙文。

看了几分钟，我并没发现什么有用的线索，兴味索然地放下册子，对牟兴初说道："牟大哥，这些不过就是一些乡野传说，根本就没有科学依据。"

"对啊。"牟兴初摸了一把有些纷乱的头发，嘟囔着说，"我也很纳闷儿，这明明就是一些鬼故事嘛。当时我给老孟父子俩说这些，也不过就是当成一些谈资。却不想，他们真相信了。"

我点了点头，又说："孟进跟我说，他之前也不相信'走生魂'的事，但听了你讲的黑山坳的故事，他曾到黑山坳去问过，发现那个见过自己'生魂'的人真的死了，而且一同见到'生魂'的，还有死者的两个儿子。"

"黑山坳？"牟兴初愣了愣，低头拿起放在桌上的册子，快速翻看起来。不一会儿，他翻开一页放到我面前，问："是不是这个故事？"

我低头一看，发现那页纸上写的正是"黑山坳孟久富父子三人'夜走生魂'"的故事，于是点点头："对，就是这个。孟进说，这个孟久富是他们家远亲，于是顺口核实了一下，结果被证实是真的。在这之后，他和孟东北才真正相信'走生魂'是确有其事……"

牟兴初红着脸点点头，但立马又摇了摇头："这件事我也听说过。但据我所知，当时孟久富爷儿仨都喝了酒，而且还喝了不少。我估摸着，他们当时看到的'生魂'，要么是路上的行人，要么就是田里的稻草人……"

言罢，牟兴初又补充道："路老弟，老孟就是因为相信'走生魂'是真的，才会被活生生吓死的，不是吗？”

“对。”我使劲点了点头，抬手指了指他手里的册子，“因此，小弟我觉得，这个册子上记载的什么并不重要，而真正重要的，是孟东北是怎么被吓死的。”

“嗯。”牟兴初并没有察觉到我话里的深意，绷着脸点了点头，似乎还沉浸在对老友去世的愧疚中。

见状，我心里有些不忍，于是没话找话地宽慰他：“牟大哥，之前我还听孟进提起过你，那语气还真亲热。看来，你跟孟家人关系是真的好。”

听我提起孟进，牟兴初红亮亮的脸上溢出了一丝笑容：“孟进那小子机灵，从小就喜欢缠着我问这问那。前年，他考上了河东美术学院雕塑设计系，成了我们顺岭镇第一个艺术家呢！这不，去年他还在老孟的苕粉厂旁边开了一间工作室，成天在里面玩泥巴……”

见成功吸引了牟兴初的注意力，我急忙乘胜跟进：“哟，孟进是学雕塑设计的？这专业就业可火了，据说一年就能赚四五十万呢。”

牟兴初也乐了：“呵呵，人家可是小少爷，也不差钱。”

“对哈。”我搔搔头，又递了一根烟给牟兴初。

而我的心神，则飘向了另一个完全不同的方向……

## 11

接下来半个小时，我和牟兴初翻开册子，逐一梳理了《异志》章节里记录的近三十年来“走生魂”的全部案例，发现大都能够给出合情合理的解释。

研究完这本册子，我觉得有些失望。

看到我一脸黯然的表情，牟兴初笑道：“路大记者好像不怎么开心啊，莫非是因为这上面的例子水分太大，不能证明‘走生魂’这样的超自然事件真的存在？”

“牟大哥，你当我是神棍吗？”我苦笑了一下，摇头道，“我是有点儿失望，因为不管是孟进母子还是这本册子，都没有提供任何关于‘走生魂’的有用线索。但……”

说到这里，我凝神沉吟了一下，才又说道：“但就在死亡前一天，孟东北和两个工人却实实在在地看到了‘生魂’，而且孟东北也真如传说所言，不出三天就真的死了……这又该怎么解释？”

听到我的话，牟兴初的神情严肃起来，低头吸着烟，两道浓眉挤成了一团。

片刻后，他才说道：“路老弟说得对啊，老孟真的看到了‘生魂’……他看到的‘生魂’到底是什么呢？难不成……”

说到这里，牟兴初忽然双眼圆瞪，做出一副惊恐的表情：“难不成……‘走生魂’是真的？”

盯着牟兴初的脸，我哑然失笑，一字一顿地问他：“牟大哥，你相信‘走生魂’是真的？”

牟兴初紧绷着一张脸，半晌才反问道：“你相信吗？”

我笑了笑，避而不答……

下午五点四十五分，见该聊的都聊了，牟兴初提出要请我吃晚饭。

我拒绝了他的盛情邀请，执意要回镇派出所找方华和李方圆。

我这么做的理由有三个：一是中午吃得晚，这时候还一点儿不饿；二是之前答应了方华和李方圆，今天晚上要一起碰一下调查进展；至于这第三个理由嘛，是我有些话想跟方华单独说。为什么一定要单独说？其实我也不知道为什么，只是觉得这些话只有方华能懂。

见我说要到派出所，牟兴初一脸不以为然：“老弟，你回派出所吃和跟我吃，不都一样是吃吗？要不这样，我和方所长他们也熟，我叫他们过来一起吃。”

说着，他也不等我回话，抓起电话就拨了出去。

几句话工夫，他笑着放下电话，心满意足地对我说：“行了，方所长和小李等会儿到‘同心缘’跟我们会合，我们先过去。”

见状，我也不好再推辞，提起包跟着牟兴初出了门。

话说这“同心缘”算是顺岭镇上最高档的餐饮场所了。前几年到顺岭采访时，我就被牟兴初拉去吃过。第一次见到这家饭店金碧辉煌而又俗气的装修，我就留下了极其深刻的印象，当时就觉得，这家颇有些土豪风情的馆子，倒也能代表顺岭镇因为苕粉产业快速发展后的某些气质。

傍晚六点零三分，我和牟兴初来到了“同心缘”。

“同心缘”宽敞的大堂里，牟兴初选了靠窗的一张桌子，又招呼我坐下，找服务员要来菜单，轻车熟路地开始点菜。

这里主打重庆江湖菜和各种汤锅。盯着菜单上密密麻麻的菜名，牟兴初嘟囔了一句：“天冷人多，要不吃汤锅？”

“都行。”我笑着点头。

点好菜，牟兴初要了一壶茶，我们一边抽烟一边聊天。

这时，大堂里越发热闹起来，周围几张桌子已经陆陆续续坐满了人。

因为调查没什么进展，我心里有些郁闷，于是抽着烟，一脸百无聊赖地盯着来来往往的客人。

一对年轻夫妇牵着一个六岁左右的小男孩，来到我身旁一张桌子坐下。

一坐下，小男孩就开始吵吵，他母亲却一点儿没有要管教约束的意思，任由自己孩子闹腾。

可能是被吵烦了，那位年轻的父亲啪地猛一拍桌子，恶狠狠地对儿子说：“吵什么吵？你再吵，我就让你‘走生魂’！”

闻言，小男孩浑身一抖，“哇”的一声哭出来。

治住了熊孩子，年轻父亲面有得意之色，却不想左膀子突然被妻子一把掐住，耳旁也立马传来河东狮吼：“你瞎说什么？我们孩子要长命百岁，能跟孟东北一样吗？再说这话，当心我把你嘴粘起来！”

那男人一听，立马蔫了。

听到这一家人的对话，我的心情更加郁闷，嘟囔道：“看来，孟东北的事，镇上早就传开了……”

牟兴初叹了一口气，接口道：“那可不是，老孟是镇上的一号人物。如今他死了，而且死得这么邪乎，镇上的人不各种传才怪。”

说完，他抬手看看表，不禁嘟囔了一句：“都这么久了，方所长他们怎么还没来？”

他一边嘟囔着，一边掏出手机，准备打电话问问方华。

见状，我急忙劝道：“牟大哥，你这么催人家不好吧？说不定方所长有什么事……”

却不想，话还没说完，我的电话响了。

一看，是李方圆的号码。

按下接听键，我用开玩笑的语气说：“方圆，真是说曹操曹操就到啊，我和牟站长……”

可不等我说完，电话里就传来了李方圆激动得有些发抖的声音：“路哥，方所长让你马上到孟家来……‘生魂’……‘生魂’刚才又出现了！”

## 12

放下电话，我提起包就站了起来。

牟兴初一愣，大喊道：“老弟，你这是做什么？”

“‘生魂’又出现了，在孟家！”我撂下这句话，头也不回地朝门外走。

牟兴初也立即意识到了事态的严重性，对着吧台喊了一声：“菜别上了，钱记我账上，下次再来吃！”

言罢，他小跑着和我一起钻出了“同心缘”。

来到大街上，天已经黑了。我们拦了一辆三轮摩的，朝孟东北家一路疾驰。

约莫一刻钟后，孟东北家俗气奢华的三层小洋楼进入视线。

和白天来的时候不同，孟家院子外停了一辆警车，一名身穿制服的警察正笔直地站在大门前，一大群村民正在院子紧闭的铁门外张望。

来到院子大门外，三轮摩的停了下来。

我和牟兴初跳下车，扒拉开人群就朝院子里钻。

来到铁门前，守门的警察抬手挡住了我们：“这里不能进！”

我亮了亮记者证：“我找方所长。”

警察犹豫了一下，转头朝院子里喊道：“所长，有一个记者想找你。”

院子里传来方华悦耳的声音：“让他进来！”

守门的警察耸了耸肩，把铁门推开一条缝，让我和牟兴初侧身挤了进去。

穿过铁门，我一抬头就看到了方华和李方圆。

他们正站在小楼门口，和一个身高体胖的年轻人说着什么。

那个年轻人正是孟进。

我三步并作两步小跑过去，朝孟进点了点头，急声问方华："方所，到底是怎么回事？"

方华看了我一眼，轻声说："半个小时前，孟进向我们报警，说陈姐也看到了'生魂'……"

说到这里，方华有意停了停，才又继续说道："这次出现的'生魂'，是曾丽的……"

"曾丽也'走生魂'了？"我一愣，下意识地看了看孟进。

孟进这时已经满头大汗，一张又大又红的圆脸满是恐惧和乞求的神情，缠着方华央求道："方所长，你们一定要救救我妈……我爸刚走，我妈要是又……"

不等他说完，我就插话道："到底是怎么回事？"

孟进抹了一把头上的冷汗，抬头看了看方华，轻声说："记者大哥，刚才我给方所长他们都说过了。"

闻言，李方圆不乐意了，高声呵斥道："让你说你就说，叽歪个什么？我们得先把事情搞清楚，才能保护你们家！"

可能是后半句话起了作用，孟进吞了一口唾沫，终于进入了正题。

他用颤抖的声音说道："今天晚上天擦黑的时候，我妈说想吃场上老杨家卖的泡椒面，见她有胃口了，我心里挺高兴，赶紧让陈姐到街上去买……"

通过孟进的讲述，我逐渐了解了刚才曾丽"走生魂"的经过——

大概是今天晚上六点一过，也就是我和牟兴初在"同心缘"等方华的时候，孟进让陈姐出门去给母亲买一份泡椒面。

大约十分钟后，院子里突然传来一声惨叫："妈啊！"

随后，小洋楼的大门就被"咚"地推开，脸色煞白的陈姐冲了进来。

见她这副脸色，孟进急忙问道："陈姐，你这是怎么回事？面条呢？"

陈姐的脸上血色全无，双眼瞪得犹如铜铃，嘴唇也一个劲儿地打颤："小少爷，我……我……”

见状，孟进急了，高声说：“你怎么了？倒是说啊！”

陈姐犹豫了一下，抬头看了看周围，答非所问地说：“老……老板娘呢？”

“她回房间休息去了。”孟进应了一句，好像也察觉到了什么，急忙又说道，“陈姐，没事，有什么事就跟我说。”

闻言，陈姐眼圈一红，差点儿哭了出来：“小少爷，我……我……我……我刚才又见到‘生魂’了……”

就在刚才，陈大姐买了泡椒面回来，钻进铁门就朝小楼走。走着走着，她忽然瞥见右侧围墙下立着一个人。

“这谁啊，莫非是小偷儿？”陈姐心里一紧，急忙转头朝右侧看去。

借着小楼里映出的灯光，陈姐看见一个瘦小的女人，笔直地站在围墙下的阴影里，一动不动。

定睛一看，才发现竟然是曾丽。

看清了那个人，陈姐的一颗心才算落了地，笑道：“老板娘，你总算下地了，太好了！话说你怎么一个人站这儿？小少爷没陪你？”

说着，陈姐抬起脚就准备朝那人走去。

这时，曾丽突然浑身一震，随后身体就剧烈颤抖起来。

见状，陈姐整个人立马僵住了。

昨天孟东北出事后，她就听说了孟东北“走生魂”的经过。而眼前“曾丽”的架势，不跟孟东北的“生魂”一模一样？！

想到这里，陈姐发出“啊”的一声惨叫，扔下手里的东西，连滚带爬地朝小楼跑。

闻讯，孟进立马冲出小楼，在院子里找了好几圈，却压根儿没见到“生魂”的影子……

听了孟进的介绍，我和方华对视了一眼，问：“陈姐在哪儿？”

方华指了指身后的小洋楼：“她被吓得不轻，这会儿正和曾丽在一起。”

我又问：“你们问过她了？”

“路记者，你是不是有点儿不信任我们的专业水平？”方华笑了笑，一双漂亮的大眼睛里有什么光闪了闪，“早就问过了，和孟进说的情况一致。”

“我可不敢怀疑方所长。”我搔了搔头，掏出一根烟递给牟兴初，自己也点燃一根吸了起来。

片刻后，我又试探着问道：“方所长，刚才‘生魂’出现的现场，你们都查过了吗？”

“路记者果然怀疑我们不够专业。”方华笑容依旧，抬手朝不远处围墙下的几个民警一指，“喏，正在收集现场痕迹。”

“哦，方所长的部下果然神速。”我应了一句，抽着烟不言语了。

这时，牟兴初忽然插话，道：“大侄子，你妈她没事吧？”

孟进点点头，随即却又摇了摇头，一脸怅然地说：“牟叔，今天我妈一直在屋里，刚才才起来。听说陈姐见到了她的‘生魂’，我妈这会儿正害怕呢……”

闻言，牟兴初叹了一口气，皱着眉也不说话了。

## 13

了解了大致情况，我独自走进孟家小楼。

一楼客厅里灯火通明，却空无一人。站在客厅里，能听见一阵阵轻微的说话声，从二楼主卧半开的房门里飘出来。

这时，身后传来方华轻柔的话语：“陈姐和曾丽就在上面。”

“进去瞧瞧。”我朝她笑笑，朝二楼走去。

方华立即跟了上来。

我们都没说话，循着汉白玉雕琢的旋转楼梯，并肩朝那间卧室走去。

来到二楼，方华忽然一把拉住了我。

我一脸狐疑地转过头，盯着她。

“不会是要跟我表白吧？”我心想道。

而她则盯着曾丽卧室里幽幽的灯光，用极低的声音说：“路记者，刚才有外人在场，我没好明说，之前勘查现场的同事说，在‘生魂’之前站立的地方，他们找到了一组脚印。”

我立即来了兴趣，急声问：“哦？什么情况？”

方华抿了抿烈焰般的红唇，继续道：“那组脚印的尺码，和曾丽的一模一样，而且就连鞋底的花纹都完全一致……”

“鞋底花纹？”我愣了愣，憨笑道，“方所长，莫非你的意思是……今天陈姐看到的‘生魂’，真的是曾丽？”

“对。”方华笑了，又向前迈了一步，凑到我耳旁小声嘀咕起来。

温热的气息从她的口中飘出，轻轻拂过我的耳朵，让我心里有些痒酥酥的。

但听到她说的内容，我的神情立即严肃起来。

等方华说完，我不禁沉吟起来。

“目前，我们的调查还没有取得任何突破性进展。但既然‘生魂’已经再次出现，我们也不能再等了……”

想到这里，我决定把心里的一个想法也告诉方华。

听我三言两句说完这个想法，方华先是一脸震惊，随后竟然点头说：“事到如今，也只好这么做了。”

说完悄悄话，方华拉着我继续朝主卧走。

来到主卧门口，我们透过半开的房门，看到了一张挤占了半个房间的清式雕花大床。陈姐正坐在床沿上，一边抹眼泪，一边轻声细语地说着什么。

她身旁，一脸惊恐的曾丽半坐在床上，全身裹着厚厚的被子。

滴滴冷汗从曾丽的发梢滴落，在她苍白的脸上汇集成一条条若隐若现的小河。而她那双本来就布满血丝的眼睛，现在因为极度的恐惧，更是红得吓人。

陈姐背对着门坐着，因此并没有发现我们。她依然絮絮叨叨地对曾丽说：“老板娘，你也别想太多，虽然是有‘走了生魂活不过三天’这个说法，但……”

说到这里，她突然顿住了，好像自己也找不到说服别人的理由。

半晌，她才憋出下半句来：“但说不定，我是看走眼了呢……”

对这样一个自己都不怎么相信的说法，陈姐显然也没什么底气，声音变得更细了，甚至还带着一丝哭腔。

见状，我主动走过去解围，道：“老板娘，你没事吧？”

曾丽怔怔地抬起头，空洞的眼神掠过我和方华，又愣愣地落到地板上。

良久，她苍白的唇间才挤出三个字：“全完了……”

“怎么会呢。”我强作轻松地笑笑，拉过两把椅子，和方华一起坐了下来，劝道，“‘走生魂’就是封建迷信，没有任何科学根据的。曾大姐，你可别信这些啊。”

曾丽抬起头盯着我，发出一声重重的叹息：“记者同志，以前我也觉得这是迷信，可你看看，我们家老孟就是走了‘生魂’死的，这能叫人不信吗？”

言罢，她又低下头，愣愣地盯着地板：“如今，我也走了‘生魂’了，看来，我这命也不长了。我死了倒是没什么，可我儿子……”

闻言，一旁的陈姐忽然“哇”的一声哭了出来：“老板娘，你可不能这么想啊！你们家都是好人，哇……”

说着，陈姐开始一把鼻涕一把泪地号啕大哭，却是雷声大雨点小，号了好一阵子，也没见掉下几滴眼泪。

见她这副阵仗，我心说：“哟，瞧陈大姐这架势，外人要是不知道，还以为‘走生魂’的是她。嗯……想必她对孟家的情感是假，担心她和她儿子以后的生计才是真……”

这么想着，我又插话道：“陈大姐，你确定当时没看花眼？”

说着，我朝陈大姐挤了挤眼。

陈大姐却没察觉到我话里的深意，一个劲儿地摇起了头：“我没看错！当时我们就隔着三五米远，院子里又这么亮堂，我怎么可能看错？真的是老板娘的‘生魂’！绝对是真的！”

见她信誓旦旦的模样，我只得耸了耸肩，心里又开始嘟囔：“这女人可真够笨的……你这么说，不是给主人家伤口上撒盐吗？”

这时，我身旁突然响起一句话：“我也觉得‘生魂’是真的。”

闻言，我和陈大姐同时一愣，甚至曾丽都好奇地抬起了头，一起朝声音响起处看去。

就见方华很端庄地坐在靠背椅上，一张美丽的瓜子脸上满是笃定的表情。

盯着她，我一脸震惊地说：“方所长，我没听错吧？你堂堂一个派出所所长，竟然相信真有‘生魂’这种事？”

方华眯缝着眼看着我，一双大眼睛盈盈有光：“对，我相信‘生魂’是真的。路记者，莫非你不相信？”

“我怎么可能相信迷信？”我一声冷笑。

“看来城里来的大记者，果然看不上我们这种小地方的传说啊。”方华话里有话地应了一句，随即又反问道，“可是前天孟东北走了‘生魂’，不出两天就真的死了，这又怎么解释？”

看到她咄咄逼人的架势，我心里有些不舒服，脸色随之一黑，语气也开始强硬起来：“这还用问？孟东北本来就相信‘走生魂’这种事，昨天晚上他因为眼花，以为自己看到了‘生魂’，结果把自己给吓死了，用脚趾都想得出来，这就是一个意外！”

听我语气不怎么客气，方华好像也来了气，噌地站了起来，尖声道：“路记者，我告诉你，这件事绝不是意外这么简单！孟东北头天见着自个儿‘生魂’，第二天就死了，现在老板娘也见了‘生魂’，你都没觉着这件事很蹊跷？还说什么省城的大记者，我看不过是绣花枕头！”

见方华话里藏着刀子，我也红着脸站起来，大声道：“方警官，你是不是太自信了？你不就是立过一次一等功吗，就当自己是神探方了？我明白你的意思，你不就是觉得孟东北是被人设计害死的吗。可你也不用脑子想想，孟东北遗嘱都立了，他死了财产都归老婆孩子，谁会谋他的财？”

闻言，方华一声冷哼：“路晓，谁说杀人就一定是谋财了？孟东北……就不能是被仇杀的吗？”

## 14

当方华冷笑着说出“仇杀”两个字时，房间里立即安静下来。

“仇杀……”我皱着双眉，细细咀嚼着这个词，沉默半晌才试探着问方华，“你说孟东北是被人仇杀的，有证据吗？”

方华耸了耸肩：“算是有吧……”

这次换我冷笑了：“怎么叫‘算是’？有就是有，没有就是没有！”

方华似乎对我话里的挑衅味道很是不满，冷声说：“警方办案，没有义务把情况告知外人，更何况是记者了。‘防火防盗防记者’这句话，想必你也听过吧？”

“你！”我被方华堵得面红耳赤，语塞半晌却又吐不出一个字来，只得愤愤然拂袖而去。

身后，传来方华冷冰冰的声音：“慢走，不送！”

…………

我气呼呼地来到一楼，牟兴初、李方圆和孟进正围坐在茶几前交谈。

见我一脸愠怒，李方圆有些不解地问：“路哥，你这是怎么了？”

“问你们所长去！”我从牙缝里挤出这几个字，瞥了一眼孟进，又转头对牟兴初说，“牟大哥，我们走！”

牟兴初一愣，一边起身一边问：“路老弟，你这是怎么了？”

我也不搭理他，大步流星地钻出了门。

牟兴初意识到情况不妙，急忙跟了出来。

我也不跟他说话，快步走出了孟家院子。

见我铁青着脸，牟兴初也不敢说话，低着头一路小跑跟在我后面。

我们沿着水泥公路从孟家院子一路朝顺岭场疾走，八九分钟后已经来到了顺岭中心校门口。

这时，身后突然传来一阵汽车的喇叭声。

一转头，就见一辆警车不知何时已经跟在我们身后。驾驶座上，李方圆正紧握着方向盘，一脸坏笑地盯着我。方华则坐在副驾驶座上，笑眯眯地朝我招手。

看见方华，我并没有立即作出回应，而是朝来路望了望。孟家院子，已经被我们远远甩在了身后。

这时，我才对着车里的方华笑了笑。

警车在我们面前停稳，方华从车窗里探出身子，对我喊道：“路记者，快上来。”

“走！”我朝牟兴初挤了挤眼，打开车门钻进了警车。

在警车里坐稳，我和方华相视一笑。

牟兴初看看我，又看看方华，一头雾水地嘀咕道：“你们……刚才不是……现在怎么又……”

李方圆转过头，坏笑着说：“牟站长，你没听说过‘床头吵架床尾和’吗？人家帅哥美女的事，你不懂……”

闻言，方华竟然脸一红，举起粉拳就朝李方圆招呼：“你胡说什么？刚才我和路记者是在演戏……”

“演戏？”牟兴初更迷惑了，“你们刚才到底是怎么回事？”

我抬手拍了拍他的肩膀，笑道：“牟大哥，刚才我和方所长演了一出戏，希望能够引诱出真正的‘生魂’！”

“引出‘生魂’？”牟兴初搔了搔头，苦笑道，“老弟，我不懂你的意思。”

我也不多解释，只是对他竖起三根手指：“三天！我相信三天之内，我们就能找到真正的‘生魂’！”

闻言，牟兴初双眼圆瞪，嘴巴微张，一脸迷茫。

这时，方华插话道：“牟站长，刚才路记者说的这些，你可一定要保密哟。”

牟兴初又摸了摸凌乱的头发，愣愣地点了点头。

见状，方华笑靥如花，伸了一个大大的懒腰，又拍了拍紧实的小腹：“好了，正事都安排好了，我肚子也饿了。”

我立马发话道：“刚才牟大哥在‘同心缘’点了好多菜，现在都还在饭馆账上挂着呢！要不，我们一起去吃消夜？”

方华立即响应：“行啊！”

见方华脸上神采奕奕，李方圆有些酸唧唧地说：“原来，咱们所长果真喜欢这种类型的……”

晚上九点五十四分，我们回到了“同心缘”。

方华和牟兴初好像跟这里的老板很熟。他们不仅让老板把之前点了没上的菜都上了，还又加了两道硬菜。

随着热腾腾的汤锅和配菜一起端上了桌，我们的心情也立马好了起来。

在深山小镇的寒夜里，几个人吃着麻辣汤锅，畅谈着从国际形势到风土人情再到各种变态杀人魔和灵异事件的各种话题……各种家国天下和鸡毛蒜皮家长里短一应俱全，可谓是不亦乐乎。

能找到投机的人唠嗑，我也很高兴。整个晚上，我和李方圆、牟兴初聊得很是尽兴。

方华却一直很安静地坐在我们中间，一边小口地吃着东西，一边用水盈盈的大眼睛看着面前吵吵闹闹的三个男人，一脸的笑靥如花。

有那么几个瞬间，正聊得兴起的我无意中转头一瞥，却正好碰上了她温柔如水的目光。

刹那，一抹不易察觉的绯红掠过方华的面颊，那双明亮的眼眸里荡漾起如水的柔波。

而我心里，也会顷刻间涌出一种不能名状的暖意。

…………

那天夜里，我们一直吃吃喝喝到凌晨一点多。

看到“同心缘”里只剩下我们这一桌客人，意犹未尽的牟兴初才很不情愿地结了账。

我们走出饭馆，重新钻进警车。方华问：“路记者，你订酒店了没？”

“还没。”我搔搔头，笑道。

闻言，方华转过头，恶狠狠地对李方圆说：“昨天你不说要接待好路记者吗？怎么连酒店都没订？”

李方圆脖子一缩，支吾道：“我……一看到路哥真人……我就给忘了……”

我急忙打圆场道：“没事没事，我到镇上的民宿住一晚就成。”

“那怎么行？镇上民宿条件不好，经常连热水澡都洗不上。”方华一句话就给我堵了回来，“路记者来我们这里采访，怎么可能让你去住民宿？”

说着，方华拍了拍李方圆，说出了一句让我瞠目结舌的话：“走，去我家！今天路记者就住我那儿。”

# 15

在李方圆和牟兴初无比震惊的目光中，方华旁若无人地转过头，朝我很妩媚地笑了笑。

随后，李方圆开车把牟兴初送回了家，又把我送到了方家楼下。

临走时，李方圆睁着一双铜铃大眼，欲言又止。

方华一脸平静，笑着对他嘟囔了几句。

李方圆这才恍然大悟，猛地踩下油门，驾车迅速奔入了茫茫暗夜……

11 月 19 日凌晨四点一过，整个顺岭镇一片寂静。

墨蓝色天幕上皓月当空，群星闪烁在银河之间，在黝黑的群山和密集的建筑物之间，投下或柔或刚的光影。

顺岭场后山上，东北苕粉厂也是一片漆黑。

靠近厂区后门的一栋平房前，出现了一个瘦小单薄的人影。

黑影既没有开灯也没打手电筒，而是借着月光的指引，一路摸着黑钻进了那栋平房。

不多时，黑影钻出了平房，手里还多了一包东西，用黑色的塑料垃圾袋提着，蹑手蹑脚地来到工厂后门。

后门的大铁门半开着，保安室里也没人。黑影轻盈地穿过铁门，钻进了厂区围墙后的一片小树林。

进入小树林深处，黑影确定四下无人后，把那包东西放在地上，又从怀里掏出一把剪刀，对着那包东西就是一阵狂剪。直到黑色的垃圾袋连同里面的东西全都支离破碎之后，黑影才在地上挖了一个浅坑，把剪碎的东西一股脑儿给埋了进去。

做完这一系列动作，黑影长舒了一口气，慢慢靠着一棵树坐下来，又从衣兜里掏出一张纸，平平整整地放在身旁，用一块小石头压好。随后，黑影举起剪刀，慢慢移动到了自己左手的腕动脉上……

“住手！”

就在剪刀扎入腕动脉前的一瞬间，一声暴喝赫然响起，就像一声在寂静的树林中炸响的惊雷。

那黑影浑身一震，还未来得及反应，附近的灌木丛里就冲出了另外两个人影，如闪电般扑到了黑影面前。

说时迟那时快，两个人冲到黑影面前，一人按住她的一只手，瞬间就让她动弹不得。

“你们放开我！”

黑影绝望地挣扎叫喊，而那声音……竟然是一个女人！

“啪！”

手电筒的灯光赫然点亮，黑影的脸也被照亮。

竟然是曾丽！

而按住她的两个人，正是方华和我。

“你……你们……”曾丽面无血色，惊恐地盯着我和方华，双唇因为紧张微微颤抖。

“老板娘，你终于还是行动了。”我对她发出一声冷笑，按住她手的力道却丝毫没有减弱。

却不想，听到我的话，曾丽竟然也冷笑起来：“对，我就是行动了！就是我杀了孟东北！哦，不，我只是跟他开个玩笑，吓他一下，没承想他却被吓死了！”

盯着曾丽充满挑衅的表情，我只是冷冷地说：“老板娘，这件事恐怕不是开玩笑这么简单吧？”

言罢，我朝方华使了一个眼色，方华立即心领神会地掏出手铐，把曾丽给铐了起来……

第二天一大早，牟兴初就接到了方华的电话：“牟站长，请你马上来所里一趟，‘走生魂’的案子破了。”

“案子破了？”牟兴初闻言一振，急声问，“你们真的找到‘生魂’了？”

“对。”方华笑了笑，随即挂上了电话。

牟兴初立马冲出家门，打了个三轮摩的直奔派出所。

上午九点二十七分，牟兴初来到了派出所。

见他来了，我和方华领着他来到了派出所拘留室。

在那里，他见到了曾丽。

看到曾丽双手上的手铐，牟兴初一脸震惊："大妹子，你这是……"

曾丽却凄然一笑："牟大哥，是我杀了孟东北。"

闻言，牟兴初身子一震，脸上浮出了难以置信的表情。

见状，我呵呵一笑，找了一个凳子让牟兴初坐下，随后又轻声对他说道："牟大哥，我们已经知道了'生魂'的真相。只是这个真相，和很多人所想的不一样……"

## 16

上午九点三十六分，顺岭镇派出所拘留室，一阵短暂却诡异的沉默，笼罩了在场的每个人。

沉吟片刻，我首先说道："两天前，孟东北给我来了电话，说他走了'生魂'，活不过三天，希望我能救他……当时，我只是把这些话当成了一个醉汉酒后的妄想。却不想，他第二天真的死了，而且死得很诡异。"

说着，我轻轻叹了口气，继续道："来到顺岭后，我发现当地人大多相信'走生魂'的传说，甚至还出现了专门记载'生魂'传说的稗官野史。对这种当地盛行的迷信文化，方所长和我当然是不相信的，但孟东北和不少当地人却深信不疑。而这也就成为导致他最终死亡的原因。"

听到这里，牟兴初一头雾水，踌躇了一下，还是开口道："老弟，你到底什么意思？你刚才说的，不就是孟东北是给吓死的？"

"对，孟东北是被吓死的。"我点了点头，又补充道，"但导致他受到惊吓的'生魂'，却是早就被人安排好的！"

听到我这番话，牟兴初的脸色一紧，一脸狐疑地看着曾丽。

几秒钟后，他自言自语般嘟囔道："可这是为什么呢？老孟和她感情不是挺好的吗？"

闻言，我转头看着方华，方华则轻轻点了点头。

就像是得到了什么授权，我收起笑容，盯着曾丽一个字一个字地说：“老板娘，你的前夫名叫王强吧？”

听到这个名字，曾丽的表情不易察觉地紧张了一下，随即又强自镇定地说：“没错，我杀孟东北……就是因为他！”

“王强？”牟兴初重复着这个名字，一脸狐疑地说，“这到底又是怎么回事？”

“曾丽是带着儿子从三十多公里外的沣水镇嫁过来的，牟大哥不熟悉她的身世也很正常。”我接口道，“没错，孟东北对曾丽母子很好，甚至把巨额财产都留给了他们……但这仅仅是排除了谋财害命的可能性。孟东北被设计害死的真正原因，实际上是复仇。”

说着，我转头对方华笑了笑：“方所长，对吗？”

方华也对我莞尔一笑，接口道：“没错。像孟东北这样身家千万的大老板被害，我们首先考虑的是谋财害命的可能性，这也一直是我们工作的重点。但经过深入调查，孟东北财产的受益关系十分明确，虽然不能说完全排除了谋财害命的可能性，但至少这种可能性不会太大。因此，我们开始转向第二个方向，那就是仇杀。于是，我们对孟东北的亲属、朋友、员工和生意伙伴进行了广泛调查，发现他把各方面关系打点得都很妥帖，并没有什么明显仇家。到这个时候，调查似乎陷入了困境……”

说到这里，方华停了停，转头看了看我，眼神里荡起一层柔波：“就在这时，路记者的一句话提醒了我……昨天，他让我们深挖一下孟家人的社会关系网。比如说，前男友前女友、拜把兄弟、同班同学……昨天下午，我就按照这个方向，又打电话询问了孟家的亲属和一些朋友，结果有了意外惊喜……在给曾丽的母亲打电话时，我偶然听到老人说了这么一句话‘我闺女这辈子有福气，可也是一个克夫的命，连着遇到两个这么好的男人，可都被她给克死了’……”

“我们经过调查发现，曾丽和前夫王强是青梅竹马，二十出头就结了婚，婚后两人感情一直很好，并生下了儿子王进。王强比较有生意头脑，看准了顺岭茗粉的广阔商机，于是在顺岭当地找了合作伙伴，在老家开起了茗粉厂，由合作伙伴供货，把顺岭苕粉运到沣水加工，然后再就近转运到省城销售，生意十分火爆。却不想，就在苕粉厂生意越发火红的时候，王强却突然出了事……”

说着，方华转过头，盯着曾丽：“十四年前，也就是王进十岁那年，王强因为一次意外死了，对吗？”

曾丽一怔，抬起头看着方华，轻轻点点头，又重新垂下眼紧紧盯着地板。

方华的眼神变得有些复杂。沉吟片刻，她才一字一顿地说道：“王强也喜欢钓鱼，而且特别喜欢钓夜鱼。十四年前的一天夜里，他又去钓夜鱼，结果掉进涨水的河里给冲走了，对吗？”

曾丽点点头，又猛地摇起了头：“不！他是被别人给害死的！”

方华有些怜悯地盯着她，轻轻叹了一口气，说道：“当时，和王强一起去钓鱼的还有两人，一个是你们十岁大的儿子，另一个就是他在顺岭的合作伙伴，对吧？”

听到这里，牟兴初也意识到了什么，急忙插话道：“王强的合作伙伴……莫非就是孟东北？”

“对。”方华点点头，继续说道，“当时正是夏天，他们一行三人进入沣水镇的一条峡谷钓夜鱼，却只有孟东北和王进两个人回来了。我找沣水镇派出所查过当时的卷宗，当时孟东北的说法是，王强掉进了涨水的河里，一下子就给冲没了影。而王进已经给吓傻了，一连好多天都说不出话来。王强死后，孟东北征得了王家人的同意，帮忙打理王强的生意，又对曾丽母子照顾有加，后来也就顺理成章地和曾丽结了婚，成为外人眼里的模范家庭。虽然当时也有一些传言，说王强是被推下河的，孟东北害王强，就是想霸占他的生意和漂亮老婆，但这些都只是传言，因为没有证据也没人在乎……”

听到这里，牟兴初一脸不解，试探着问道：“方所长，照你这么说，孟东北应该是他们母子俩的恩人，曾丽怎么反倒恩将仇报呢？”

“这个问题可就复杂了，还是让路记者来说吧，这是他找到的突破口。”方华耸耸肩，坏笑着看了看我。

我也不推辞，继续说道：“经过前天夜里和昨天白天的调查，我们并没有找到任何突破性的线索。但唯一能够确定的是，‘生魂’的确出现了，并且被孟东北之外的两个员工看到过。这就让我不得不重新审视整个事件。首先，对于‘走生魂’这个案子，从一开始我就不认为‘走生魂’真的存在，但既然真有人看到了‘生魂’，那么这件事背后一定是有人在装神弄鬼。按照这样的方向，我开始从结果倒推：要达到用‘生魂’杀人的目的，必须至少满足两个条件——一是受害人必须相信‘走生魂’真实存在，孟东北就满足这个条件；二是要成功复制出和被害人外形特征一模一样的‘生魂’，并且让被害人看到，造成心理上的震慑，以利于让被害人在这种自我暗示的心理作用下一步步走向死亡。根据我们掌握的线索，能同时满足这两个条件的，还真就只有曾丽母子。”

“只有他们俩满足条件……”牟兴初嘟囔道，越发感到不解，“路老弟，要说让老孟相信‘走生魂’这种迷信的，应该是我才对吧？你别忘了，昨天我还和你说过，有一次钓夜鱼时，我还给老孟和大侄子讲过《异志》上的故事。我想不通，做这种事的，怎么会是他们母子俩？再说了，你说他们能‘复制生魂’，这我就更不能相信了……”

我盯着牟兴初狐疑的脸，笑着应道：“牟大哥，你听我把话说完。‘走生魂’这种迷信说法在本地农村流传广泛，不少村民都深信不疑。孟东北虽然生意上精明能干，但是文化水平并不高，他相信‘走生魂’这种事并不是不可能。而至于怎么复制‘生魂’，只要有一定的专业技术，要做到这一点也不难……”

听到这里，牟兴初先是一愣，随即好像想起了什么，一脸惊异地看着曾丽。

曾丽也赫然紧张起来。

我看了一眼曾丽，又转头对牟兴初笑道：“牟大哥，这下明白了吧？昨天，要不是你跟我提起，我可能还想不到孟进就有这样的专业技术……”

闻言，我笑着对方华点点头。

方华也笑了笑，对肃立一旁的李方圆说：“把证据拿出来。”

李方圆立马俯下身，从物证箱里取出两件东西递给方华。

接到东西的一瞬间，方华的表情立即肃穆了起来。

她举起第一件物证，对曾丽大声说道：“曾丽，这是今天凌晨你在小树林里试图消灭的证据，你还认识吧？”

说着，方华还把证据晃了晃。

曾丽和牟兴初几乎同时抬头，怔怔地盯着她手里的东西。

那是一个被剪碎又被强力胶拼接起来的塑胶面具。

看到那副面具的一瞬间，牟兴初只觉悚然一惊，当即失声喊了出来：“那张脸不就是……老孟吗？”

## 17

有那么几秒钟，拘留室里的空气就像凝固了一样。

牟兴初惊恐地看着方华手里的面具，好像明白了什么。

“这面具莫非就是……”他自言自语地嘟囔着，转头看了看曾丽，又回头继续盯着那面具。

看到他的表情，我笑了：“没错，这副面具就是孟进做的……昨天你跟我说过，孟进是河东美术学院雕塑设计系的高才生，凭他的专业技能，做出这样一个和真人有八九分像的面具应该不难。”

言罢，我转头看着曾丽，眼神也立即冰冷起来，就像是在逼问。

察觉到我咄咄逼人的目光，曾丽的身子开始颤抖，双眼却在地板上快速游移，好像徘徊在理智和疯狂的边缘。

几秒钟后，她猛地抬头，发出一声凄厉的尖叫：“没错，那面具就是我让小进做的！我知道我男人是被孟东北害死的，我也知道孟东北相信‘走生魂活不过三天’，于是就骗小进说，要在今年年底孟东北五十大寿时给他个惊喜，让小进按照我们三个的样子做了三副面具，说是等到寿宴上表演节目用……小进很单纯，他立马就相信了，一个月前就做好了。”

听到她的解释，方华和我对视了一眼，冷声说：“大前天夜里，你趁着月黑风高，戴着面具潜入苕粉厂，伪装成孟东北的‘生魂’让孟东北看见，又在前天夜里尾随孟东北进入顺岭峡，再次装成‘生魂’吓唬他，造成孟东北受惊过度、心脏病突发，对不对？”

说着，方华举起了另一件证据——那是一封信，信封上写着两个字：遗书。

方华又逼问道：“就像你遗书上写的那样？”

“对！”曾丽高声回答道，脸上的表情也猛地舒展开来，好像因为说出了真相，让她心里积蓄的压力得到了释放。

闻言，牟兴初这才恍然大悟：“原来是这样？原来老孟真的是被你害死的？大妹子，你怎么这么糊涂啊……”

曾丽却只是一声冷笑：“牟大哥，还要多谢你给孟东北说了书上那些事，让他更加相信‘走生魂’的说法……当年，一听说我男人出了事，我就觉得这件事可能不是那么简单！你要问为什么？就因为孟东北看我的眼神！不管是王强请他到我们家来，还是在厂子里谈生意，只要他看到我，眼睛里就会闪闪发光……是女人都知道，这种眼神意味着什么！王强死了，我和小进孤儿寡母无依无靠，他才能有机可乘！这么多年来，我想象了无数遍亲手杀掉他的情景，也设计了无数种杀他的方式，却只能一直忍辱负重，因为孩子还小，我们孤儿寡母要糊口！如今孩子大了，我终于可以报仇雪恨了……哈哈哈哈……”

说着说着，曾丽忘乎所以地大笑起来。

盯着她，牟兴初满眼惊恐，就像面前狂笑的是一个陌生的杀人凶手，而不是相识多年的弟妹。

半晌，牟兴初才从嘴里憋出几个字：“你杀了老孟，还想自杀，你就没想过小进的感受吗？”

曾丽的笑声戛然而止。

她抬起头，盯着牟兴初缓缓地说：“小进已经长大了，能够照顾好自己了，家里的钱也够他一辈子花的了……我只想早点儿到下面去，和王强……”

随着两行清泪溢出眼眶，曾丽说不下去了，只是捂着脸哭了起来。

听到这个中年女人的哭声，在场所有人都没有说话。

良久，曾丽停止了哭泣，红着眼对方华说：“方所长，案子已经破了，请带我走吧。”

却不想，方华并没有立即回答，而是转过头看了看我。

看着她那双会说话的眼睛，我自然心领神会，慢慢站起身，来到曾丽面前，居高临下地和她对视着，平静地说道：“老板娘，案子是破了。但这凶手到底是不是你，恐怕还不能这么早就下定论……”

听到我这句话，曾丽整个人轰然一震，似乎马上就要摔倒。

迟疑片刻后，她用一种近乎疯狂的声音尖叫道：“凶手当然是我！怎么可能还有其他人？”

“怎么不可能？”我冷声道，“我有一种感觉，你对孟东北的恨很像是假的，而孟进对孟东北却才是真的有恨，而且还是深仇大恨！从道理上来讲，这也说得过去。如果说你是因为丧夫之恨而杀人，那么幼年丧父的孟进，也存在类似的动机，不是吗？”

见我提到孟进，曾丽的反应更加疯狂，她噌地从椅子上跳了起来，伸出双手就想朝我扑过来，那样子像极了电影里的女鬼，却被一旁的李方圆猛地按住。

盯着她癫狂的模样，我不禁发出一声叹息：“老板娘，你应该早就发现孟进做的面具了吧？只是一开始你并不知道孟进做这些面具的理由。我想你可能也问过他，为什么要做这些东西。他的回答，应该就是刚才你给我们说的那些理由吧？在生日宴上给孟东北惊喜？用来表演节目？呵呵，我想当时你也相信了，一直到……”

说到这里，我突然停住，眼睛紧紧盯着曾丽的脸：“一直到孟东北‘走生魂’，你才知道面具真正的用处！于是，你就想替你儿子顶罪。却不想，昨天晚上你的‘生魂’也出现了。但是你可能有点儿蒙吧。后来，你又听到我和方所长吵架，说孟东北可能是死于仇杀，这就让你更加紧张了。于是，你决定将计就计，在今天凌晨潜入了孟进的工作室，找到被藏起来的面具和提前准备好的遗书，一起带到工厂后面的小树林，想销毁证据后就自杀，就是为了把我们的注意力吸引到你自己身上！”

听我说到这里，曾丽脸上已经见不到一丝血色，双唇因为惊慌一个劲儿地颤抖。

良久，她眼里忽然有光一闪，好像是想到了什么，立即就像抓住了救命稻草，对我高声喝道：“你凭什么说小进杀了人，你有证据吗？”

我耸了耸肩，又看了看一旁沉默的方华，忽然笑了：“当然有，这还是方所长找到的。”

方华心领神会，接过话茬继续说道：“昨天，在你们家围墙下方——发现‘生魂’的位置，我们找到了两枚清晰的足迹。经过技术比对发现，虽然足迹的尺码和你的双脚一致，但留下这双脚印的人的体重，却远远在你之上，应该在 80 ～ 85 公斤。而这，正和孟进的体重匹配。我们据此推断，作案人应该是大脚穿小鞋，再身穿和你同款的宽松肥大的衣服，借着黑夜掩护假扮你的‘生魂’。顺着这个线索，我们在对你和孟进问话的时候，同时也对你家和附近区域进行了搜查，结果在你们家院子附近找到了这个。”

说着，方华又对李方圆使了一个眼色。

李方圆再次俯下身，打开物证箱掏出另一包东西。

那是一件宽大的女士羽绒服、一双女士便鞋和一个塑胶面具。

而那面具，正是按照曾丽的模样制作的。

看到那副和自己一模一样的面具，曾丽大惊失色，但很快又强自镇定下来，颤抖着声音争辩道：“就算有这些东西，但你们凭什么说它们是小进扔的？”

“这就太容易了。”方华一声冷哼，“在这些东西上，我们找到了半枚指纹，还在衣服和面具上找到了一些毛发和皮肤组织，于是连夜送到了省厅进行技术比对，发现这些都是孟进留下的！”

闻言，曾丽身子一颤，整个人都蔫了下去。

见她这副模样，我心里涌出了一种混合着怜悯和不屑的复杂情绪，继续说道：“你有没有想过，昨天我和方所长为什么会在你面前吵架，而且还有意提到孟东北可能是死于仇杀？就是因为我们没找到证据，只能寄希望于引蛇出洞！没承想，你竟然真的就行动了……真是可怜天下父母心！你为了保护孟进，宁愿牺牲自己，却没想过他为什么要假扮你的‘生魂’？”

听到这句话，曾丽抬起血红的双眼，一脸不解地盯着我。

半晌，她才动了动嘴唇，却又没吐出一个字来。

我再次发出一声叹息，轻声说：“你的心脏也不好，对不对？”

曾丽一愣，迟疑着点了点头。

我继续说道：“今天凌晨，方所长找到孟进就是‘生魂’的证据后，在和我一起跟踪你的同时，也派人对孟进进行了抓捕。经过突审，孟进已经承认了假扮‘生魂’，导致孟东北惊吓致死的犯罪事实；也承认了假扮你的‘生魂’，准备用同样的方法对你进行惊吓的计划。只是因为方所长行动迅速，他才没能得逞……”

听了我的描述，曾丽怔怔地盯着地板想了好一会儿，才一脸不解地抬起头问：“小进他……要杀我？”

“对。”我点点头，语气里却满是怜悯，“孟进和王强的感情很好，对吧？”

曾丽愣了愣，似乎没料到我会这么问，半晌才回应道：“小进和他亲爹感情是很好。”

“这就对了。”我接着说道，“孟进说，当年他是亲眼看见王强被孟东北推下河的，又眼睁睁看着生父被湍急的水流吞没。可当他把这件事告诉你时，你却发了疯一样狠命地揍他，还跟他说，爸爸现在不在了，只有孟叔叔能让你们过上好日子，不准他说孟叔叔的坏话……为这个，他说他恨你们，而且还一直记在心里，十几年来从未改变。相反，看到你和孟东北卿卿我我，这种仇恨反而还不断加深……上个月，他装病说自己不舒服，请假回家窝了一个月，就是为了在工作室进行复仇的准备工作。”

闻言，曾丽整个人都僵住了，就像被无形的寒风瞬间冰冻，血红的双眼里溢满了绝望。

愣了有四五分钟，她才颤抖着挤出一句话：“我没做错什么啊……我们孤儿寡母要吃饭，我找老孟没有不妥啊。当年他那么小，我真的以为是他吓傻了胡说……没想到都这么多年了……他竟然还惦记这件事……再说了，这么些年，老孟对我们娘儿俩真挺好的……”

说着说着，两行眼泪再次涌出她的眼眶……

当天下午，市局刑警队派人来将曾丽母子押走。在离开时，曾丽请求见孟进一面。出于人文关怀的考虑，方华征求了孟进的意见，后者却只是摇了摇头。

我也本该搭市局的顺风车回省城，却被方华、李方圆和牟兴初强行留了下来，一定要我吃了庆功宴再走。

当天晚上，我们再次来到同心缘。方华出钱，请我们好好吃了一顿点杀活羊汤锅。

席间，方华告诉我，她家也在河东市，每个月都要回去看望父母。

听到她话里的深意，我很爽快地说："下次到省城我们再聚，我请客。"

方华却摇头笑道："路记者，你对人性的洞悉让我很佩服。以后，可能我会经常找你请教这方面的问题。"

闻言，我急忙假惺惺地谦虚道："哪里，哪里，方所长过奖了，我可不敢当。方所长可是一等功臣，以后我还要向你多多学习。"

"行呀，咱们相互帮助，一起进步。"方华说着，再次绽放出动人的笑容。

这时，李方圆突然插话道："路哥、所长，你们是不是交流问题倒无所谓，关键是要多多见面，多多交流感情……"

话音未落，这小子就发出一声惨叫："哎哟！"

方华的粉拳已经敲到了他脑门上。

在打打闹闹的欢乐氛围中，我们似乎已经把"走生魂"这个诡异的事件忘了个一干二净。

直到牟兴初酒过三巡之后，在席间嘟囔着说出了一段很伤感的话："我觉着吧，孟进才是真的走了'生魂'！当年，他看到亲爹被人推下河、亲妈又跟杀父仇人出双入对的时候，他的魂就已经走了……你们说说，我说得对不？"

听到这话，我们一下子都沉默了。

# 故事三：“龙骨”

## 1

1月26日上午，河东市第一人民医院。

特护病房里，九十八岁的刘汉朝躺在病床上，双目紧闭，浑身插满了各种导管。

病床旁，和刘汉朝同岁的妻子张朝清泪眼婆娑，正紧握着老伴儿干枯粗糙的手。

一旁，他们六十八岁的儿子、河东市自然博物馆退休馆长刘富强肃立在床前，眼眶通红。

几分钟前，刘汉朝的主治医生说，老人的生命即将结束。

刘汉朝当过兵、打过仗，后来又成了全省著名的生物学家，身子一直很硬朗。

直到一个月前，老人接到了一个电话，好像听到了什么坏消息，当时他的脸色就变了。

家里人问他怎么回事，老人却什么都不肯说。第二天，他独自出了一趟门，回来后脸色更加难看，当天夜里就突发心脏病住进了医院。

此后一个月，老人再也没有清醒过。医生告诉刘富强母子，老人可能是因为情绪刺激诱发心脏病，进而导致生理机能全面衰竭。

“爸爸苦了一辈子，一天福都没享过！”刘富强心里这么想着，和母亲一起来到病房，准备和父亲做最后的告别。

病床上的刘汉朝面色红润，好像只是睡着了。

但刘富强知道，父亲身体的各种器官正在迅速地走向衰竭。

盯着行将就木的父亲，刘富强眼眶又是一红。

这时，刘汉朝枯瘦的右手突然一颤，猛地抓住了儿子的手腕。而他原本紧闭的双眼也赫然张开，干裂的嘴唇不断颤抖，整个上半身也紧绷起来，似乎是想坐起来，又似乎是想说什么。

看到父亲突然的反应，刘富强一脸震惊，急忙俯下身，凑到父亲面前，轻声问：“爸，你要说什么？”

“啊……”老人嘴里不断发出一种干涩低沉的颤音，就像指甲在砂纸上有规律地摩擦，却迟迟没说出一个字。

见状，刘富强心如刀绞，一个念头掠过脑海：“爸这是……回光返照了！”

一旁的张朝清也意识到老伴儿可能是要交代什么遗言，急忙俯身靠到刘汉朝耳旁，用哄小孩一样的语气说：“老头子，你别急，慢慢说！”

挣扎了好一会儿，刘汉朝憋得满脸通红，总算是吐出了几个字：“‘龙骨’……光华山……保护‘龙骨’！”

说完，他整个身子一松，双眼又重新合上了。

听到父亲的话，刘富强一脸迷茫地转过头，和母亲对视了一眼。

张朝清也是一头雾水，又凑到老伴儿耳旁，低声说：“老头子，你说什么胡话呢？什么‘龙骨’？你倒是说明白些啊！”

刘汉朝再无任何反应。

当天中午，刘汉朝去世。

刘富强怕母亲悲伤过度，于是叫来妻子陪张朝清回家休息，又召集几个儿女开始张罗刘汉朝的后事。

三天后，刘汉朝遗体火化，筋疲力尽的刘富强又来到父母家，开始整理父亲的遗物。

在父亲早年从部队带回来的一个积满灰尘的旧箱子里，刘富强发现了一个发黄的旧信封。

看那个信封的成色，应该不比刘富强的岁数小。

信封上用毛笔写着一行清秀的小楷：中华龙骨。

看到“龙骨”两个字，刘富强心里没来由地一紧。

他小心翼翼地拆开信封，就见里面放了一张已经变脆的信纸以及一张旧报纸上剪下来的剪报。

剪报上全是繁体字，印有报纸的名称《双河通报》，日期是“民国壹拾玖年拾贰月拾柒日”。

“民国一十九年，不就是1930年？哟，这报纸岁数比我还大。”刘富强嘟囔了一句，又顺着报纸往下读：

三日，隆冬已至，本省西南与陕西接壤之秦巴岭却是天雷大作、风雨交加，恍然如盛夏。雷电之中，有农户见一条大龙自云雨中钻出，降落于群山茂林之中。次日，本省保安团前往查看，但见密林间树林尽折，形成一长百丈、宽九丈之空白地带，疑乃巨龙伏地游走之痕迹……

“大龙在山区降落，还在林子里游走？”作为子承父业的生物学家，刘富强不禁哑然失笑，“当年的报纸可真敢登，这么玄乎的事与其说是新闻，倒不如说是民间奇谈。”

放好剪报，刘富强开始阅读那封信。

信的内容很短，就几句：

汉朝兄如面：

民国贰拾玖年，你我于秦巴岭寻获之“龙骨”，已埋藏于光华山。我族人日夜守卫，常年供奉，香火不断。希冀“龙骨”不朽、国泰民安。兄勿念。

寻龙同袍　光华张兴敬上

民国叁拾叁年玖月初捌

读了这封短信，刘富强原本不屑一顾的态度，也开始变得严肃起来。

将报纸和信上所说的内容联系起来一看，他立马意识到了什么：

“剪报上说，1930 年有一条大龙降落于秦巴岭，还在山林里蹚出了一条巨大的空白地带。十年后，也就是信上说的 1940 年，这个叫张兴的和我爸一起在秦巴岭寻获‘龙骨’，并把它埋藏在光华山，还安排了人日夜守卫……这么说来，我爸当年真的见到过……‘龙骨’？”

## 2

1 月 29 日深夜十一点，我在编辑部加完了班，正准备关灯回家。

这时，电话响了。

“这谁啊？莫不是又有紧急采访，还让不让人睡觉了？”我嘀咕了一句，掏出手机。

来电显示上闪烁着“河东市自然博物馆馆长　刘富强”的名字。

“刘馆长竟然这时候来电话？他不是从不熬夜的吗？”我自言自语着，按下了接听键。

“喂，刘馆长，你也成夜猫子了？”我笑道。

刘富强显然没心思跟我胡扯，用一种严肃的语气说：“路记者，你相信龙真的存在吗？”

面对这个突兀的问题，我不禁一愣，反问道：“龙？什么龙？恐龙、变色龙，还是电影里的史矛革？”

听到我吊儿郎当的回答，刘富强急了，低声喊道：“不是！是中国龙！”

刘富强焦急的语气，终于让我意识到他不是在开玩笑，于是急忙收起了笑脸，低声问：“你说的是中国的图腾？有四个爪、头上长角、身上有鳞、能够呼风唤雨的神龙？”

“对！”刘富强长出了一口气。

得到了确定的回答，我又笑了：“刘馆长，你可是全省闻名的生物学家，怎么会相信这种事情？中国龙是神兽，也就是神话里才有的生物啊。”

闻言，刘富强语气依然急促：“你说的我怎么会不明白？路记者，我就是想问你，你相不相信这种神话生物真的存在？”

“这个嘛……”面对刘富强急吼吼的逼问，我哭笑不得，一时语塞。

见我迟迟没有回答，刘富强更着急了，连声催问道：“路记者，你倒是说话啊！作为全省著名的大记者，你到底相不相信这种事？”

我迟疑了一下，终于用一种严肃的语气回答：“如果有科学证据，我想我是会相信的！”

“好！”刘富强如释重负，“这些天，我找到了一些线索，全都指向中国龙！我想请你和我一起寻找证据，说不定可以证明这种神话生物真的存在！”

听到刘富强的话，我有些怀疑自己的耳朵：“你找到了……证明中国龙存在的线索？我说刘馆长，这些话从你嘴里说出来，我还真有点儿不能接受……”

刘富强的声音更急了：“我真有线索，是我爸留下的！”

刘富强的父亲刘汉朝我也认识。他是打过仗的老革命，也是全省著名的生物学家。就是在父亲的影响下，刘富强才成了一名生物学家。几天前，刘汉朝去世，我还去吊唁过。现在，刘富强竟然说线索是他爸留下的，我心里不禁一紧。

见我还是不说话，刘富强催促道：“你不相信，现在就可以过来看看……”

说完这话，刘富强似乎又想起了什么，急忙补充道：“哦，当然，现在时候不早了，也不好打扰路记者休息。要不，明天你定个时间，我们再详细聊聊？”

“行。”我估摸了一下时间，“明天上午我没有采访，要不就明天上午九点，我到自然博物馆找你。”

刘富强回答得很爽快：“行！明天上午九点见！”

挂了电话，我哑然失笑：“堂堂的大生物学家，竟然邀请我一起寻找神话里才有的中国龙……这个线索，不知道会写出什么样的稿子……”

第二天上午九点，我准时来到了自然博物馆。

河东市自然博物馆位于市区北侧的景云山脚下。作为双河省最大的自然科普基地，博物馆大楼极其科幻，是一栋九层楼的几何造型的建筑。

在冬日的蓝天白云下，外形时尚的博物馆和苍翠雄劲的景云山融为一体，颇有一种天人合一的意境。

来到博物馆楼下，我给刘富强打了电话。

片刻后，一个身姿矫健、满头银发的老年男性快步走出博物馆大门，又朝我远远招了招手："路记者！"

看到那个身影，我急忙一路小跑过去："刘馆长你好，你身子还是这么硬朗！"

刘富强笑了笑："路记者也越来越帅了，只是这头发越来越少了。"

我摸了摸剃成板寸的脑袋，随即收起了笑容："刘馆长，你们家里人可要节哀。老爷子高寿善终，你们也不要太过悲伤。"

刘富强点点头："谢谢你，小路。"

我笑了一下，开始进入主题："刘馆长，昨天你说找到了证明中国龙存在的证据——这证据到底是什么？"

刘富强立马严肃起来："走，我们到茶歇区慢慢聊，顺便我也请你喝杯好茶。"

"别啊，怎么能让刘馆长破费？"我摇摇头说，"要不到你办公室说吧，一样能喝茶。"

刘富强却摇了摇头："算了，我都已经退休了。单位体恤我工作多年，给了我一个名誉馆长的头衔。要是我老往办公室跑，容易给现在的博物馆领导造成压力。再说了，我们要谈的事，也不太适合让外人听。"

我想想也是，于是便不再推辞。

博物馆的茶歇区就在大门旁不远处，是一个用遮阳伞覆盖起来的公共休闲区域，来博物馆参观的游客可以在这里吃吃喝喝谈天说地。

进入茶歇区，刘富强和我找了一个僻静处坐下，要了两杯大红袍。

喝了一口茶，刘富强低下头，从公文包里掏出一个文件夹，神情严肃地递给我。

我急忙接过文件夹，打开。

里面放着一封很古旧的信和一张同样古旧的剪报。

接下来一刻钟，刘富强将父亲的遗言以及这封信和剪报的来历和盘托出。

听了他的介绍，我深感震惊。

在我内心深处，虽然还是不太敢相信中国龙真的存在，但这个由刘家父子两代生物学家提供的线索，却又让我不得不认真对待这件看起来很玄乎的事。

见我沉默不语，刘富强递过来一根烟，自己也点燃了一根，闷声说："这个名叫张兴的人在信上说，1940 年他和我爸在秦巴岭找到了'龙骨'，并埋藏在了光华山。光华山你应该也知道，就是位于苍云县贵福镇的那座大山，在省城东北方向，开车过去要八九个小时。"

"我知道那里。"我点点头，"那里正在打造生态旅游景区，之前我去采访过。到当地才发现，所谓的生态景区，实际上就是想在山上建别墅，卖给城里的有钱人。没承想，这里还是老爷子埋藏'龙骨'的地方。"

刘富强喷出一口烟，说："今天我就准备到光华山去一趟，小路要不要和我一起？"

闻言，我立马来了兴趣，起身回答道："当然！"

## 3

上午十点一过，刘富强到博物馆停车场取来了车，载着我驶出河东市区，朝东北方向的苍云县一路疾驰而去。

话说这苍云县乃是双河省的东大门，北邻陕西，南接湖北，地处三省交界处。

按理说，这样的通衢之地大多是交通要隘，凭借地理位置就可以发展得很好。苍云县却是一个例外。因为地处绵延千里的秦巴岭腹地，当地山高坡陡、交通闭塞，一个个自然村被分割在群山河谷之间，可以说充分体现了李白诗中的蜀道之艰难。

这几年，借着国家的好政策，苍云县开始发展生态旅游，也搞了一些土特产加工项目，取得了一定的发展，但怎么坚持把这些事做下去，仍然任重道远。

离开市区之后，刘富强驾驶汽车转上了通往苍云的高速公路。

这时，冬日暖阳穿过棉花糖一样的云层，在高速公路和两侧清脆的丘陵间投下万丈金光。

眺望蓝天白云，刘富强好像心情大好，一边开车，一边开始和我有一句没一句地唠嗑："小路啊，你们《暗角》编辑部还是就你一个人？"

刘富强一提这茬，我就来了气："嗯，领导说是要招人，可这话都说了好久了，愣是鬼影都没见到一个。我看这架势，是想把我给熬到油尽灯枯才罢休。"

刘富强笑着安慰道："年轻人嘛，累一点儿总是好的，就当是学习业务，锻炼一下自己总不亏。"

我却撇了撇嘴，嘟囔道："刘馆长，学习锻炼倒是没错，我也不是怕苦怕累的人，但话锋传媒集团这个大一个单位，就我一个中层手底下没兵，工作任务还一点儿没减少。我就觉着吧，这要么是领导觉得我负责的栏目不重要，要么就是对我有意见，给我小鞋穿。"

听到这话，刘富强收住了笑容，用一种长辈教导晚辈的语气对我说："小路啊，你可不能这么想。你的能力，我是知道的，你们领导当然更知道了。我觉得吧，你们领导就是觉得你本事大，因此才把这么重的担子交给你，那是对你的信任。美国电影《蟑螂侠》里有句名言是怎么说的来着？哦，对，叫作'能力越大，责任越大'……"

我扑哧一声乐了："刘馆长，不是《蟑螂侠》，是《蜘蛛侠》。"

刘富强瞪了瞪眼，知道自己出了糗，随即老顽童一般大笑道："哈哈哈，原来是蜘蛛不是蟑螂……不过我的意思都一样。"

我点点头，心里却只能一声苦笑："老爷子说是'领导信任'，可我怎么觉得这是万恶的资本家在压榨咱劳动大众的劳动力？这也难怪，老爷子不清楚我们这里的情况啊。话说他工作了一辈子的自然博物馆，那可是事业单位，不能随便裁员开除人。可我们这里是企业，考核指标完不成，裁掉你还不是分分钟的事……"

见我黑着脸不说话，刘富强还以为是自己的劝说起了作用，笑呵呵地又说道："对了，上次你采访我的那篇稿子是真的好，上个月国家自然博物馆的领导看了都说，这稿子把我给写活了……"

"刘馆长别这么说，晚辈我可不敢当。"我急忙假惺惺地谦虚道，小小的虚荣心却得到了极大满足。

言罢，刘富强忽然叹了口气："唉，如果中国龙也是活的，那我就更高兴了……"

见老爷子进入了主题，我急忙接话道："那可不！如果证明这种神兽真的存在，那绝对会震撼整个科学界！哦，不，其意义绝不仅限于生物学，对文化学特别是中国文化学也将产生极大的影响。毕竟，中国龙是我们民族的图腾和象征……"

刘富强紧握着方向盘，目不转睛地盯着前方。但听到我的话，他眼里还是掠过了一丝不易察觉的忧郁："小路你说的是没错，但……"

说到这里，他忽然顿住了。

见刘富强欲言又止，我急性子上来，催问道："刘馆长，但什么？"

刘富强苦笑了一下，把没说完的话吐了出来："但我觉得吧，这件事情太玄乎……你想想，神话传说里才有的龙竟然真的存在……这种事想一想，都觉得不现实。"

"刘馆长果然是搞学术的，对待问题很谨慎啊。"我不动声色地巴结道，"这件事是很玄乎，但不管如何玄乎，如果它给出科学证据，那么就是真的。就像一百多年前的非洲山地大猩猩，在被科学界正式承认之前，不也一样只是热带雨林传说中的巨兽？更何况，这还是刘老先生的遗愿……要知道，如果没有科学证据，像他这样一位生物学泰斗，是绝对不会相信龙真的存在的。"

"没错，听我爸说这话的时候，我心里也很震惊。但既然我爸他到死都信这个，那么我们也值得为它试一试。"刘富强说这话的时候，汽车前方出现了一个休息区。

"我们到休息区歇一会儿，抽支烟。"

“行。”

汽车驶入休息区，我和刘富强下车来到吸烟区，各自点燃了一根烟，继续着刚才的话题。

刘富强吸了一口烟，好像想起了什么，笑着说道：“小路，我觉得，我爸说的‘龙骨’有一个最合理的解释……”

我立马反应了过来：“刘馆长的意思是，如果‘龙骨’真的存在，那么很可能就是……恐龙的化石？”

“对，小路可真是一个小机灵鬼。”刘富强笑眯眯地盯着我，就像在表扬自己儿子的父亲，紧接着又补充了一句，“但并不仅限于恐龙。要知道，从恐龙出现之前一直到几万年前的冰河期，在长达三亿多年的整个史前时代，出现过很多个体巨大的生物，比如说猛犸象、剑齿虎、大地獭等等。它们变成化石之后，巨大的骨架也很可能被普通人认作‘龙骨’。”

“嗯嗯，刘馆长果然是专家，想得可真周全。”我搔搔头，又巴结了一句。

却不想，刘富强也学着我的口吻来了句：“小路也果然是大记者，嘴巴可真甜。”

此话一出，我们相视大笑。

抽完烟，我俩回到车上，继续朝苍云县一路飞驰。

在车上，我列出了此次光华山之行要重点访问的三个对象：一是那封信的作者张兴及其后人，考虑到那封信年代久远，张兴可能已经去世，因此很可能要寻访他的后人；二是苍云县和贵福镇的野生动物保护部门、地方文化传说研究者，看他们能否从官方或学术的角度，为我们提供光华山“龙骨”的其他线索；三是当地村民，看他们有没有听到过“龙骨”的传说。

确定重点访问对象后，我对刘富强说：“这些对象中，最重要的是张兴及其后人。因为那封信里说了，张兴不仅是‘龙骨’发现者之一，同时他的家族也守护着‘龙骨’——不知道现在他们是不是还在坚持这样做。”

刘富强应道：“希望是吧。可惜，除了这封信，我爸没有留下其他线索，张兴是谁、是做什么的、住在哪里，我们都一无所知。不过也没什么，等会儿我先和苍云县的林业部门联系一下，看能不能找到线索。”

当天中午，汽车进入第二个休息区。刘富强在吃午饭时，给苍云县的林业局、林场和自然保护区等有业务联系的单位打了电话，询问他们是否听说过光华山“龙骨”的传闻，得到的都是否定回答。

与此同时，我也给苍云县文化旅游委员会打了电话，尽量用委婉的方式绕着弯询问了关于“龙骨”的事，对方同样给出了否定的回答。

打了一圈电话，我们一无所获。

好像是怕我气馁，刘富强拍了拍我的肩，笑道：“像‘龙骨’这么玄乎的事，官方不清楚也正常。等今天到了光华山，我们好好到村民中间挖一挖，说不定能找到什么线索。”

我使劲点了点头：“我也是这么想的。”

下午一点刚过，刘富强驾车再次出发。

就在汽车驶出休息区时，我突然想起了一个人。

“说不定，他能帮我们找到张兴。”想到这人，我急忙掏出了手机。

## 4

汽车距离苍云县还有一百八十公里的时候，我从手机通讯录里找出了一个电话号码。

电话署名是“找人狂魔周凤阁”。

别看这个名字有点儿女性化，可这位周凤阁却是一个货真价实的红脸大汉，身高一米八五，体重少说也有两百斤。他是河东市公安局户籍信息中心的一名警察。

之所以叫他“找人狂魔”，是因为他凭借过目不忘的超凡记忆力和强大的信息检索技术，几乎能够找到双河省任何户籍的人口，不管是身在外地的还是长居本地的，也不管是已经去世的还是健在的。

在一次寻找离家出走男孩的采访中，我结识了周凤阁，并见识了他通过信息化技术，在三小时内锁定失踪男孩去向的“神通”。

“请出‘找人狂魔’，应该能帮我们找到张兴的下落吧。”我心里这么嘟囔着，按下了电话拨出键。

很快，电话接通了。

听筒里传来周凤阁铿锵浑厚的声音："路记者你好。说吧，今天大记者又想找谁？"

对周凤阁如此直来直去的谈话方式，我从来都很受用，于是也直接进入主题："凤阁大哥，今天小弟想请你帮忙找一个男人，名叫张兴，祖籍在苍云县贵福镇光华山，年龄应该有八九十岁了，不知道他还健不健在，具体户籍注册地也不清楚。想请你按这个年龄段，在全省范围内进行一下检索，看能不能找到他或者他家属的联系方式。"

"好，参数够了，没问题。"周凤阁很耿直地应道，随即又表扬了我一句，"我就喜欢和路大记者说话，直来直去，绝不拖泥带水！"

"凤阁大哥也很干净利落。"我笑着巴结了一句，又问，"大概需要多久？"

周凤阁沉吟了一下，说："放到全省进行检索，叫这个名字的应该不少，幸好他的年龄段还比较明确……这样吧，今天我有点儿忙，最迟到明天中午前，我一定给你回复，行不？"

"行，'找人狂魔'就是爽快！"我应道，"凤阁大哥，你一有结果就给我来个电话，急等着用。"

"没问题。"周凤阁应了一句，忽然笑了，"路记者，加上上次你让我找的那个逃婚王老五，现在你至少欠我三碗牛肉面了哟。"

我呵呵一乐，笑道："行行行，等忙过这一段我就请你吃。"

放下电话，我心里稍微踏实了一点儿，打开一瓶矿泉水，喝了一大口。

这时，一直在一旁默不作声的刘富强开口道："小路，这次叫你一起来，我还真找对人了。你脑子灵光，交际面广，找人的路子也多。"

"这不也是给逼的嘛！"我苦笑了一下，"谁让我们手里除了'张兴'这个名字，其他线索一概没有呢。"

刘富强点了点头，依然紧盯着汽车前方："很快就到苍云县城了，从县城到贵福镇还要十八公里，今天下午五点前应该能到，光华山就在镇子东面，大概还有八九千米远。等我们到了镇上，天也快黑了。我们是直接去光华山，还是在镇上歇一宿再去？"

听到刘富强求助的语气，我心里一阵苦笑：“原来，对怎么寻找张兴和‘龙骨’，刘馆长一点儿谱都没有……他这次叫我来，原来是想让我一手包办，替他把整件事都查清楚……”

这么想着，我拧好矿泉水瓶盖，皱眉沉吟了一会儿，回答道：“我觉得吧，要不咱们直接去光华山，先找个乡村旅店住下，明天一早就找当地的村干部和老百姓先聊一聊，这样比较节约时间。要能问出点儿什么来，也算是我们的意外收获。刘馆长你觉得呢？”

刘富强应了一句：“行！”

…………

下午五点十八分，我们终于抵达贵福镇。

夕阳照耀下，如刀刃般雄峻陡峭的光华山，巍然耸立在镇子东面，俯瞰着连绵的群山和蜿蜒的河谷。

刘富强驾驶汽车，穿过方圆约三平方千米的贵福镇老街，转上通往光华山的乡村公路，一路绝尘而去。

五点四十八分，我们来到了光华山脚下的光华村。

以前，我曾来这里采访过，因此对村子的情况有所了解。

从面积上来说，这个村子很大，因为包括光华山在内的方圆近百里地都是它的地盘。

但从人口数量上来说，这个村子又很小，因为全村两千多村民，有一半外出务工去了，剩下的一半全是老弱妇孺。

沿着乡村公路一路走，我们看到村子新建了一座文化广场。

广场四周插满了彩旗。入口处，一道巨大的充气拱门已经竖立起来，门上还贴着一行大字：热烈庆祝光华山度假村项目开工。拱门后方，一群工人正忙着搭建一座临时的主席台。

见这阵势，刘富强随口嘟囔道：“这架势，是要搞什么活动？”

我朝拱门挤了挤眼：“上面都写着呢，是一个什么度假村的开工仪式。今天上午喝茶时我说过，我之前来这里采访过光华山的生态旅游发展，结果到了才发现，所谓的生态旅游就是在光华山上修别墅，然后卖给城里的有钱人，完全没有新闻价值，让我白跑一趟。”

盯着那个俗气的拱门，刘富强也是一脸鄙夷：“现在的人，脑子里除了钱什么都没有！”

吐槽了两句，我们驾车绕开文化广场，在天快黑的时候找到了一家农家乐。

找老板一问，住宿一天一人五十五元，包三顿饭。跟着老板看了房间，有电视，有网络，能洗热水澡，条件很不错。

于是我们当即要了一个双人标间。付了钱，又放下行李，就跟着老板下楼吃饭。

农家乐的饭厅在一楼，也就是老板家的堂屋。屋子干净明亮，很多摆设都是新的。

我和刘富强下了楼，两桌饭菜已经摆好了。

其中一桌，老板一家已经吃上了。另一桌，显然是给我们准备的。

“哟，六菜一汤，很丰盛嘛。”盯着桌上的饭菜，我直咽口水。

见我们下楼，老板很殷勤地站起来，搓着手，笑道：“二位，不好意思啊，我们这地儿偏僻，再加上明天村里又要搞开工仪式，下午我还去帮了忙，晚上就简单弄了几个小菜，二位将就着吃，多包涵啊。”

“没事，就是简单的才地道！”刘富强很大度地摆了摆手，又打趣道，“我说老板，你都撂下生意去工地帮忙了？看来那个什么度假村，来头不小啊。”

“那可不是。”老板继续搓着手，布满横肉的脸上堆满了卑微的笑容，“听村长说，度假村一开张，每年能有好几万城里人到光华山来玩，还都是城里的有钱人！等到那时候，我这小农家乐不天天爆满才怪呢！”

看到老板脸上的笑容，我心里忽然有些愧疚：“哦……看来，那个地产项目对村里的发展帮助很大呢。”

这时，刘富强转头拍了拍我，笑道：“小路，奔波了一天，饿坏了吧？快快，多吃点儿。”

“嗯嗯。”我使劲点点头，和他一起坐了下来，随后就开始狼吞虎咽。

其间，就在邻桌吃饭的老板，会不时端着酒靠上来，和我们唠上两句嗑。交谈中，我们得知老板姓张，是土生土长的本地人。

听到他的姓氏，我灵机一动，问道：“张大哥，村里有很多人姓张吗？”

张老板点头道：“对。张姓在我们这儿是大姓，村里一半人都姓张，光华山脚下还有一条河，叫‘张家沟’呢！”

我笑了笑，话锋一转：“那你认识一个叫作张兴的老人家吗？年纪应该有八九十岁了。”

“张兴？”张老板皱了皱眉，开始在记忆里搜索这个名字。几秒钟后，他摇了摇头，“八九十岁的老辈子里，还真没听说过这么一个人。”

言罢，我觉得有点儿小失望，道了声“多谢”，准备继续埋头吃饭。

可能是察觉到了我们的失望，张老板又很热心地说：“二位如果想在村里找人，明天可以去问问村长。他在村里德高望重，认识的人可比我多多了。”

说着，张老板把村长的电话和住址给了我们。

村长名叫张出吉。

谢过张老板，我和刘富强三下五除二吃完晚饭，准备上楼回房间休息。

临上楼前，我突然凑到张老板身旁，坏笑着问道：“张大哥，请问你们这光华山上，是不是埋着‘龙骨’？”

张老板一家人大眼瞪小眼，反问道：“隆菇……什么隆菇？是一种蘑菇吗？”

见状，我轻轻叹了一口气，脸上却依旧堆满笑容：“没事，我就顺口一问，看来你们都不知道。”

言罢，我拉着刘富强上了楼。

当天临睡前，我俩商定，第二天就去会会村长张出吉。

却不想，一个突然发生的意外，打乱了我们的计划。

## 5

第二天早上七点二十分，睡得正香的我，突然被一只手用力摇醒。

张开眼，就看见刘富强精神矍铄的脸：“小路，起来了。”

“刘馆长？”我这才想起自己身在何处，于是强忍住起床气，嘟囔道，“你这么早就起来了？怎么不多睡一会儿。”

刘富强笑了笑：“人老了，瞌睡本来就少。更何况，昨天张老板说，他们这里七点半就有早饭，我们早点儿吃了好去找村长。”

“你老了，可我还年轻，还想多睡会儿啊……”我心里叫苦不迭，却也只能起床穿衣。

简单洗漱之后，我和刘富强一起下楼。

一楼饭厅里，并不见张老板，只有他老婆指挥着两个女儿在准备早饭。

“张大哥没在啊？”我问老板娘。

“一大早就到广场帮忙去了。”老板娘笑着说，“今天开工可是村里的大喜事，各家各户都争着出力！”

我笑着点了点头，坐下抓起一个肉包子就啃了起来……

上午七点四十五分，我和刘富强吃过早饭，按照张老板提供的号码，给村长张出吉打了一个电话。

电话接通，传来了一个老年男性高亢的声音：“谁啊？”

那声音语速极快，似乎还有些不耐烦。

“喂，是张出吉张村长吗？”我问道。

“对，你哪位？”那声音依旧很不耐烦。

“哟，这村长架子不小啊！”我心里嘟囔了一句，决定给他一个下马威，于是用比较生硬的语气说，“张村长，我是《暗角》编辑部主编路晓，今天想到你们村子采访一个稿子。”

果不其然，张出吉的声音立马低了八度：“哦，原来是路主编，你好你好，对不住啊，今天上午我们村里有个重要活动，今天晚点儿我跟路主编联系，可以吗？”

我点点头，冷声道：“今天张村长很忙吗？你说的重要活动，是不是光华山度假村的开工仪式？”

张出吉似乎没料到我知道度假村的事，有些喜出望外：“对对对，你们记者的消息就是灵通！对我们村的发展来说，这个度假村可重要了，还要请路主编多帮我们宣传宣传……”

见他的语气软了下来，我也换上了一种比较亲和的态度：“行吧，这也是村里的一件大事。这样吧，张村长你先忙，我们晚点儿到开工仪式现场，等你忙完了我们再聊。”

张出吉有些受宠若惊：“路主编要亲自来？太好了，开工仪式就在我们村文化广场举行，上午九点开始，村里人都知道……”

“明白了，等会儿见。”我应了一句，挂上了电话。

见我放下电话，刘富强立马凑了过来，一脸关切地问：“村长怎么说？”

“这位村长就是一个欺软怕硬的主。”我吐槽了一句才答道，“今天上午他要参加开工仪式，等仪式结束后才有空。我对他说，我们晚点儿到仪式现场见他。”

刘富强闻言大喜，一把拉住我的胳膊就朝外走。

我急忙问道：“刘馆长，你这是做什么？”

刘富强回过头，一脸无辜地盯着我：“去仪式现场等村长啊。”

我也一脸无辜地盯着他：“刘馆长，我的叔，仪式九点才开始，怎么也得折腾一两个小时吧？我们可以先回屋做点儿别的，晚点儿再去。比方说，回屋睡个回笼觉……”

刘富强还是没松手：“哎呀，小路，我们早点儿过去吧！万一仪式提前结束了呢？万一村长一高兴跟那些老板一起去省城了呢？我爸尸骨未寒，他交代的事连个眉目都没有，我这心里急啊……”

说这话时，刘富强眼睛有什么光闪了闪。

见状，我不再说什么，老老实实跟着他朝文化广场走去。

没承想，就因为我们提前去了，这才有了意外收获。

大约八点，我们来到文化广场，看到仪式现场已经布置完毕，上百名村民正在进行最后的收尾工作。

在人群中，我看到了张老板，也看到了一个正在指挥众人搬椅子、铺桌布、摆座牌的小个子老头儿。

这老头儿年纪和刘富强相仿，身材干巴，两只小眼珠子却炯炯有神，就像两个幽深的黑洞，要把眼前的人和物给吸进去。

“这就是张出吉了吧？”我盯着老头儿看了一会儿，朝刘富强使了个眼色。

我俩随即悄悄靠了过去，不动声色地观察起来。

别看张出吉的身材干巴瘦小，能量却很大。他拿着一台对讲机，操着一口大嗓门儿，在现场来回蹦跶，很快就把原本乱糟糟的村民组织起来，迅速完成了现场最后的布置。

八点三十五分，一切就绪。

张出吉一根接一根地抽着烟，朝进村公路频频张望。

看到他焦急又期盼的模样，我递给刘富强一根烟，自己也点燃了一根，吸了一口之后说："现在，就等参加仪式的当地领导和大老板们大驾光临了。"

却不想，领导和大老板们没来，来了一个不速之客。

八点四十五分，一个青灰色的身影，轻飘飘地钻出不远处的山林，又缓慢地飘进广场。

等走近一些，我看清那身影是一个满头银发的老人，少说也有八九十岁了。老人披头散发，布满皱纹的脸上，一双小眼珠散发出呆滞的光。他身穿青灰布的麻布单衣，里面胡乱地塞满棉花。而在他脖子上，还挂着一部老年手机，正像摆动的秋千一样晃荡着。

说老人走路是"飘"，是因为他重心很不稳，走路的时候忽左忽右，就像被风吹动的狗尾巴草。

看到老人的小眼睛，我忽然察觉到了什么。

盯着那老人，刘富强嘟囔了一句："这是哪里来的老乞丐，看起来怪可怜的。他这岁数，跟我爸也差不多了吧。"

那老人走入广场之后，左摇右摆地飘荡着，在人群中转了两圈，好像是在找什么东西。

忽然，他好像找到了目标，猛地加速朝前一路小跑。

见状，有两点让我觉得很是惊奇。

一是一个看起来都快九十岁的老人，竟然还能如此轻盈地一路小跑。

二是看到老人的村民，好像都有点儿害怕这个老乞丐，纷纷转身为他让路——并不是因为嫌弃或者厌恶而躲开，而是一种基于内心敬畏的避让。

须臾，老人就已经跑到了张出吉身后。

这时，张出吉仍在朝进村公路张望，似乎没有察觉到背后的动静。

却不想，就在距离张出吉背后约一米时，老人原本涣散的眼神猛然凌厉起来，就像一只见到小鸡的老鹰。而他的手也朝怀里一掏，猛地掏出一把明晃晃的尖刀。

接下来一秒钟，老人紧握着尖刀，朝张出吉背后猛刺过去。

见状，我大惊，急忙发出一声大呼："当心！"

## 6

可能是听到了我的喊声，就在刀尖扎进皮肉前的一刻，张出吉下意识地转头侧身，朝我的方向看了一眼。

就是这个动作，让他的身体避开了已经逼到身前的利刃。

然而，当看到向自己持刀刺来的老人，张出吉还是吓得浑身一哆嗦，整个人也猛地朝后一仰，跌倒在身后堆砌的一堆钢筋上。

这些钢筋是搭建现场用剩下的，粗细不一，但都粗糙锋利，就像一丛长满尖刺的钢铁灌木。

在跌进"钢铁灌木"的一瞬间，张出吉发出一声凄厉的号叫——

"啊！"

"我的妈啊！"

"杀……杀人了！"

与此同时，人群也爆发出一阵尖叫。

一些妇女抱着孩子开始逃跑，一些男人则冲了过来。

我下意识地抬起了腿，但并没有冲过去。

三个年轻男人很快围了上来，其中一个用身体护住张出吉；另一个抬起一只脚，把老人踹翻在地，随即又很诡异地犹豫了一下，并没有进一步的动作；第三个原本也想去扶张出吉，但看到别人抢了先，于是也来到老人面前，二话不说，对着老人就是一阵拳打脚踢。

“老不死的，竟然敢对我们村长下手！”

“老东西，当自己是太上皇吗？今天我就是要松一松你这把老骨头！”

…………

年轻人一边拳脚相加，一边骂骂咧咧。老人毫无还手之力，只能下意识地护住头，在水泥地上翻滚呻吟。

“这么下去要出事！”见这阵仗，我准备冲过去劝架。

这时，现场突然响起一声暴喝：“给我住手！”

听到这声暴喝，包括我在内的所有人都愣住了。

循声望去，就见正躺在另外两个年轻人怀里的张出吉，正圆瞪着一双小眼珠子，恶狠狠地盯着那个殴打老人的年轻人。

被村长这么瞪着，那个年轻人立马僵住，一脸惊恐地愣在原地。

“谁让你动手的？”张出吉又是一声怒斥。

年轻人吓得浑身一抖，语无伦次地解释道：“村长，我……他砍你……我……我才……”

张出吉又是一声暴喝：“他砍我怎么了？他配！你打他，你不配！”

说着，张出吉挣扎着想站起来，但身子一动，被钢筋扎得鲜血淋漓的后背就传来一阵剧痛，他只能咧着嘴又躺了回去。

看到张出吉对老人的态度，我不禁一阵迷惑，随即却又明白了什么。

这时，被吓得面无血色的刘富强也反应了过来，一边用颤抖的双手掏电话，一边用颤抖的声音对我说：“快……快报警！”

“你打 120，我报警！”我也急忙掏出手机。

打完电话，我和刘富强快步来到张出吉面前。刘富强还俯下身，查看了他的伤势。

凭借生物学家对人体的了解，刘富强很快就做出了判断：“还好，钢筋只扎破了些皮肉，没伤着骨头和内脏。”

闻言，众人都长出了一口气，有几个村民还转过头，凶巴巴地瞪着老人。

这时，老人已经被人五花大绑起来，青一块紫一块的脸上又恢复了之前那种呆滞木讷的表情。

盯着那张脸，我又看了看张出吉，沉吟片刻，还是忍不住问道：“张村长，看你这么维护这老头儿，他跟你到底什么关系？”

张出吉正疼得龇牙咧嘴，瞄了我一眼，并不答话。

扶着他的年轻人一脸凶狠地冲我嚷嚷：“你谁啊？”

我也不答话，掏出记者证，在张出吉面前晃了晃：“我是路晓。”

张出吉这才抬起头，脸上勉强挤出一丝笑容：“哦……原来是路主编……你什么时候到的……让你见笑了……”

我蹲下身去，再次发问：“张村长，你和这位老人家到底是什么关系？他又为什么要袭击你？”

闻言，张出吉看了看我，一双乌黑的小眼珠有什么光闪了闪，随即又侧过头去，好像有什么难言之隐。

见到他的反应，我更加确定了之前的猜测，于是主动说道：“如果我没有猜错的话，这位老人家是你爹吧？”

张出吉一惊，颤抖着声音说：“你……你是怎么知道的？”

我耸了耸肩：“这还用问？因为你们俩长得像啊，特别是那双眼睛。再看看村民们对老人的态度，又怕又恭敬，不就是对村长他爹的态度吗？”

张出吉嘴唇动了动，却一个字也没说出来。

而他幽深的小眼睛里，却溢出了一种不能言表的纠结和痛苦。

盯着他的双眼，我没来由地生出一丝怜悯。

怜悯归怜悯，我还是狠下心来，再次发问道：“张村长，你和老人家是父子，怎么会闹到动刀子的地步？你们到底是怎么回事？”

见我不肯放弃，张出吉终于开了口：“让路主编见笑了……我爹他有老年痴呆症，精神也有点儿问题，容易激动，已经好多年了，这……都是家事，还望路主编不要传扬。”

听到这个回答，我回想起老人的表情，觉得张出吉没有撒谎，于是没再纠结这个问题。

刘富强则坐不住了。他朝张出吉靠了靠，俯下身子像要说什么，但看到张出吉因为疼痛而扭曲的脸，他又几次把话给吞了回去。

这时，正半坐在别人怀里痛苦呻吟的张出吉，好像突然想起了什么，整个人都紧绷了起来。

他一把拉过一个村民，嚷嚷道：“快……快给镇长打电话，请他主持过会儿的开工仪式……”

那村民急忙掏出手机，到一旁打电话去了。

“都这样了，还想着开工仪式？”我心里不禁一阵苦笑，也不知道是该佩服张出吉的敬业，还是该嘲笑他痴狂。

刘富强也低声嘟囔道：“张村长，出了这样的事，这仪式怕是要取消了。”

张出吉却很嘴硬：“不……不，一定要搞！项目开了工，村里才有投资，才能发展产业……我这伤不算什么！”

然而，现实却印证了刘富强的想法。

那个打电话的村民很快就回来了，并带来了镇长的回话：“出了这样的事，开工仪式还怎么进行？先让老张好好养伤，开工的事情后面再说！”

闻讯，张出吉立马像泄了气的皮球，整个人都瘫软了下来。

这天，领导和老板们没有来，一辆来自贵福镇派出所的警车和一辆印着“苍云县人民医院”的救护车，倒是一前一后到了。

警察给老人铐上手铐，押上了警车。救护人员则把张出吉放上担架，抬上了救护车。

见张出吉就要被抬走，刘富强鼓足勇气拦住担架，提出了早就想问的问题：“张村长，你认识张兴吗？”

“张兴？”张出吉一愣，随即很坚定地回答道，“我们村没有这么个人。”

刘富强来不及失望，又问道：“那‘龙骨’你知道吗？光华山上是不是埋着‘龙骨’？”

听到“龙骨”二字，张出吉的脸上很不自然地紧了紧，却又摇头道：“‘龙骨’？你们怎么知道的？这都是村里流传的无稽之谈！你们可别相信……”

面对这样的回答，刘富强并不满足，抓住担架还想再问点儿什么。但一旁的救护人员发话了：“有什么事到医院再说，病人还没有止血，你们就不怕他失血过多？”

闻言，刘富强只得松开了手。

很快，警车和救护车一前一后，沿着公路朝村外驶去。

盯着它们逐渐消失在群山间，刘富强忽然对我说：“小路，我有一种感觉，张出吉知道‘龙骨’的事，而且好像还在回避什么……”

闻言，我心里轻轻一颤。

## 7

张出吉父子被送走后，开工仪式被迫取消。

在场的村民满心失望，开始三三两两地离开。

“先回农家乐吧。”我说道。

刘富强“嗯”了一声，和我一起混入人群，朝广场外缓步走去。

路上，几个走在前面的村民，一直在议论刚才的事：

“村长想尽法子给村里找财路，他老爷子却想尽法子断村里的财路，这对父子，你说奇怪不奇怪？”

“有啥奇怪的？人家老爷子有精神病！”

“你们也别这么说人家，老头子以前被日本鬼子抓去当过壮丁，说不定那时候被鬼子把脑子打傻了。”

…………

听着村民们的议论，我和刘富强对视了一眼，一脸无奈地撇了撇嘴。

这时，前面的村民又说道：“是不是被日本鬼子打傻的不知道，但傻是一定的！你看看今天他干的事，再想想平时他说的话，不傻才怪！”

一个上了年纪的村民接口道：“可不是嘛！你们不知道，我小时候，他经常跟村里孩子说‘龙骨埋在光华山，保我万年国泰民安’，还说因为山上埋了这件宝贝，因此千万不能动土，否则就动了咱们中国的龙脉……你说说，这不都是疯话吗？就算是隔壁村来的风水先生，也没有这么说话的！”

听到这话，我悚然一惊，转头看着刘富强。

他同样一脸震惊。

我对他使了一个眼色，追上那几个村民，问道：“几位大哥，刚才你们说的‘龙骨’是啥啊？听着挺好玩呢。”

见我突然搭话，几个村民一愣。那个老年村民看了看我，说道：“这位小哥，你是游客吧？”

“对。”我点点头，挤出一副年少无知的表情说，“叔，刚才你说，山上埋着‘龙骨’？‘龙骨’是什么？是不是什么宝贝？”

老年村民笑了：“你别听我们刚才瞎说，没有的事！”

“叔，别啊，刚才我明明听见你说‘龙骨埋在光华山’的……”我一边追问，一边掏出烟盒，给几个村民发了烟。

吸了我的烟，老年村民有些吃人嘴软，于是又说道：“这位小哥，我也是听别人说的。在我们村，像我这辈的，小时候都听村里一个疯子这么说过，说是光华山上埋了‘龙骨’。可人家问究竟埋哪儿了，他又不肯说了。当时我们年纪还小，都半信不信的。后来长大了，自然也就不信了。”

我假装深沉地点点头，又问道：“刚听你们说，说这话的是一个疯子？”

“当然是疯子了！”老年村民的声音往上扬了扬，好像有点儿激动，“刚才在文化广场上，就是他想用刀捅村长！现在父子俩都被弄走了。哦，对了，你可能不知道，村长可是他亲儿子呢！”

“这么厉害？”我故作惊讶，又转头对刘富强说，“爸，要是以后我不听话，你可别拿刀捅我……”

听到我叫他“爸”，刘富强先是一愣，随即明白了过来，顺势接话道：“你小子要敢不听话，我可能还真下得去这个手……”

说着，他还很夸张地哼了一声。

言罢，刘富强又转过头，问那个老年村民：“老弟，听你刚才的意思，那疯子现在还和人说‘龙骨’吗？”

老年村民吸了一口烟，摆了摆手说：“好多年没说了！他二三十岁的时候倒是经常讲，后来可能觉得没人信，也可能是他的疯病越来越重，他慢慢地就不提这个了。莫说‘龙骨’，最近这几年，他连话都不怎么说了。像我这一辈听过他讲‘龙骨’的，现在都五六十岁了。”

听到这里，我明白了一个大概，于是拍了拍刘富强：“爸，这就是疯子说的胡话，没什么意思。咱们回去吧。”

刘富强虽然意犹未尽，却也知道问不出更多线索，于是又给这几个村民发了一轮烟，和我一起朝农家乐走。

回到农家乐，我四仰八叉躺到床上。刘富强也坐到椅子上，面色阴郁。

沉吟片刻，我开口道："刘馆长，听刚才那村民的意思，以前张村长他爹跟人提到过'龙骨'，但后来又闭口不谈了。看来，村里没几个人听过这事。"

刘富强皱着眉点点头："昨天我们不是问过农家乐的老板嘛，他也不知道这件事。如此说来，对于'龙骨'这件事，应该只有上了点儿岁数的村民才听过，而且还把这当成了疯话。"

说着，刘富强使劲一拍大腿："可惜了，说这话的人已经疯了！那个叫张兴的没找到，好不容易找到两个知道'龙骨'的，却又一个住了院，一个是疯子！小路，'龙骨'这件事，我们后面要怎么查啊？"

我从床上坐了起来，劝道："刘馆长，你也别着急，目前我们还是有收获的。"

刘富强抬起头，看着我说："哦？怎么说？"

我笑了笑，说道："第一，我们好歹找到了两个知情人，好歹是听过'龙骨'的人。张出吉听到'龙骨'时的反应，你我都看出来了，他应该知道得比其他村民要多得多。而且他只是受伤住院，又不是死了，我们还有机会再问他。第二就是张出吉他爹。老爷子虽然疯疯癫癫，但不聋不哑，如果方法得当，说不定也能挖出一些线索。还有，昨天我找市局的朋友帮忙查找张兴的下落，他答应今天之内回复，晚一点儿我再问问他。"

刘富强原本黯淡的眼睛里开始放出光来："小路，你的意思是……我们缠着张家父子俩再问问？"

"对。"我点点头，"凭我的直觉，张出吉父子应该知道些什么，说不定还认识张兴。我们只要盯住他们，弄清楚'龙骨'这个传说到底是从哪里传出来的，就可以顺藤摸瓜，找出'龙骨'的真相！"

"说得对！"听了我的分析，刘富强脸上的愁云一扫而空，"接下来，我们是不是该去派出所和医院了？"

"对。"我笑道，"刘馆长，要不我们兵分两路？你去镇派出所见一见张村长他爹，套一套他的话，看能不能挖出点儿线索。我到张出吉住的医院去一趟，再和他聊一聊。”

“行。”刘富强站起身来，脸上却有些犹豫，“但……派出所能让我进去吗？”

我一脸得意地扬了扬眉毛：“刘馆长，你不是说我朋友多吗？现在我就要靠朋友了……”

说着，我掏出手机，拨通了一位市公安局领导的电话……

## 8

上午十点一过，我们收拾了一下东西，找张老板退了房。

退房时，张老板一家老小正围坐在一楼饭厅里，叽叽喳喳地议论着开工仪式上的事。

显然，他们还沉浸在张出吉被袭击的震惊中。

见我们来退房，张老板勉强挤出一丝笑容，收了钥匙，还了押金。

在把押金递到我手里的时候，他有些不好意思地说：“二位，抱歉啊，今天发生了这么吓人的事……但我们光华山绝对是好地方，以后还请常来啊。”

我笑道：“说不定过不了几天，我们就又来了呢。”

从农家乐出来，我们钻进了停在门口的汽车。

刘富强发动汽车，缓缓驶出光华村。

汽车沿着蜿蜒曲折的乡村公路一路前行，高大雄奇的光华山也在身后渐行渐远。

回望渐渐变小的山峦，我心里生出一丝苦涩：“虽然我劝刘馆长的时候挺有底气，但他说得的确也没错。到现在为止，我们没有取得任何突破，别说找‘龙骨’了，就连张兴这个唯一的证人都没找到……”

在这样的思绪中，我和刘富强相对无言。

按照计划，刘富强把我送到镇上，他就直接到镇派出所。我已经联系了市局的熟人，请他协调贵福镇派出所，为刘富强争取了一次探视张出吉他爹的机会。而我，则在镇上搭乘班车，到县医院找张出吉。

半小时后，我们抵达贵福镇。我让刘富强开到镇汽车站；随后就自己下了车，买票进站，坐进了一辆开往县城的班车。

又过了大半个小时，我乘坐的班车抵达苍云县城。

一出县汽车站，我又拦下一辆出租车，直奔苍云县第一人民医院。

正午时分，人民医院老旧的苏联式大楼，终于出现在视线之内。

付钱下车，我一路小跑来到医院住院部。

到了住院部，我并没有立即上楼，而是来到门口的水果店里，买了些水果提在手里，这才继续朝住院部奔去。

在住院部一楼服务台，我问到了张出吉的病房号。

张出吉住在 6 楼 618 病房。

乘电梯来到“618”，我走进病房，就见黑压压一片全是人。

病房里有三个床位，其中两个床位是空的，另一个床位周围密密麻麻围着十来个人，全是朴实的农民打扮。

“哟，这么多人？”我嘟囔了一句，引得屋内众人齐齐朝我看了过来。

迎着众人惊异的目光，我急忙自报家门：“我是《暗角》编辑部的路晓，今天跟张村长约了采访，没承想出了这档子事，于是专程来看看他。”

话一出口，被围得严严实实的病床传来一声高亢的呼唤：“路主编来了吗？真是让你费心了，快……快请过来坐……”

话音未落，村民们就很自觉地让出一个通道，让我得以靠近病床。

病床上，张出吉正赤裸着瘦得没剩下几两肉的上身，面朝下趴在床上。他背上缠满了厚厚的绷带，伤口附近还能看见隐隐血痕。

见状，我立马笑着挤了过去，一边把东西放到床头柜上，一边嘘寒问暖起来：“哟，张村长，伤口已经包扎好啦？看样子应该不用手术，现在还疼不？”

见我连珠炮一般地嘘寒问暖，张出吉有些受宠若惊，急忙用枯瘦的双臂支撑着想要坐起来，却被我及时制止。

“张村长不要客气，你躺着……哦，不，趴着就行！”我轻轻拍了拍他肩膀，又侧身坐到了床沿上。

张出吉努力抬起头，脸上堆满了讨好的笑容：“路主编，没想到你这么热心，竟然还专程来看我。惭愧啊，今天本来答应接受你的采访的……”

我很大度地摆了摆手：“没事没事，身体要紧嘛。谁都没想到，原本喜气洋洋的开工仪式，竟然会发生这种事。”

听我这么说，张出吉脸色一沉，周围的村民也开始七嘴八舌地附和道——

“就是，谁承想老太爷竟会对村长动刀子？”

“好端端的开工仪式，就这样给闹腾没了。”

“真是苦了村长，好不容易给村里拉来的项目。”

…………

村民们的议论一半是对村长的恭维，一半是对村长他爹的埋怨。对村长的恭维分量很足、饱含深情，对村长他爹的埋怨则碍于情面，说得隐隐约约、点到即止。

但就是这样的议论，还是让张出吉很不耐烦。在众人的七嘴八舌中，他的笑容一点点消失，乌黑的小眼珠子里也渐渐升起了怒气，也不知道是被自己老爹的行为惹恼了，还是被村民们吵到了。

终于，他压低声音发话了：“行了，你们都出去，我要和路主编单独说话。”

病房里立马安静下来，村民们自觉排着队，鱼贯走出了病房。

见状，我心里又是一阵嘀咕：“在光华村，张出吉还真是说一不二。”

村民离开后，张出吉才恢复了之前那种讨好的笑容，趴在床上对我说：“路主编，不好意思啊，山里人见识短，让你见笑了。”

“没有没有，乡亲们都很纯朴呢。”我笑着应了一句，拿起一个橙子开始剥皮。

张出吉又说道：“对了，路主编，今天你想采访我什么？现在也没别的事，要不咱就把采访做了，也算是帮我们村里宣传宣传……”

说这话时，张出吉眨巴了几下眼，好像有意跟我套近乎。

我剥好了橙子，递到他手里，笑道：“行啊，但不知这个采访能不能做成。”

“能！”张出吉很坚决地说，“只要我知道的，一定都告诉路主编！你来宣传我们村，我一定支持！”

“那就太感谢了。”我不动声色地应道，嘴角也浮出一丝不易察觉的坏笑，“张村长知道村里的很多事情，这个我绝对相信，但我担心的是，我想采访的，就算你知道也不肯说……”

## 9

听到我这话，张出吉微微一怔。

他察觉到了我话里的深意，圆瞪着一双乌黑的小眼珠子，定定地看着我。

半晌，他才开口道：“路主编，你到底想采访什么？”

我呵呵一乐，又抓起一个橙子，三两下剥去了皮，自顾自地吃了起来，一边吃还一边嘟囔道：“今天上午，我们已经问过了，但张村长好像有些避重就轻……”

“今天上午？”张出吉皱了皱眉，随即好像想起了什么，闷声说，“跟你一起来的那位老先生提到了‘龙骨’……莫非你们这次来，就是想采访这个？”

我笑着点了点头：“没错。”

得到这个答案，张出吉显然很失望：“路主编，‘龙骨’不过是一个无稽之谈，是一些村民吃饱了没事干传的谣言！这些年，我们光华村宁愿苦干不愿苦熬，发展得越来越好，有那么多好题材可以采访，你们何苦要浪费时间采访这个？”

说这些话时，张出吉的语气义正词严，又混合了深深的惋惜。

但从他闪烁的眼神里，我却读出了一丝惊恐。

面对张出吉的狡辩，我决定放出一记“大招”，于是继续笑着说：“张村长，在这里我要给你说明一下……这次，我们之所以要来采访‘龙骨’，可是有科学根据的。”

说着，我假咳了两声，郑重其事地说：“几天前，全国著名的生物学家刘汉朝教授去世。去世前，他给他的儿子——同样是著名生物学家的刘富强——留下了一则遗言。大概意思是神话传说里的中国龙真的存在，而证明中国龙存在的‘龙骨’，就埋在你们光华山……想必张村长也听到过像‘龙骨埋在光华山，保我万年国泰民安’之类的传闻。如果这只是在农村流传的市井奇谈，那么十有八九是谣传；但这样的奇谈被著名生物学家作为遗言，我们就得认真严肃地对待了。”

听到这里，张出吉的眼睑不易察觉地跳了跳。

我不动声色，继续说道：“张村长，你用脚趾想都能知道，如果真如刘教授所说，中国龙的骨头就在光华山，那么绝对会成为超级国宝。要知道，这些‘龙骨’将证明象征我们民族的神兽真实存在——不管是生物学还是文化学层面，意义都是非同小可的！”

言罢，我有意停了下来，笑盈盈地盯着张出吉，突然话锋一转：“如果明知光华山埋藏了国宝，还强行让地产开发商进场大兴土木，一旦破坏了国宝，别说度假村修不起来，恐怕引进这个工程的相关责任人也得进监狱……”

听到我后半句话，张出吉的眼睑再次跳了跳。

他低下头，盯着病房的花地板不说话了。而他的额头，也渐渐渗出冷汗。

病房里陷入了一阵沉默。

半晌，张出吉才慢慢抬起头，动了动嘴唇，却一个字都没说出来。

见状，我决定再开导开导他，于是又说道：“张村长，我相信你之前并不清楚这件事的重要性。但现在你应该明白了，希望你能配合我们的工作。如果真的找到了‘龙骨’，对国家可是大功一件！”

面对我的威逼利诱，张出吉的心理防线终于崩溃。

他抬起粗糙的大手，抹了一把脸上的冷汗，就像下定了什么决心，闷声道：“路主编，你想采访什么就问吧，我一定配合。”

我心里一阵大喜，脸上依然风平浪静：“我只想问一句话——‘龙骨埋在光华山’的说法，究竟是从哪里传出来的？”

闻言，张出吉面色又是一紧，再次陷入了沉默。

不过这次他的神情告诉我，他并不是想隐瞒什么，而更像是有什么难言之隐。

看到他的表情，我决定帮他进入正题：“张村长，我听说，这个说法最早是从老太爷那里传出来的？哦，对了，我还不知道老太爷叫什么名字呢。”

张出吉身子微微一震。

又过了几秒钟，他似乎也知道这件事瞒不住了，于是苦笑着抬起头，有些不好意思地说：“原来路主编都知道了……我爸叫张振邦……你说的没错，这个说法就是从他那里传出来的……”

说着，他挣扎着又抬起头，用一种充满惆怅的声音说：“我爸是外乡人，年轻时来到光华山落户，后来入赘到我妈家当了上门女婿，生下我这个独子。从记事起，我就经常听他说，光华山上埋着‘龙骨’，就是春节年画上那种神龙的骨头！只要有‘龙骨’在，我们就能够国泰民安，因此我们要保护好光华山，保护好‘龙骨’……”

闻言，我主动插话道：“这个说法，就是一些老年村民听到过的那句顺口溜‘龙骨埋在光华山，保我万年国泰民安’？”

“对。路主编知道得可真多。”张出吉苦笑了一下，继续道，“小时候听我爸这么说，我完全当他在说故事，不过就是听个好玩。可随着我渐渐长大，我爸还是一天到晚‘龙骨龙骨’地念叨个没完，还说只要有‘龙骨’在，光华山上就不能动土。可他又说不出‘龙骨’究竟埋在什么地方，我就有些烦了。我记得十二岁那年，对，就是十二岁的时候，我爸又跟我说要保护好‘龙骨’和光华山，我听得不耐烦了，就说他是骗子，结果被他狠狠揍了一顿。从此以后，他就再没和我提过‘龙骨’了……”

说到这里，张出吉轻轻叹了口气：“后来，我渐渐把这事给忘了。十年前，我爸脑子开始迷糊，经常忘事。刚刚去过的地方、见过的人，他转眼就不认识了。到医院一检查，才知道他得了老年痴呆症，还有一点儿精神病，好像叫什么‘狂躁型分裂症’……”

听到他这么说，我急忙插话道：“狂躁型精神分裂症？”

“对对对，文化人知道的就是多。”张出吉拍了拍脑门，还顺口巴结了我一句，继续说道，“脑子变傻了，我爸的脾气也变得越来越差，动不动就打我和我妈。但我和我妈都念他的好，打不还手骂不还口，就这么一直照顾着他。为了让他找得到回家的路，我还买了一部手机，里面存了我的电话，天天挂在他脖子上……”

说完，张出吉的一双小眼珠里蒙上一层水雾，眼神也变得有些迷离。

听到这里，我心里有些失望：“按照张出吉的说法，他知道的也并不比其他村民多嘛……”

这么想着，我决定刨根问底：“张村长，就这些吗？老太爷是怎么知道‘龙骨’的，他有没有和你说过？”

“没。”张出吉摇了摇头。

我皱眉想了一会儿，又问：“自从你说他是骗子后，老太爷就再没提到过‘龙骨’？”

面对这个问题，张出吉眼里掠过了一丝不易察觉的阴郁，脸上也再次出现了之前那种有什么难言之隐的表情。

见他这副表情，我觉得可能有什么隐情，于是继续问道：“张村长，老太爷还说过什么？只要是跟‘龙骨’有关的，都请你回忆一下。你放心，我不会对人乱讲的。”

得到了我的保证，张出吉又犹豫了一下，苦笑道：“如果要说有……倒是有那么一次……”

他重新趴回床上，盯着洁白的床单，眼神开始有些飘忽：“三十年前，我就当上了村干部，后来就一直在想法子让村里发展经济，让乡亲们吃得饱饭，日子也能过得好一点儿，可一直没找到合适的门路。一直到三年前，省里开始在我们苍云县大力发展乡村旅游，我就和其他干部合计，要不要借着政策东风，把山清水秀的光华山也包装一下，于是就跑到县里，请规划局的领导帮我们牵了线，找到了省城里一家房产开发公司，准备通过招商引资，请他们到光华山来搞一些旅游开发……那年夏天，为了这件事，我召集村干部到村里开了一个会。就是在这个会上，我爸又……”

## 10

1 月 31 日下午三点一过，苍云县医院 618 病房里，张出吉用特有的高亢语调，向我回忆起了父亲张振邦关于“龙骨”的记忆：

“那天晚上，我和支部书记老牛、村会计陆富财还有三个村民小组的组长正在开会。我给他们详细介绍了引进地产开发商，在光华山建设旅游项目的打算。可我爸，却不知道什么时候悄悄站到了房门外……”

透过张出吉的回忆，那天晚上的情景一点点浮现在我面前——

就在张出吉大谈特谈要怎么开发光华山的时候，房门口突然传来一声咆哮：

“光华山上不能动土！”

听到这声尖锐凄厉的叫喊，在场的村干部们不禁一愣，齐齐转头朝门口看去。

就见张振邦正站在门外，银白的头发和一双乌黑的小眼珠在灯光照耀下一齐闪烁着疯狂的光。

见是父亲，张出吉一脸懊恼，却又用哄小孩的语气说道：“爸，我们在说正事，你到外面看会儿电视吧。”

张振邦却依然满眼凶光，又喊道：“光华山上不能动土！”

“爸，行了，你快出去吧……”张出吉有些不耐烦，站起身走过去，想把老爸弄出房间。

却不想，张振邦突然抬起手，对着儿子的脸就是一巴掌。

“啪！”

张出吉被父亲扇得一个踉跄，差点儿摔倒。

“老太爷，你……”见状，其他村干部急忙围了过来，想要劝架。

可不等众人靠近，张振邦突然冲到桌旁，再次发出一声尖厉的咆哮：“光华山上不能动土！”

话音未落，当时已经年过八旬的他，竟然怪叫着掀了桌子！

…………

说到这里，张出吉脸上再次堆满了苦笑："经过那回，我再也不敢在家里开会了。那次以后，我们再商量旅游项目的事，都是到村委会办公室或者其他干部家开会……"

"为了村里的发展竟然和自己老爸打游击战，真是难为张村长了。"我皱着眉点点头，接口道，"但老太爷大闹会场这件事，和'龙骨'又有什么关系？"

张出吉笑了笑："路主编，你跟我一样是急性子啊。你听我慢慢讲嘛……"

说着，他又继续回忆起来——

张振邦大闹会场之后一个月，苍云县遭遇了一场百年一遇的特大强降雨。

一连三天，大雨如注。光华山区出现了滑坡、泥石流和山洪暴发等地质灾害的严峻险情，光华山顶也发生了多处塌方。张出吉和村干部们天天忙到半夜，在全村各处查看地质灾害隐患，检查防洪工作，可以说忙得脚不沾地。

第三天半夜，张出吉检查完村里一个村民小组的防洪工作，独自一个人冒雨往家里走。

在距离自己家还有半里路时，他远远地看见家里闪出了一个人影。

张出吉的第一反应是："家里有贼？"

随后，借着闪电转瞬即逝的光芒，他见那人影满头银发，身子上瘦得没几两肉，正鬼鬼祟祟地钻出自己家，冒着暴雨朝村子背后通往光华山的上山小路一溜小跑。

看清了那个身影，张出吉大惊："爸？"

他立即跟了过去。

接下来一个多小时，张出吉拼命想要追上张振邦，但令他震惊的是，自己年过八旬的老爹就像打了鸡血，沿着小路一路狂奔。而已经六十多岁的张出吉使出吃奶的力气，却怎么都追不上老父亲，只能手脚并用地勉强跟在后面，确保自己不跟丢。在跟踪老爹的过程中，他不断朝张振邦叫喊，希望父亲能够停下，却因为风大雨大，张振邦根本就没听见。

就这么折腾了一个多小时，两个老头儿一前一后追逐着，进入了光华山主峰下的一处山坳。

经过连日大雨，小山坳刚刚经历了一场塌方，大量泥石流从主峰山脊上倾泻而下，几乎堵住了山坳的入口。

摸索着进入山坳深处的一个小土包前，张振邦突然停下了。

张出吉这时已经上气不接下气，觉得这条老命就快报销了。见父亲终于停下，他也急忙收住脚步，双手撑在膝盖上，大口大口地喘着气。

张振邦在小土包前愣愣地站着，身板挺得笔直，就像一尊石像。

见状，张出吉使出了最后一点儿力气，悄悄朝父亲靠了过去。

就在靠近到五米以内时，他听到张振邦正在自言自语地念叨些什么，但因为风雨交加，并不能听清说的到底是什么。

这时，张振邦突然动了起来。他从衣服里抽出一把小铁铲，猛地冲到小土包前，开始疯狂地挖土。

见到张振邦的举动，张出吉很是好奇，于是悄悄躲进了一旁的灌木丛，安静地观察起来。

张振邦也不知哪里来的力气，一连挖了十多分钟，把土包刨出了一个大坑，随后把身子探进坑里，在里面摸索起来。

“他好像在找什么东西？”张出吉不动声色，继续观察。

不一会儿，张振邦好像找到了想要的，脱下身上的青色粗布外套，把那些东西小心包裹起来，又站起身来准备离开。

这时，张出吉猛地从灌木丛里站起来，大呼一声：“爸！”

见儿子突然冒了出来，张振邦不禁一愣。

一秒钟以后，他脸上竟然出现了凶狠的表情。

看到那副表情，张出吉心里一紧，但还没等他做出任何反应，张振邦已经发出一声咆哮——

“保护‘龙骨’！”

说时迟那时快，这个快九十岁的老人竟然像一头豹子，闪电般冲到儿子面前，伸手用力一推，把张出吉推倒在地，随即夺路而去。

在张出吉被推倒的瞬间，一道雷电照亮了天际。这让他清清楚楚地看到，父亲怀中的包裹里，竟然伸出了一截人的骨头，而且那截骨头上还戴着一块银色的手表，在雷光下发出白惨惨的光！

“那不是……人的手臂骨吗？”这个念头在张出吉脑子里一闪，随即就猛地倒在地上，后脑勺传来一阵剧痛，整个身子也随之一软，昏了过去。

在失去视觉之前，他努力地转过头，看着迅速跑远的父亲。

在渐渐模糊的视线里，张振邦很快就消失在黑暗中……

## 11

那天夜里，张出吉昏迷了十多分钟，直到被瓢泼的大雨浇醒。

等他醒来，张振邦已经不知去向。

他只好挣扎着爬起来，一个人摸索着回到家，准备再组织村民上山寻找父亲。

却不想，等他狼狈不堪地回到家，发现张振邦竟然也到家了，正痴痴地在堂屋里看着电视。

见他浑身湿透，头上还带着伤，老母亲急忙问他怎么回事，张出吉却只说自己摔了一跤，简单包扎一下应付了过去。

而这天夜里张振邦的异常反应，却像一团可怕的阴影，萦绕在他心头挥之不去。

接下来很多天，张出吉一次次回忆着那天夜里的每一个细节，终于给出了一个合理的解释：“我爸他……竟然是盗墓贼。”

张出吉这么想，也并不是没有道理。

自古以来，光华山就是联结三省的交通隘口，在历史上也饱经战乱。直到今天，山上还散布着很多孤坟，从明清到民国年间的都有。

二十世纪九十年代初，就曾有外面来的文物贩子假扮采药人潜入光华山区，盗掘孤坟，经过当地公安和村民的好几轮“严打”才给压下去。

而如今，张振邦一味阻挠光华山开发，就是因为他在悄悄盗墓，因此才编造出“龙骨埋在光华山”的谣言，不愿意光华山被人开发，断了自己的财路。

做出这个令自己信服的推断，张出吉觉得“家丑不可外扬”，于是运用村长的权威，在村里坚决抵制“龙骨埋在光华山”的说法。

…………

听张出吉讲到这里，我不禁大喜过望，想了一会儿，又问道：“张村长，既然你都看见老太爷挖到的骨头了，那这些骨头会不会就是‘龙骨’？”

张出吉毫不犹豫地应道：“不可能，那就是人的骨头。”

见他态度坚决，我也不愿放弃，又问道：“当时黑灯瞎火的，你怎么就这么确信老太爷怀里的是一截人骨？”

闻言，张出吉忽然笑了：“路主编，我们山里人是没什么见识，但我活了六十多年了，人的骨头和猪牛羊的也都见过一些，不至于连这都分不清吧？”

我还是有些不甘心，嘟囔道：“那万一‘龙骨’就长这样呢？就是和人的手臂一个样，又怎么说？”

张出吉被我气乐了：“路主编，这话可就不像是知识分子说的了，你见过龙的膀子跟人的膀子一般粗？”

我也知道这个问题提得低级，面对张出吉的反驳一时语塞。

见我不说话了，张出吉主动安慰我说：“路主编，‘龙骨’可能真是一个误会。我觉得吧，可能就是我爸为了独占山上的古墓，编出来的一个借口……”

“怎么可能？”这次轮到我反驳了，“老太爷这么大岁数了，还怎么盗墓？再说了，他不是老年痴呆了吗？怎么可能还会编造这种借口？”

“怎么不可能？”张出吉也来劲儿了，“我就见过这样的，有些老年人虽然得了老年痴呆，但对自己觉得要紧的事情，记性却都好得很！比如说，银行卡的密码啦、房产证要过户给儿子啦、自己存的钱不能留给媳妇啦之类的。在镇上我就见过好些个呢！因此我才觉得，我爸应该也是这种，年轻时他就是盗墓贼，老了虽然脑子变傻了，但还是记得山上那些‘宝贝’……”

张出吉的说法虽然也没有得到证明，但显然比“龙骨”这个说法要科学合理得多。但我还是不愿服输，努力在脑子里寻找着反驳他的理由。

皱眉想了一会儿，我又说道：“张村长，你说得的确有些道理。如果只有老太爷一个人说这世界上存在‘龙骨’，我可能不会相信。但问题是不仅仅是老太爷，就连刘教授这样的顶尖生物学家都这么说了，你又怎么解释？”

闻言，张出吉重新趴到了床上，小眼珠滴溜溜转了好一会儿，但一句话也没说出来。

见他无言以对，我又说道：“另外，那天晚上老太爷挖出来的那包东西里，除了那截骨头，还有别的东西吗？”

张出吉皱眉看了看我，又低头沉吟了好一会儿，皱着眉摇了摇头。

我又问：“那最后他把这包东西藏到哪里去了，你知道吗？”

张出吉还是摇头。

见状，我感到从张出吉身上挖不出什么信息了，于是慢慢站起身，笑着说：“张村长，感谢你这么配合。你好好休息，我下次再来看你。”

见我要走，张出吉急忙支撑起身子，用一种乞求的语气说：“路主编，我爸的事还请你千万保密……你也知道，我是村干部，这话传出去，以后我还怎么开展工作。再说了，村里的项目还……”

提到光华山的项目，张出吉忽然停住了，脸上又出现了痛苦的表情。

“如果真如张出吉自己所说，那么他这样一个村长，倒也真算是心系农村发展又很孝敬老人的好干部……”看到他这副模样，我心里有些不忍，于是点点头：“张村长请放心，我不会乱说的。”

言罢，我快步走出了他的病房。

走出县医院大门，我觉得浑身一暖。

冬日暖阳正高悬在蓝天白云之上，照耀着整个苍云县城。

阳光明亮，我的心情却是一片阴霾。

通过张出吉的讲述，我至少掌握了两条线索：一是“龙骨”的传言，的确缘起自张出吉之父张振邦，但目前并不知道张振邦又是从哪里听到的这个说法；二是张振邦曾经到光华山上挖掘过疑似“龙骨”的生物骨骼，并将其转移到了他处。

现在，仅有的两条线索都交会到了张振邦身上，只要拿下他这个关键人物，调查就能取得决定性突破。

然而，这位关键人物却是一个具有狂躁倾向的老年痴呆症患者。而至于那个给刘汉朝寄信的“张兴”，依旧音信全无……

想到这里，我更郁闷了。

仰望着蓝天白云，我点燃了一根烟，一边吸一边思考着下一步的计划：“先问问刘馆长再说吧，万一他有什么突破呢。”

想到这里，我掏出手机，拨通了刘富强的电话。

## 12

电话响了，却没人接。

放下电话，我心里隐隐升起一种不好的预感。

又拨打了两次刘富强的电话，还是没人接，我急忙扔掉烟蒂，抬手拦了一辆出租车，朝县汽车站疾驰而去。

来到汽车站，我坐进了开往贵福镇的班车。

班车驶出车站的时候，我再次拨打了刘富强的电话，还是没人接。

半个小时后，我回到了贵福镇。

班车驶进镇汽车站的时候，刘富强的电话终于打通了。

但接电话的并不是刘富强，而是一个很年轻的男人：“喂，你哪位？”

听到这个陌生的声音，我不禁一愣，犹豫了一下才开口道：“你是哪位？”

那个声音则很镇定：“我是贵福镇派出所的民警，你是谁？找刘馆长有什么事？”

见是警察，我急忙说：“我是刘馆长的朋友，这次和他一起到贵福镇来调查……”

说到这里，我突然停了停，把已经要到嘴边的“龙骨”两个字给吞了回去。

那个民警却笑了，接口道：“原来是路记者，久仰久仰。刘馆长都给我们说了，你们是来调查‘龙骨’的，对吧？”

“你们都知道了？”我苦笑了一下，心里有些埋怨刘富强藏不住话，又问道，“刘馆长如今在什么地方？他怎么不接电话？”

民警收住了笑，用一种严肃的语气说：“刘馆长受伤了，我正陪他在镇卫生院包扎。”

“他受伤了？”我大惊失色，连声追问道，“他怎么受伤的？”

民警说：“今天下午，刘馆长在羁押室探访张振邦。结果两人交谈的时候，张振邦突然又唱又跳，然后就朝刘馆长冲了过来。刘馆长受了惊吓，摔到了地上，碰破了头。不过路记者不要太担心，刘馆长只是蹭破了点儿皮，并不严重。”

闻言，我长出了一口气，心里又觉得有些好笑：“刘馆长可真是胆小啊……竟然被一个快九十岁的老大爷给吓成这样……这下可好，我刚从医院出来，又要到卫生院找他了……”

这么想着，我向民警询问了镇卫生院的位置，拦了一辆摩的赶过去和他们会合。

一刻钟后，我来到镇卫生院，在一楼走廊里见到了头上缠着纱布的刘富强和那个姓田的民警。

看到耷拉着脑袋坐在走廊长椅上的刘富强，我一脸关切地问：“刘馆长，你没事吧？”

刘富强抬起头，见到是我，脸上竟然出现了一种很复杂的表情。

“我没事……”他应了一句，眼睛里有些朦胧，“小路，张村长说什么了吗？”

我轻轻叹了一口气，在他身边坐了下来，将张出吉介绍的情况原原本本告诉了他。

听了我的介绍，刘富强脸上溢出了失望：“这样啊……张村长这边也没多大收获吗？那张振邦说的……又到底是怎么回事呢？”

闻言，我一愣，急忙问道：“刘馆长，张振邦跟你说什么了？”

刘富强抬起头看看我，又看了看身旁的田警官，一脸犹豫地说：“刚才谈话的时候，张老爷子跟我说了一句话……"

说着，刘富强吞了一口唾沫，瞪着眼睛，继续说道："他说……鬼子打死了张兴，他和刘大哥又打死了鬼子，抢回了'龙骨'……"

"刘大哥？日本鬼子？还有……张兴？"我又是一愣，想了想又问道，"他说的刘大哥，莫非就是……"

见我一头雾水，刘富强的表情也有些纠结，小声说："小路，你也知道，抗日战争的时候，苍云县曾被日军占领过。就是在那个时候，我爸曾被抓过壮丁，弄到侵略军里当民夫，给敌人搬运武器弹药什么的……我就琢磨着，按照这个时间节点，张振邦说的刘大哥很可能……就是我爸。"

我点点头，但仍然觉得一头雾水："就算这个'刘大哥'就是你父亲，那他说张兴已经死了又怎么解释呢？刘老教授不是还让你去找张兴吗？难道他不知道张兴已经死了？又或者是张振邦老年痴呆发作，随口乱说的？"

面对我的一系列疑问，刘富强的眼神更加迷离，苦笑着说："小路，这些问题我也很迷惑，特别是张振邦说张兴已经死了的时候，他噌的一下站了起来，当时我心里就是咯噔一紧，一个没坐稳就从椅子上跌到了地上。"

闻言，我苦笑道："原来，刘馆长不是被疯子吓到了，而是被疯子说的消息吓到了。"

刘富强有些不好意思地搔了搔头，说道："现在线索乱成了一团麻，我们到底该怎么办啊？"

我心里也很乱，抬头看了看刘富强，又看了看一旁肃立的田警官，轻声说："小田，我们能再见张振邦一次吗？"

小田愣了愣，随即笑了："市局领导吩咐过，路记者的采访，我们尽量配合。等会儿我给所长汇报下，应该没什么问题。"

"行，那就多谢了。"我也笑了笑，说，"那我们现在就回派出所，再会一会这个张老太爷！"

言罢，我和小田扶着刘富强，慢慢走出卫生院，钻进了停在门外的警车。

一刻钟后，我们就来到了镇派出所。

镇派出所不大，是一栋蓝白相间的4层小楼。

在派出所门口停好车，小田带着我和刘富强来到4楼的所长室，介绍我们认识了派出所的高所长。

高所长是一个满面通红的大个子，性格十分豪爽。也不知道是因为市局之前打过招呼，还是我的记者证起了作用，总之听了我们的要求，高所长很爽快地表示：同意再次探访张振邦，并安排小田负责此次任务。

## 13

下午五点二十七分，在小田的积极安排下，我和刘富强来到了派出所羁押室。

在这间通体涂抹着天蓝色涂料的小房间里，我们再次见到了张振邦。

就见这个老人正抱着双腿，蜷缩在一把宽大的塑料椅里。纤细的手腕上戴着一副手铐，瘦小的身子弓成了球状，就像是一只大虾。

而他身上，依旧穿着青色的粗布外套，腿上胡乱捆绑的棉布绑腿已经有些凌乱。

见我们进来，张振邦没有任何反应。

进入羁押室坐定，我并没有立即开口，而是转头问小田："田警官，我们来之前，你们审问过他吗？"

"问过。"小田点点头，"但是他要么一直不说话，要么就是手舞足蹈地乱蹦乱跳，就是不好好回答问题。因此到现在为止，我们什么都没问出来。"

说着，小田还苦笑了一下："路记者，你也知道，对像他这样高龄且患有精神疾病的嫌疑人，我们的办法也不是很多……"

我很理解地笑了笑，转头盯着张振邦，脑子也开始快速运转："对一个患有老年痴呆症，说不定还有狂躁型精神疾病的采访对象，要怎么才能让他说出我想知道的事情呢？"

沉默了好一会儿，我脑海里突然闪过了一个词：引爆点。

这是在很久以前的一次采访中，一位心理学家告诉我的一个专业名词。

当时，这位专家根据自己从事临床工作三十余年的经验，开创了这个名叫“引爆点”的理论：人类最牢固的一部分记忆，大部分都是附着在某种载体上而长久存在的。比如说，童年的一件玩具，年轻时看过的一本书，曾经和恋人到过的某个地方，自己喜欢的一家饭馆、一道菜等。而这些载体，就被称作‘引爆点’，即唤醒记忆的突破口。不管是显性记忆还是隐性记忆，虽然当事人可能暂时回忆不起来，但只要这些记忆还存在，就可以通过‘引爆点’让人回想起来。不仅仅对健康人，对于精神病患者、外伤或精神原因导致暂时性失忆的患者，甚至还存在部分记忆的阿尔茨海默症患者，都可以采用这种方式帮助他们恢复部分记忆。

想到这里，我心里轻轻一颤。

我决定寻找张振邦的“引爆点”。

于是，在接下来的一分钟里，我将各种关于张振邦的情况在心里过了一遍。

结合张出吉、光华村村民和刘富强提供的情况，我梳理出了几个关键词，分别是龙骨、刘汉朝、张兴、日本鬼子、秦巴岭、光华山。

唤醒张振邦记忆的“引爆点”，可能就在这几个关键词里，但也可能不在。

不管怎么说，我都决定试一试。

打定主意，我脸上浮出了温柔的笑容，用一种哄小孩的语气对张振邦说：“张老太爷，光华山上埋着‘龙骨’，这事你知道不？”

在说“龙骨”两个字时，我有意加重了音调。

听到这两个字，张振邦抬起头，痴痴地盯着我，眼睛里依旧闪烁着那种呆滞木讷的光。

迎着那道目光，我微笑着紧紧盯住他的双眼。

就这样对视了好一会儿，张振邦突然举起双手，在空中胡乱挥舞着，同时用一种很高亢的语调喊道：“龙骨埋在光华山，保我万年国泰民安！”

喊完这一句，张振邦的双手一垂，又蜷缩进椅子里，沉默起来。

“哟，有反应！”我心里一喜，急忙又提出了第二个问题，“老太爷，听说这‘龙骨’，是你和刘大哥从日本鬼子手里抢回来的，对不？”

说完，我想了想，紧跟着又补了一句：“刘大哥大名叫刘汉朝，是不是？”

听到“刘汉朝”这个名字，张振邦原本如一潭死水的眼睛里，忽然泛起了层层涟漪。

他微微仰起头，目不转睛地盯着天花板，原本木讷的眼神却像在阳光下逐渐融化的冰河，一点点变得温柔起来。

半晌，他笑着吐出了一句话：“刘大哥和我……没抢回‘龙骨’，但又抢回了‘龙骨’。”

说这话时，张振邦的声音极小，就像蚊子在叫。

“什么叫‘没抢回’但又‘抢回了’？”听到这句自相矛盾的话，我怀疑自己没有听清，转头看了看刘富强和小田。

见他们也是一头雾水，我这才明白自己没听错，于是追问道：“老太爷，你和刘大哥到底抢回‘龙骨’没有？”

张振邦的一对小眼珠子继续盯着天花板，再次低声嘟囔道：“刘大哥和我没抢回‘龙骨’，但又抢回了‘龙骨’。”

再次听到这个有语病的句子，在场的人你看看我，我看看你，哑然失笑。

我沉吟了一会儿，又开口道：“那么，刘大哥和你是怎么抢回‘龙骨’的？”

张振邦继续盯着天花板，就像没听见我说的话。

我换了一个角度，又问：“刘大哥和你为什么没能抢回‘龙骨’呢？”

张振邦依旧盯着天花板。

盯着他呆滞的脸，我欲哭无泪，身旁的小田却扑哧一声乐了：“路记者，这么问下去，怕是问到明年也没辙啊。”

我却不气馁，又提出了下一个问题：“老太爷，你认识张兴吧？他怎么死的？”

却不想，听到“张兴”这个名字，张振邦浑身竟然一抖。

他慢慢垂下头，目光也从天花板移到了我身上，定定地盯着我，眼神里没有任何情绪，却让我觉得一阵发怵。

但这也说明，他对“张兴”这个名字还是有反应的。

于是，我又重复了一遍之前的问题：“你认识张兴？他怎么死的？”

再次听到这个名字，张振邦浑身又是一抖。

一秒钟之后，他发出“啊”的一声尖叫，竟然从椅子上跳了起来，大声吼道：“是我杀的！张兴这个混账，竟然敢偷李营长的东西，还卖了李营长和谢二蛋！罪该万死！他……我……他……我……杀了他！杀了我！杀了他……”

说这些话时，张振邦开始语无伦次，双手在空中胡乱挥舞，脑子似乎陷入了某种混乱。

“这都什么乱七八糟的……”小田好像有些不烦恼了，高声喝问道，“到底是你杀了他，还是他要杀你？”

张振邦却置若罔闻，继续叫喊着：“他偷李营长东西，他卖了李营长和谢二蛋！他杀了我，我杀了他……”

小田发出一声无可奈何的苦笑，转头对我说：“路记者，你看这架势……”

可话没说完，他就愣住了。

因为他看到了我脸上的表情——那种无比惊喜的表情！

## 14

听到张振邦的回答时，我只觉得一阵狂喜，脑子里也闪过了一系列问题——

“李营长是谁？”

“谢二蛋又是谁？”

“这些有名有姓的人，都是军人？”

“当时，刘汉朝、张振邦怎么会和他们在一起？”

…………

带着这些新的疑问，我又问张振邦道：“老太爷，李营长和谢二蛋是谁？他们都怎么样了？”

出乎所有人意料的是，张振邦这次回答得却很利索。

听到我的提问，原本正在手舞足蹈的他忽然安静下来，耷拉着头垂着手，双眼直直地盯着地板。

一秒钟之后，他猛地一跺脚，叫喊道：“他们都死了！”

而就在喊出这句话的同时，他竟然蹲下身子，哇地哭了出来。

见这个年近九十岁的老人号啕痛哭，我心里有些不忍，但又不得不继续发问："老太爷，你和刘大哥……是怎么认识李营长他们的？"

张振邦似乎已经被带入了回忆，和我的交流也顺畅了很多。就见他抹着眼泪哽咽道："他们……他们要保护'龙骨'，他们……他们……也要保护我们！"

"保护'龙骨'？"我细细咀嚼着这句话，隐隐觉得这背后隐藏着一个巨大的秘密。

沉吟了片刻，我又问道："老太爷，李营长他们是怎么死的？"

听到这个问题，张振邦哭得更厉害了，一双小眼睛里也开始渗出深深的恐惧："他们在秦巴山公路的洞子里，和三卡车鬼子打仗！李营长让我们快逃！然后……然后就……轰！"

"啊！"

说到这里，老人猛地抱住头，浑身剧烈颤抖起来，嘴里却还在继续叫喊："'龙骨'……'龙骨'都捡起来了……'龙骨'……'龙骨'安全了！"

看到张振邦的模样，我突然觉得自己很残忍，于是走过去轻轻拍了拍他，用哄小孩的语气说："好了……好了，'龙骨'安全了，你也安全了，快回去休息吧。"

说着，我转过头，朝小田点点头。

小田立即把张振邦扶了出去。

…………

谢过小田和高所长，我和刘富强并肩走出派出所。

来到刘富强的汽车前，我们各自点燃一支烟。

看到我神情严肃的脸，刘富强吐出一口烟，表情黯然地说："路记者，刚才我听你问他，并没挖到多少有价值的线索……"

说着，他轻轻叹了口气。

我却摇头道："不，刚才的采访很成功。张振邦不仅提供了新的线索，还让我们锁定了和'龙骨'相关的一些关键事件和人物。"

刘富强一脸不解，反问道："采访很成功？没觉得啊。你是说李营长、谢二蛋这些人？我们连他们的全名都不知道……”

闻言，我抬起头，盯着刘富强得意地笑了：“刘馆长，这可就是我的特长了。”

“哦？”刘富强眨巴了一下眼，笑道，“莫非你能找到这些人？”

我摆了摆手：“我们不用找到这些人，只需要弄清他们做了什么，就能还原出整个‘龙骨’事件的过程，说不定还能找到‘龙骨’的下落。”

刘富强若有所思地点点头，随即又一脸迷茫地说：“话是没错，但……我们又怎么知道当年他们做了什么？”

我笑了：“我自有办法。”

“行，我们也别傻站着了，到车上再说吧。”刘富强扔掉烟蒂，打开了车门。

钻进汽车，我掏出手机，给集团资料室的小周发了一条短信：“妹子，请帮忙检索一下历史资料，检索关键词如下——时间：1940 年；地点：秦巴岭到光华山一线；人物：刘汉朝、张振邦、张兴、李营长、马大个儿、谢二蛋、书呆子；名词：公路隧洞。请妹子帮我查一下，看通过这些关键词能找到些什么资料。注意，请重点检索和日本侵略军相关的历史资料。”

对这次检索，我虽然没抱多大希望，但还是相信通过集团强大的媒体电子资料库，能够找到一些和“刘大哥”相关的线索。

很快，小周的回复来了：“路哥，收到。小妹我一定尽力，话说你可要记着我的好啊。”文字的末尾，附了几个“爱心”表情。

盯着那一串爱心表情，我也坏笑着回了一堆爱心。

当这些爱心通过网络传送到小周的手机上时，刘富强也发动了汽车。

“接下来去哪儿？”他问道。

我笑道：“哪儿都行。现在，我们只需要找个地方，安安静静地等一个结果。”

听到我这句话，刘富强愣了一下，随即笑道：“小路很有自信嘛。行，那我们就找个招待所先住下，等你的结果！”

说着，他狠狠踩下了油门……

天快黑的时候，我们在镇上找了一间小客栈，将就着吃了一些东西，然后就窝在房间里喝茶抽烟看电视。

八点一过，我正躺在房间的床上看电视，手机忽然响了。

我浑身一激灵，一把抓起手机。

刘富强也凑了过来。

来电显示上，闪烁着市局户籍信息中心科长周凤阁的名字。

“这个周科长，总算是来电话了。”我嘟囔着，急忙按下接听键，又点开了免提。

周凤阁铿锵的声音传来——

“路记者吗？不好意思啊，今天省厅临时安排了一个协查任务，白天我一直在忙。今天下班后，我才有空帮你查昨天说的那个张兴。

“话说要找这个张兴还真棘手，全省有八百多个同名同姓的。从下班到现在，我查了两个多小时，用信息检索系统帮你进行逐一比对，可愣是没找着。考虑到张兴的年龄，我只能把检索范围延伸到中华人民共和国成立前后，和那时候的户籍资料进行了关联，可算是被我找到了。

“张兴现年八十八岁，原籍秦巴镇好旺水村，二十世纪四十年代初被日军抓了壮丁，后行踪不明，可能是外出逃难去了，1951 年迁居本省苍云县贵福镇光华村。他的户籍并没有注销，看情形应该还健在……”

听周凤阁说到这里，我只觉得脑子“嗡”的一声：“张兴果然还活着！那张振邦为什么要说他死了？难不成他真的老糊涂了？”

这时，周凤阁接下来的一句话，及时解开了我的疑问：“对了，1951 年搬到光华村后，张兴就改了名，现在他叫张振邦！”

## 15

听到周凤阁最后这句话，我不禁一愣，随即苦笑着抱怨起来：“我说凤阁大哥啊，这么重要的信息，你就不能放到前面说吗？”

周凤阁呵呵一笑：“早说晚说不都一样吗？我不都说了？路记者，人可是给你找到了，你欠我的牛肉面可要记得还啊。”

我千恩万谢地挂上电话，抬头看了看刘富强。

就见刘富强紧锁双眉，正一脸不解地盯着我。

“小路啊，我怎么越听越糊涂了。”他嘟囔道，“张振邦怎么就变成张兴了？他不是亲口说张兴死了吗？还是他杀的。这到底是怎么回事？”

我沉吟片刻，用一种不太确定的语气说：“我倒是模模糊糊地猜到了这其中的关联，不过还需要证据支持。”

“你猜到什么了？快说说！”刘富强有点儿着急。

我却摇摇头：“我也只是根据现有的信息做出了一些简单的猜想。但因为没有足够的背景信息，每个猜想都还展不开，更别谈把这些猜想串联起来，还原整个事件经过了。”

刘富强脸上出现了掩饰不住的失望，急促地问道：“这么说来，你也没谱了？”

我笑着不置可否。

刘富强也笑了，语气里却满是郁闷：“话说和调查这样的事情比起来，还是研究古生物化石容易些。古生物留下的所有证据，都明明白白地印在了化石上，只要你用心，把这些证据拼凑起来，就能科学推理和还原出当时这些生物的习性，甚至是那个时候的自然环境……”

我点点头，掏出烟盒，递给刘富强一支烟，自己也点燃了一支，吸了一口之后，接口道：“刘馆长，其实我们记者搞新闻调查，或者警察搞案件调查，和你们生物学家研究古生物化石差不多……只是我们需要的证据更加分散而已。”

“可能是吧，但我也希望鼎鼎大名的路记者能帮我把这些证据找出来。”刘富强半是玩笑半是认真地应了一句，随即抽着烟不言语了。

我急忙宽慰道：“刘馆长，你也别太着急，在‘龙骨’这件事上，至少我们已经有了基本的推理方向，只要有背景信息作为支撑，就可以通过推理，对整个事件做出合情合理的解释。”

刘富强却是一声苦笑：“话是没错，但能找的人我们都找过了，你要的背景信息在哪儿呢？”

闻言，我很自信地笑道："我们集团的同事正在帮我查，说不定就快好了。"

见我一脸自信，刘富强这才稍稍释怀。

可说归说，小周究竟能不能找到我想要的东西，实际上我心里也没底。

在枯燥而略显煎熬的等待中，1 月 31 日就这么悄悄过去了。

2 月 1 日凌晨一点刚过，我被急促的电话铃声吵醒。

睁开惺松的睡眼，我一把抓起电话，发现来电显示是集团资料室的座机号码。

"小周有回信了！"我的精神为之一振，急忙按下了接听键。

小周软绵绵的声音传来："路哥，还没睡吗？"

我坏笑着回答："没呢，妹子，这不等你嘛！"

小周笑骂了一句"讨厌"，随即进入了正题："路哥，我按照你提供的关键词，通过集团自主研发的大数据信息系统进行检索，并关联了省档案馆、省文史研究室和省历史研究会的数字资料库，找到了以下历史记录……"

说着，小周假咳了两声，向我简要介绍了这些历史记录的内容。

听了她的介绍，我深感震惊，同时也隐隐觉得距离"龙骨"的真相又近了一些。

震惊过后，我对小周说："阿妹，你立刻把这些资料的电子版发给我。"

"行。"小周应了一句，语气又不正经起来，"路哥，你看妹妹我大半夜的帮你查资料，你要怎么报答人家嘛？"

闻言，我又坏笑起来："怎么报答？除了以身相许之外都可以……"

"讨厌！"小周娇嗔道。

我没空跟她打情骂俏，于是主动接话道："妹子，要不这样吧，等我做完这个采访，请你好好吃一顿……红烧牛肉面！"

对我这个抠门儿的解决方案，小周竟然笑开了花："好呀，我就喜欢吃牛肉面！那就这么说定了，路哥早点休息哦，老是熬夜老得快……虽然像路哥这样的帅哥，老一点儿有皱纹看起来更帅，但妹妹我还是比较心疼路哥的身体的……"

"这都一点多了，你好意思说我？"我笑道，"行了，我还有事情要忙，你早点儿休息，晚安。”

放下电话，我的表情重新凝重起来。

很快，手机传来了一声信息提示音。

小周把资料发过来了。

我急忙斜靠在窗上，迅速浏览了这些资料。

每份资料上，小周都很贴心地注明了出处、年代，能找到作者的还给作者署了名。

当目光在这些资料上划过，我不禁觉得眼前一亮。

## 16

凌晨三点，我看完小周提供的资料，又综合消化了这两天的各种采访所得，心里渐渐亮堂起来。

八十多年前发生在秦巴岭的“龙骨”事件，由此在我面前逐渐显出真容。

然而，我还是想不明白，当时还叫张兴的张振邦，为什么要说自己死了……

2 月 1 日上午六点三十分，刘富强醒了。

睁开眼，他看到正蜷缩在沙发里的我，不禁吓了一跳。

“小路，你起这么早？哟，房间里怎么这么大烟味？你那眼圈怎么是红的？不会一宿没睡吧……”

刘富强嘟囔着站起来，披了件衣服坐到我身旁。

我举起烟盒，抽出最后两支烟，递给他一支，自己又点燃一支，笑道：“刘馆长，‘龙骨’的来龙去脉，我基本上都弄清楚了。”

刘富强一惊，随即面有喜色：“哦？‘龙骨’到底在哪儿？我爸和张振邦又是怎么……”

见刘富强开始唠叨，我急忙抬起手阻止他继续往下说：“我还有些话想当面再问问张振邦。要不这样吧，等会儿我们再到派出所去一趟，同时让张出吉也好好接受一下教育。”

“张出吉？”刘富强一脸不解地说，“张出吉不是还在医院吗？你难不成要让他到派出所来？”

我摇了摇头：“我只需要他能听到。”

上午九点，我和刘富强再次驾车来到了镇派出所。

面对我们的再次造访，高所长有点儿意外。但听我说明来意之后，他还是很爽快地同意了我们接下来的安排。

随后，高所长根据我的请求，特准我查看了张振邦的随身物品——一个装着 108 元钱的旧钱包和一部老年手机。同时，他又派小田到派出所审问室，把一部手机安装在三脚架上，又接上了麦克风，做成了一个临时的固定摄影机位。

令我惊喜的是，在张振邦的手机上，除了存有儿子张出吉的电话，还存了另外一个陌生的座机号码。

看到这个号码，我突然觉得豁然开朗。

九点二十七分，准备工作就绪。

我和刘富强来到审问室。

几分钟后，张振邦也被小田领了进来。

和昨天一样，老人一进来就蜷缩进椅子里，盯着地面沉默不语。

见张振邦进来，刘富强对我说：“可以开始了。”

我点点头，却又转头让小田接通摄像头。

随着网络信号接通，作为固定摄影机位的手机上，出现了张出吉的脸。

看到自己父亲和我们一起待在派出所，张出吉一脸惊诧：“路主编，今天你让我上线，就是要我看你们怎么审我爹？”

我卖了一个关子：“张村长你别误会，等一会儿你就知道了。”

言罢，我转头面向张振邦，掏出了手机，又点开之前小周发给我的资料，高声说道——

“张村长、老太爷，今天，我想请你们父子一起来听听‘龙骨’的真相。

“经过连续两天的采访调查，我们已经基本掌握了‘龙骨’事件的来龙去脉，但要真正揭开‘龙骨’的秘密，还要请二位特别是张老太爷帮忙！

“下面，我想先给大伙念一念我手里的这三份材料。它们都是有依据的历史文献。相信等会儿听了我说的，大伙对于‘龙骨’事件的脉络就会了然于心了。”

说到这里，我咳嗽了两声，抓着手机开始念诵材料——

“第一份资料是一部回忆录的节选，叫作《来自群山的忏悔——一名日本侵华老兵的战争笔录》。

节选部分如下：‘昭和十五年，我所在联队接到命令，前往双河省秦巴岭的茂密山林之中，清剿一小队深入我军占领区的中国士兵。当时，我们都觉得好奇，为什么对付这么一小队中国士兵，竟然要动用整个联队？一直到出发，牛岛满联队长才告诉我们，皇军在双河省占领区找到了一件旷世奇宝，准备把这件宝物护送回日本，作为献给天皇的礼物。但在我军护送队护送宝物途经秦巴岭时，却突然被这些中国士兵伏击，护送队全员玉碎，宝物也被中国兵抢走。这次派遣我们出击，就是要夺回宝物。听到是要夺回献给天皇的宝物，新兵们都很激动。可是，当时我得了疟疾，因此没能跟随战友们一起出击。我做梦也没想到的是，就是因为这次疟疾，竟然救了我一命——那场战斗中，在进攻中国士兵坚守的一个公路隧洞时，我所在的中队全员玉碎。如果当时我也参加了战斗，恐怕也已经和战友们一起战死了。’

第二份资料也是节选，节选自《秦巴地方史》的现代史部分。

节选如下：‘在这里，我们有必要严正澄清一下，关于秦巴岭“神龙天降”的无稽之谈。据反动派报纸报道，1930年，秦巴岭山区出现雷雨，天空中出现了一条“大龙”坠入林区，并在天然林区横冲直撞，留下了一大片草木不生的拖曳痕迹……1940年，日本侵略者进攻双河，当地伪政权又在林区一处断崖下发现了一种巨大的生物骨骼。“秦巴岭出现神龙并留下龙骨”的迷信传说由此甚嚣尘上。在这里，我们要纠正部分干部群众中存在的对这种迷信观点的错误认知。经科学工作者分析，1930年所谓的“天降大龙”事件，不过是朴实的群众将天上的闪电误认为“大龙”，而持续的雷电暴雨，又在林区引发了泥石流，冲毁了部分森林，这就留下了所谓的“大龙爬行痕迹”。至于1940年当地发现所谓的“龙骨”，则更是科学知识不足所引发的笑话。据考证，那些“龙骨”极有可能是一种远古爬行

动物留下的化石，世界生物学界称之为“恐龙”……’

第三份资料是一份名单，摘自《陕双鄂游击区漫记》。

节选如下：‘1940 年，为了遏制日寇对陪都重庆的威胁，游击区在延安指挥下，不断派出游击分队对敌进行袭扰，涌现出一大批英雄模范……1940 年 8 月，独立 8 营营长李国柱、排长马东强带领两名战士，潜入双河省秦巴岭敌占区，在敌主要交通线——秦巴公路沿线开展游击。8 月 19 日，恼羞成怒的敌人调集日军一个联队及伪军三个营包围了该区域，我 4 名指战员依托当地茂密山林和一处公路隧洞，与数十倍于己的日伪军发生激战，全部壮烈牺牲，此战毙敌上百，并解救了两名被日军挟持的群众脱险，可谓悲壮绝伦。’”

…………

在我念诵的十多分钟里，审问室里异常安静，每个人——不管是通过手机视频聊天的张出吉，还是抱着双腿蜷缩着身子的张振邦，都在屏息凝神地倾听。

念诵完毕，口干舌燥的我放下手机，突然惊喜地发现，张振邦正目不转睛地盯着我。

在他那张饱经沧桑的脸上，竟然奔流着两行热泪。

“看来，关于‘龙骨’的记忆，在老人家心里还是很清晰的。”我暗自念叨着，又假咳了两声，面向众人开始说明——

“大伙应该都听明白了，‘龙骨’事件的前因后果是这样的——1940 年，占领了双河省东部的日本侵略军，偶然在秦巴岭发现了一种巨大生物的骨骼，当时被人称作‘龙骨’。不用说大家都能猜到，他们找到的应该是某种恐龙化石……

“1940 年 8 月，侵略者决定把这些化石偷运出我国，送到日本本土，作为献给天皇的贺礼。因此，在双河的日本占领军派出一支护送队，准备翻越秦巴岭进入湖北，再走水路前往上海。却不想，就在护送队翻越秦巴岭时，突然遭遇了一小队中国士兵的伏击。

“这些中国兵来自八路军陕双鄂游击区，一共有 4 名指战员。如今留下了名字的，只有独立 8 营营长李国柱和排长马东强。两名战士的姓名已不可考，我们只知道他们的外号：一个叫‘谢二蛋’，一个叫‘书呆子’。”

说到这里，我转头瞄了张振邦一眼。

老人竟已经泪流满面。

## 17

我轻轻叹了一口气，继续说道：“今天的我们并不知道当时李营长他们是怎么发现‘龙骨’的。但可以确定的是，在发现‘龙骨’之后，他们知道这是无价之宝，而且是我们中国的国宝！他们决定保卫国宝，就算牺牲性命也在所不惜！于是，他们开始保护着‘龙骨’，朝根据地方向边打边撤。

“1940 年 8 月 19 日，日军调集重兵从四面八方围了上来，把李营长他们包围在秦巴岭公路的一处隧洞里。我们同样不知道，在这场战斗打响时，他们 4 个是怎么想的。但我们知道的是，面对数十倍于己的敌人，他们是怎样战斗的——在毙伤上百名日伪军后，李营长他们在隧洞里引爆了炸药，和涌入隧洞的敌人同归于尽！”

说到这里，我再次停下，慢慢转过身，盯着张振邦，轻柔而又肃穆地说：“这，就是‘龙骨’事件的经过。但到目前为止，我还有几个细节没搞清楚……”

似乎察觉到了我的目光，老人慢慢抬起头，混合着眼泪和鼻涕的脸上，显现出一种极其罕见的平静而神圣的表情。

看到张振邦的表情，我心里忽然一阵隐痛，似乎在为勾起老人心底的伤心事而自责。

但我又不得不继续：“至今我还没想明白的是，刘老教授和张老太爷是怎么卷进这场战斗的。在李营长他们牺牲后，是不是这两位老人偷偷把‘龙骨’运出了战场？如果是，他们又把‘龙骨’藏在了哪里？是光华山吗？如果是，具体位置又在哪里？还有……”

说到这里，我深吸了一口气，好像是在给自己鼓劲儿：“还有，这件事之后，张老太爷为什么要改名，而且在光华村定居下来？莫非就是为了要守护‘龙骨’？他又为什么要说是自己杀死了张兴？他要杀死自己吗？如果‘龙骨’就埋在光华山，刘老教授在成为全国著名的生物学家之后，为什么没有取出‘龙骨’进行研究，而是任由‘龙骨’在光华山埋藏了几十年？对舍命保卫‘龙骨’的烈士们而言，这样做合适吗？”

一口气抛出这些问题，我的双眼仍然紧紧注视着张振邦，轻轻叹了口气：“如果张老太爷没有得老年痴呆症，我觉得这些都不是问题……”

说着，我忽然迈开大步，来到张振邦面前，用双手轻轻扶着老人单薄的肩膀，轻声问道：“你和刘老教授就是那两名被解救的群众，对吗？你们都是秦巴岭人，鬼子把你们抓起来，也许是要你们当壮丁运送‘龙骨’，也许是要你们当向导，对吗？”

张振邦痴痴地盯着我，紧绷的双唇动了动，似乎想说什么。

这时，身旁传来一声颤抖的回答：“他们是壮丁，是被抓起来运送‘龙骨’的壮丁！”

我转过头，就见刘富强双眼通红，正用一种无比坚定的眼神注视着我。

迎着那眼神，我使劲点了点头：“刘馆长提醒得对。刘老教授的确当过壮丁……我怎么把这茬给忘了。他们很可能是被鬼子抓去运送‘龙骨’，结果半道上遇到八路军伏击，被李营长他们救了下来。”

说完，我又转头盯着张振邦：“老太爷，你们到底把‘龙骨’藏在哪儿了？请你告诉我！”

听到我的话，张振邦的眼神已经不像往常那样呆滞，甚至还有一种熠熠的神采。

但他还是沉默不语。

见状，我有些气馁：“也许他心里知道，但被老年痴呆症侵袭的大脑，却让他不知道该怎么说出来……”

想到这里，我决定再试一试：“张老太爷，你不说，‘龙骨’就会永远埋在大山里，不能给科学家研究，不能给国家做贡献。要是哪天光华山被开发了，或者又像三年前那样发生泥石流，万一‘龙骨’要是被毁了，李营长、马大个儿、书呆子和谢二蛋他们……岂不白白牺牲了？”

在说出这四个名字时，我有意加重了语气。

再一次听到这些名字，张振邦瘦小的身体不自觉地一颤。

他那双盈满泪水的小眼睛，猛地放出一道光芒。

那光芒越过我的身体，越过整个房间，就像投向了久远的过去……

就在这时，张振邦抱住了头，枯瘦如柴的双手上暴起条条青筋，全身也开始剧烈颤抖，整个人好像陷入了某种极大的痛苦。

而这种痛苦，属于过去。

约莫一分钟后，老人渐渐停止了颤抖。

张振邦重新抬起了头。

而就在他的脸再一次进入视线时，在场所有人都呆住了。

因为那张脸上的神情，已经没有了那种阿尔茨海默症患者特有的呆滞。

相反，这张脸上正洋溢着一种神圣肃穆的表情。

带着这样一种表情，张振邦重新站了起来，而且第一次将那瘦削的身体站得笔直。

随后，他张开嘴，用一种我们从来没听到过的严肃语气，说出了下面这些话——

“我……本来是一个贼。

“鬼子进村之前，我是秦巴岭镇上的一个小混混儿，是一个偷鸡摸狗的贼。我偷乡亲家里的粮食，偷地主院子里的鸡，我还爱赌钱、爱搞女人……

“民国二十九年农历三月，鬼子打到了秦巴岭。镇上年轻力壮的男人，要么被杀，要么就被抓去做了苦力，给鬼子修炮楼、修工事。我也被他们抓住，弄到镇上修炮楼。当年秦巴岭山高坡陡，不通公路，我们只能肩挑背扛，一寸一寸地把石料从山里背到镇上。才一个多月，就累死了好几个人。

“那年六月间，我们听说日本人在秦巴岭断魂崖下挖出了‘龙骨’。镇上不少人都在议论，说‘龙骨’都叫人家挖出来了，我们要亡国灭种了！当时，我并不相信什么‘龙骨’。我只想着怎么逃出去，找个女人躲进山里，再开几亩荒地，安安稳稳地过一辈子。

“没想到，没过多久，鬼子把修炮楼的壮丁召集起来，说要挑选几个年轻力壮的，运送给天皇的贺礼。他们还说，只要把贺礼送到陕西，就放这些人回家，每个人还发三块银圆当路费。当时我就乐坏了，自告奋勇报了名。可一回头，发现除了我之外，其他人一个都没动。鬼子军官一看火了，用东洋刀指着那些人，硬挑了七个人出来，勉强凑够了数。当时我就觉着，既然能回家还有钱拿，这些人怎么都不愿参加，这不是傻吗？

“同一天，鬼子天皇的贺礼运到了炮楼。贺礼装在一个红漆箱子里，也不知究竟是什么。我们八个人分成两组，轮流抬着箱子朝前走。不抬箱子的时候，我们就被捆上手，被二十多个鬼子押解着，沿着山路出了秦巴岭镇，朝东北面的陕西走。一连三天，除了觉得累，一路上倒也风平浪静。我们八个挑夫很快也混熟了。就是在这时，我认识了老刘。他从小就父母双亡，却不知跟谁学会了认字，在炮楼里甚至还学会了几句日本话。我见他老实斯文，就跟他走得比较近，一路上还经常偷些果子和野鸡蛋给他吃。

“七月初一，我们来到秦巴岭和光华山交界的黑风垭子。那里全是参天的古树，还有一人多高的荆棘草，穿山的小路又细又窄，在黑黢黢的山林里都不怎么能看得清。见这地方瘆人得很，押运的鬼子军官拼了命地催着我们往前走。当时，我觉得树林里不对劲儿，因为平时在这里打猎的时候，远远地就能听见各种鸟雀的叫声。可那天……树林里安静得瘆人！果不其然，就在人马眼看着就要穿出黑风垭子的时候，山阴面黑黢黢的树林里，突然传来了一声大喝，说的还是中国话……”

说到这里，张振邦停了下来，一对小眼珠闪烁出盈盈的光，好像自己就置身在当年的现场——

“我听到，那声大喝喊的是‘老乡，快趴下’！”

## 18

说到这里，张振邦的声音开始微微颤抖，也不知道是害怕还是激动。

他用颤抖的声音继续说道：“话音未落，我们就听到周围‘砰砰砰’一阵枪响。站在两边的日本鬼子一眨眼的工夫就倒下了一大片。刘汉朝站在我面前，当时就被吓愣了。我反应快，一把拉住他趴到了地上。我俩抱着头，躲在那个红漆箱子后面，只听到周围一片枪响，有王八盒子和三八大盖‘砰砰砰’的点射，有歪把子‘嗒嗒嗒’的扫射，还有手榴弹‘轰轰轰’的爆炸声……吓得我们魂飞魄散。

“约莫半刻钟，我们身边小日本的枪声渐渐变得稀稀拉拉的，好像鬼子兵就快死光了。后面的鬼子军官急了，拔出东洋刀哇啦哇啦地嚷嚷，也不知在说些什么。这时，刘汉朝忽然对我说‘快装死，鬼子要把我们都杀啦’！我赶忙和他一起面朝下趴在地上装死。我们刚趴下，就听到后面的挑夫传来一阵惨叫，好像是鬼子军官亲自动了手，用手枪和东洋刀杀了他们，吓得我们动也不敢动。

“又过了一会儿，枪声停了，惨叫声也没了。不一会儿，我们听到身旁传来了一阵脚步声，很轻，不像是鬼子硬头靴子的声响。当时我心里怕啊，就怕自己后脑勺上随时可能挨一枪子，或者被东洋刀一划，脑袋就和身子分家了……可等了好一会儿，脚步声越来越近，我脑袋却还在身子上。直到那脚步声来到我身边，又有一只手在我身上轻轻拍了拍，耳边还响起一句中国话‘老乡，没事了，快起来吧’！

“我抬起头，看见一个相貌堂堂的军官，正一手提着驳壳枪，一手准备把我拉起来。他身边，还站着三个兵，都是穿灰军服的中国兵。他们正端着枪，一个一个地检查地上的死人。我害怕极了，因为从小到大，我见过的中国兵都是不把穷人当人看的。我急忙趴在地上点头作揖，求军爷别杀我们……”

说着，张振邦双手合十，开始一个劲儿地对着空气点头哈腰。

“这时，我听到身旁的老刘问‘你们是八路’？那军官直起身子，笑道‘对，我们是八路军破袭队’。听到这话，老刘喊了一句‘有救了’，噌地站了起来，还冲我嚷嚷‘他们是八路，我们死不了了’。当时我心里还嘀咕，心说八路也好，九路也罢，不都是端枪的兵嘛，不都要抢钱抢女人抓壮丁？却不想，军官见我没动，伸手把我给扶了起来，很和善地说‘老乡，别怕，我们八路是人民的子弟兵，是站在你们这边的’。直到这时，我才敢正眼看他，就见这男人三十七八岁，浓眉大眼，相貌堂堂。他旁边站着个大个子，手里端着歪把子机枪，正威风凛凛地盯着周围。几丈开外，还有两个小兵在逐个检查鬼子的尸体，一个皮肤很黑，一看就是农村娃，另一个戴着眼镜，生得白白嫩嫩的。他们身上都穿着青灰色的军服，脚上扎着绑腿，胸口和膀子上还贴了一块小方布，上面写着两个字——当时我不认识字，就记得有一个字是一撇一捺……”

说着，张振邦还搔了搔头，笑道：“一直到后来进了扫盲班，我才知道这个字是‘八’——八路军的‘八’。”

听他说到这里，我下意识地看了看他身上的青色粗布衣服和脚上的绑腿，忽然明白了什么。

张振邦继续说道：“当时，我还是有点儿害怕。可老刘却一点儿也没有害怕的意思。那个军官也很和善，问老刘是哪里人，被日本人抓来做什么……老刘都一一说了实话，简直把心窝子里的话都掏出来了。说着说着，他提到了红漆木箱，提到了给日本天皇的贺礼，那个军官的脸色就变了。当时我就慌了，完了完了，这小子怎么不长个心眼儿呢？知道了箱子里有宝贝，那当兵的还能放过咱们吗？就算不杀咱们，也得让我们继续当苦力，给他们把东西运出大山……”

“果不其然，听说红漆箱子里有给鬼子天皇的贺礼，军官立马和大个子机枪手一起打开了箱盖，就见里面放了一件东西，是被镶金的红布层层包裹起来的，看上去跟一个人差不多大小，也不知道究竟是什么。军官让我们帮忙，把那东西搬到了地上，又让大个子把包裹拆开。大个子提着刺刀，三两下就划开了那层布。直到这个时候，我们才知道鬼子给天皇的贺礼究竟是什么……”

说着，张振邦眼神灼灼，语气也开始炽热：“我们看到，献给天皇的贺礼，竟然是一截脊梁骨！那骨头有男人的腰粗，比我的个头儿还大！也不知道究竟是什么野物的骨头，虽然只有四个骨节，却能有一个人这么大……当时我们几个全傻了，心说‘鬼子莫不是疯了，竟然给自己家天皇送骨头，难不成他们家天皇是狗’？那军官倒也冷静，摸了摸那截骨头，就开始纳闷儿，说‘奇了怪了，这东西看着像骨头，可摸上去却怎么又像石头’？这时，老刘沉吟了一阵，忽然喊了一句——‘那东西是龙骨’！”

喊出这句话，张振邦突然停了下来，双眼愣愣地盯着空气，就像“龙骨”近在眼前。

听到这句话，我转头看了看刘富强。

就见他面色凝重，默默低下头掏出手机，又在屏幕上快速滑动起来。

片刻后，他找到了一张照片，把手机递到张振邦面前，问：“‘龙骨’是不是这样？”

张振邦只看了一眼，表情立即激动起来，一双小眼睛里溢出了两行泪水。

他声嘶力竭地叫喊道：“龙骨！龙骨！”

看到他的反应，刘富强恍然大悟，收好手机对我说：“看来，他们当时找到的‘龙骨’，很可能是梁龙或与之相近的巨型蜥脚类恐龙的脊椎骨化石。”

我若有所思地转过头，轻轻扶起老泪纵横的张振邦，轻声说：“老太爷，‘龙骨’后来怎么样了？”

老人抹了一把泪，用颤抖的声音说：“听老刘说这是‘龙骨’，军官和大个子觉得稀奇，围过来问老刘‘老乡，‘龙骨’是什么东西’？老刘回答说，‘龙骨不是东西！哦，不，‘龙骨’是中国龙的脊梁骨，是神物，是国宝，只要有它在，咱们中国就不会亡国灭种’！军官一听乐了，说‘这世上哪有什么神龙？就跟没有神仙和救世主一样’。大个子机枪手更是一声冷哼，说‘没有这把老骨头，中国也不会亡国灭种’。

“见当兵的都不相信，老刘急了，嚷嚷起来‘前些日子，我们就听说小鬼子在秦巴岭挖到了‘龙骨’，乡亲们都在传，说‘龙骨’都被日本人弄到手了，咱们一定会亡国灭种！老刘还说，‘如果“龙骨”不是宝贝，为啥小日本还要把它送给天皇当贺礼’？

“听到这话，军官和大个子机枪手好像觉得有些道理，于是都不言语了。这时，另外两个小兵跑了过来，对军官敬了个礼，说‘报告营长，都检查过了，鬼子没活口。别的老乡也都被鬼子害了。’

“大个子机枪手对军官说，‘老李，咱们劫了天皇的贺礼，小鬼子绝不会善罢甘休，咱们还是快撤吧’。那个姓李的营长点点头，但又一脸犹豫地看着‘龙骨’。见状，大个子又问道，‘这东西怎么办’？李营长看了看‘龙骨’，又看了看身旁的几个人，皱着眉不说话了。”

说到这里，张振邦停了下来，抬眼凝望着我们身后，那眼神就像穿越了记忆里的漫长岁月。

半晌，他一字一顿地说：“李营长想了好一会儿，才下了一道命令：既然‘龙骨’是我们的国宝，那就不能让给敌人！一起转移！”

## 19

2月1日上午十点零八分，贵福镇派出所审问室，一阵短暂的沉默之后，张振邦开始继续回忆。

接下来的一个多小时，发生在大半个世纪前的“龙骨”事件，以及参与这起事件的人们的命运，一点点在我和刘富强面前被还原——

1940年8月14日，也就是张振邦和刘汉朝见到八路军小分队那天，一行人按照李营长的命令，开始掩护“龙骨”转移。

在离开相遇的战场时，张振邦见几个战士在鬼子尸体上搜集弹药和粮食，于是也跑到一个鬼子军官的尸体旁，想要顺手捡些战利品。见状，大个子机枪手又是一冷哼，怒斥张振邦是“落后分子”，张振邦却不以为然，说“你们能捡枪弹，凭什么我不能捡富贵”。

李营长并没有制止，而是命令大家快速打扫战场，尽快离开。

当天晌午，一行人重新钻进茂密的丛林，朝东北方向缓慢移动。

按照李营长的计划，一行人将护送“龙骨”越过秦巴岭北麓，进入陕双鄂游击区的核心根据地，把这件“国宝”交给上级。

因为别的壮丁都被日军杀害，因此李营长让战士放弃箱子，用红布重新包好“龙骨”，和张刘二人一起轮流搬运。李营长自己也排了号，轮到他时，他也会和其他人一样，抬着“龙骨”跋山涉水。

接下来几天，一行人就这样在秦巴岭的连绵群山中负重前行，一点点靠近位于秦巴岭以北的游击区。

其间，刘汉朝和当时还叫张兴的张振邦，很快就和李营长他们混熟了。

李营长全名叫李国柱，三十八岁，江西兴国人，是游击区独立8营营长。

几个人里，他资格最老，很早以前就参加了红军。

大个子机枪手名叫马东强，三十二岁，双河人，是8营4连1排排长。别看他凶巴巴的，但战士们很爱跟他开玩笑，还管叫他马大个儿。

至于那两个史料上没有留下名字的小战士，张振邦竟然记得他们的名字。

戴眼镜的名叫胡星，十九岁，曾是西安城里的少爷，后来西安沦陷，他便投了军。因为戴着眼镜又喜欢看书，他被战友们称作“书呆子”。叫虽这么叫，但大伙对他却很关照，不仅经常把难得的鸡蛋让给他，还会把在敌占区缴获的书送给他，甚至还经常请他帮忙给家里写信，简直就像农村里教书先生的待遇。

那个生了一张黑脸的小兵叫谢财高，18岁，山西人，穷苦农民出身。日本鬼子占领山西的时候，他们家被洗劫了两次，第一次是阎锡山的晋绥军败退时，败兵把家里的口粮抢了个精光；第二次是日军进村时，村里的男人被杀了精光，女的从十几岁到四五十岁，都叫日本鬼子给祸害了。他爹被杀了，娘和两个姐姐受不过，都上了吊。从此，谢财高一心只想报仇，听说八路军是真抗日，于是就一路要饭到根据地参了军。因为心里全是国仇家恨，这小子打仗特别狠，但对书呆子却很恭敬。有一次，他立了功，首长奖给他两个鸡蛋，他全都给了书呆子，可书呆子说什么也不要。两人你推我让，书呆子急了，就把鸡蛋塞进了他的裤裆。谢财高还想再塞回去，却不想一个没站稳，一个狗啃泥摔到地上，两个鸡蛋全碎了，气得他号啕大哭起来，也惹得战友们哄堂大笑。从此，他便有了“谢二蛋”的外号……

这次，李营长他们一行人到秦巴岭以南游击，本是奉命对连接秦巴岭和省城的日军公路交通线进行袭扰。像这样的任务，每隔一段时间李营长就会带领几个战士出来执行一次。

这次他们刚进入秦巴岭南麓，就碰到了小日本运送“龙骨”的运输队，于是顺手发动了伏击，却不想竟捡到了“国宝”。

听了刘汉朝的介绍，李营长又看了看日军押送“龙骨”的阵势，也意识到“龙骨”非同小可，于是决定指挥小分队把“龙骨”转移到游击区指挥部。

一路上，小分队对张、刘二人很是照顾。李营长甚至还把唯一的一块马肉让给了两人吃。

因为刘汉朝也识字，所以很快就和书呆子混成了朋友。在搬运“龙骨”的间隙，他们经常坐在一起，一起看书呆子随身带的一本古书，聊一些张振邦听不懂的话，聊一些张振邦不认识的人。

很久以后，张振邦也识了字，才知道他们当时看的书叫《史记》，他们聊的都是老祖宗的故事。

一天夜里，小分队在树林里宿营。张振邦听到书呆子对刘汉朝说：“老刘，你这名字起得真好——‘汉朝’，那可是咱们中国最强的时候。”

刘汉朝腼腆地笑道：“这名是镇里收养我的私塾先生起的。他说，给我起这个名字，是要我别忘了中国也有强盛的时候，而且强了很多很多年！他觉得，以后咱们还能这么强！”

书呆子很认真地点头，笑道：“这位先生还真有学问。”

刘汉朝神色黯然：“他是很有学问，可再有学问也抵不过鬼子的枪炮。去年，鬼子打进了镇上，要拆了镇上的古庙和戏台去修炮楼。先生听说后，觉得鬼子是有意要拆这些有年头的东西，好让我们忘本，于是就去找鬼子评理，结果……他被鬼子砍断了手脚，绑在柱子上示众了三天三夜，一直到断气。鬼子还说，这就是反抗皇军的下场……”

闻言，书呆子沉默了，一旁的谢二蛋却插话道：“那先生真是好样的，就跟我爸一样！当时鬼子进我们村时，我躲进了草垛子，看到我爸被捆了起来，鬼子就在他面前糟蹋了我妈和两个姐姐，我当时吓哭了，我爸却一直在骂，直到被鬼子用东洋刀开膛破肚，他还在骂！”

说着，谢二蛋的眼睛开始散发出一种令人恐惧的光。他自言自语道：“我要杀光小鬼子，杀光汉奸，给我家里人报仇！”

这时，一只大手突然放在了他肩上。

谢二蛋一回头，就见李国柱正严肃地看着他。

盯着谢二蛋看了好一会儿，李国柱才说道：“没错，我们现在扛枪打仗，是为了保家卫国，替那位先生和那些死去的同胞报仇。但你们几个都还年轻，等我们打败了小鬼子，你们就要放下枪，去给我老老实实念书！你们给我记住，只有识了字、学习了文化，才能建设国家！要知道，手里有枪能保卫国家，但只有肚子里有墨水，才能让咱们国家变强，强到让别人不敢欺负。我们的后人才永远也不会再经历我们经历过的那些事！”

说这话时，李国柱平静的脸上，看不到任何情绪波动。但他的话却像一声声雷霆，充满了一种无法抗拒的力量，震撼着每一个人的心。

说完，李国柱重新坐了下来，缓和了一下语气，又说道：“之前，游击区首长给我们营争取了三个上夜校的名额。等这次执行完任务回去，我就推荐你们到军分区的夜校去识字。特别是你——谢二蛋，等仗打完了，你小子要还是不会写自个儿名字，我就把你调到炊事班，天天切菜和面！”

闻言，刚才还狠得像一匹狼的谢二蛋立马蔫了，讨饶道：“营长，可别啊。你让我去炊事班，还不如让我光荣了呢！”

李营长立即训斥道：“臭小子，瞎说什么呢！”

说着，他一拳捶在谢二蛋身上。

谢二蛋揉了揉身上，傻笑起来。

一直闷声不语的马大个儿，这时也开口了：“营长，听说你念过苏联的高级学堂？”

李国柱点点头：“刚提干那年，因为我文化底子好，组织上安排我到莫斯科念过一年大学。”

书呆子一听，立马惊呼起来：“营长，你念过莫斯科的大学？乖乖，莫斯科的大学什么样？”

李国柱笑了笑，下意识地看了看自己手腕上的表，只说了两个字：“很好。”

马大个儿也笑着插话道：“书呆子，你小子也有文化，等打完仗，你样有机会上大学！说不定能像营长一样，变成文化尖子，还能领到洋表！”

闻言，在场所有人的目光都聚集到李国柱的右手腕上。

在他的右手腕上，一块银色的苏联手表正在篝火旁泛着银光。

被众人这么看着，李国柱有些不好意思，索性把手表摘了下来，递给众人：“喏，要看就看吧，有什么好稀奇的。”

在一阵惊叹声中，手表在几个人手里传了一圈，又回到了李国柱手上。

很快，除了站岗的马大个儿，其他人都早早睡下了。

张振邦却怎么也睡不着。

因为他一闭上眼，就看到那只银色的外国手表，在闪烁着诱人的光……

## 20

听到这里，我回想起张振邦之前说过的一句话，忽然察觉到即将会发生什么。

果然，张振邦接下来的回忆，印证了我的预感——

接下来几天，一行人朝夕相处，对彼此的了解日益加深。

几天下来，战士们也察觉到张振邦爱贪小便宜，而且手脚不太干净。

但他毕竟是群众，因此战士们还是很照顾他。

其间，小分队几次碰到前来围追堵截的大队日军。见敌人如此兴师动众，一行人也更加明白了“龙骨”的重要性。

于是，李营长下令，小分队开始火速前进，一定要抢在尾随而来的日军之前翻越秦巴岭。

1940 年 8 月 19 日，小分队来到了秦巴岭主峰下。

沿着盘旋而上的公路，越过一道雄奇的隘口，就进入了陕西地界。再往前走一百多华里[1]，就是游击区的核心根据地了。

这天上午，为了翻越海拔两千多米的主峰隘口，小分队开始准备粮食和饮水。

李国柱和马大个儿负责取水。他们穿过密林，来到山脊下一条山涧，把牛皮水囊按进小溪，开始取水。

而在取水前，李国柱特意把手表摘了下来，放在了身旁的石头上。

一刻钟后，两人灌满了四个水囊，正准备返回，李国柱忽然发现：自己的手表不见了。

---

[1] 华里：长度单位，1 华里 =0.5 公里。

两人找了一圈也没找到，只得先回来和其他人会合。

回到集合点发现，谢二蛋、刘汉朝和书呆子都在，却唯独少了张振邦。

李国柱立即发问：“张兴呢？”

刘汉朝一愣，应道：“他不是帮你们取水去了吗？”

闻言，马大个儿立马察觉到了什么：“那个落后分子，一定是偷了营长的表跑了！”

此话一出，包括刘汉朝在内的所有人，都意识到这个推测很可能就是事实。

马大个儿又问：“他应该还没跑远，追还是不追？”

李国柱没有立即回答，而是看了看身旁的“龙骨”，好像陷入了某种抉择。

见李国柱不说话，刘汉朝急了：“营长，求你们救救张兴！山下面全是日本鬼子，他又是搬运‘龙骨’的壮丁，万一落到敌人手里，他能有好果子吃吗！”

听到刘汉朝的央求，李国柱就像下定了什么决心，斩钉截铁地说：“敌人大队就在后面，张兴一个人逃回去凶多吉少！谢二蛋！”

谢二蛋立即应道：“有！”

李国柱立即下达命令：“你沿上山小路搜索前进，发现张兴就把他送回来！注意，一旦发现敌人就撤！记住，不要和敌人交火，立即撤回来！”

“是！”

谢二蛋敬了个礼，转身沿着小路飞奔而去。

谁也没有想到，谢二蛋这一走，就成了诀别。

一个多小时后，一路急行的谢二蛋，终于在一条山坳里找到了张振邦。

看到谢二蛋，张振邦自知偷表的事情瞒不住了，于是发了疯一样朝山下跑。

两人一前一后在山路上疯狂追逐着。张振邦一边跑还一边嚷嚷“你别追了，大不了我们一起下山，卖洋表的钱一人一半”……

却不想，就在谢二蛋即将追上张振邦的时候，茂密的丛林里突然传来一阵枪响……

“砰砰砰——”

枪声毫无征兆地响起，打得林间的灌木枝叶和山花一阵乱飞。

“啊——”

谢二蛋发出一声呻吟，一个踉跄，扑到了张振邦面前。

而就在他倒地的同时，还不忘一把将张振邦也拉倒在地。

“卧倒！”他朝张振邦一声低吼。

这时，惊恐的张振邦才看到，谢二蛋左腿上已经中了一枪，鲜血正从枪眼里往外喷。

而在他们面前，成百上千的日本兵，已经端着枪从四面八方围了过来。

看着眼前密密麻麻的敌人，谢二蛋并不慌乱，相反嘴角还溢出了一丝不易察觉的微笑。

他一把拉过张振邦，急声说：“张大哥，你快回山上去，营长他们还在等你！记住，上山不要走小路，要从旁边的树丛里穿过去！”

说着，他猛地一推张振邦：“趁他们还没合围，走！”

看到谢二蛋决绝的眼神，张振邦猛地愣住了，就像有什么东西突然揪住了他的心。

他迟疑了一下，颤抖着问：“二蛋兄弟……你不一起走？”

谢二蛋头也不回地说：“我腿伤了，怎么走？你快撤，我来挡住他们一会儿。”

“不！”张振邦突然双膝一软，跪到了地上，“二蛋兄弟……都是我连累了你，我背你！我们一起走！”

谢二蛋转过头，狠狠瞪着他说：“你知道连累了我还不快走！”

说完，他再次转过头，从腰间取出唯一一颗手榴弹，慢慢放到身旁，又稳稳地端起步枪，不说话了。

盯着那个决绝的背影，张振邦动了动嘴唇，却一个字也没说出来。

他又看了谢二蛋一眼，最终转过身，快速钻进了小路旁的灌木丛。

在灌木丛里跑出几百米之后，张振邦忽然听到了一声清脆的枪响。

谢二蛋开火了！

随后，一阵密集的枪声响起，就像是疯狂的暴风雨，在敲打一艘即将破碎的小船。

张振邦不敢停下，不敢回头，甚至不敢想象，他害怕自己被追上，也害怕看到谢二蛋的结局。

他并没看到谢二蛋的结局，但最终却听到了。

密集的枪声持续了大约有十分钟，随后就渐渐稀落下去。

张振邦一边疯狂地朝山上跑，一边开始胡思乱想：谢二蛋可能已经死了，又或者已经受了重伤，日本兵正渐渐把他包围，可能还有汉奸翻译官在喊话，让他投降……

这时，他身后突然传来一声爆炸的轰鸣。

那轰鸣雄浑而铿锵，就像在盛夏的骄阳下腾空而起的巨龙的怒吼，让巍峨群山都为之震颤。

听到这声巨响，张振邦想起了谢二蛋放在自己身旁的手榴弹。

他只觉得眼前一热。

他抬手抹了抹脸，发现自己竟然流泪了。

在这样一个瞬间，张振邦觉得自己死了。

那个曾经只知道偷鸡摸狗、不知廉耻的自己，死了！

## 21

说到这里，张振邦发出“嗷”的一声呻吟，双手贴着胸口紧紧握成拳头，身子一弓，弯成了一个“7”字。

见状，我心里很是紧张，生怕老人承受不住这样强烈的情绪波动，急忙叫小田暂停，快步走过去准备扶张振邦。

然而，张振邦却又仰起头来，朝我们摇了摇头，说道：“让我把他们的故事讲完……”

说着，他抹了一把脸上纵横的老泪，继续回忆起来——

谢二蛋牺牲后，张振邦一刻不敢停留，发疯一样拨开浓密的灌木和荆棘，一路朝山上奔去。

一个多小时后，他终于回到了之前小分队的会合点。

看到李国柱、马大个儿、书呆子和刘汉朝都在原地等他，张振邦用最后的力气冲出树丛，奔到众人面前，喊了声“鬼子上来了”，便倒地昏了过去。

见状，小分队立即明白了过来。

李国柱当即命令刘汉朝背上张振邦，自己和马大个儿、书呆子一起抬起“龙骨”，迅速朝秦巴岭隘口转移……

又过了一个多小时，张振邦在刘汉朝的背上醒来。

他有些迷茫地抬眼望向周围，在看到李国柱的一瞬间，“哇”的一声哭了出来。

见他醒了，李国柱急忙放下“龙骨”，一连关切地问：“小张，你怎么样了？谢二蛋呢？”

张振邦却没有回答，而是从刘汉朝背上挣扎着下来，扑通一声跪倒在李国柱面前。

“李营长，我对不起谢二蛋，对不起你！”张振邦哭号着，从怀里掏出了被他偷走的洋表。

见状，马大个儿焦急地围上来，急声问：“二蛋呢？”

张振邦已经泣不成声：“他……他腿上中了枪，说让我先走，他挡住鬼子……”

虽然早已有心理准备，但听到张振邦亲口说出来，马大个儿还是面色一紧，看了看张振邦的小眼睛，又看了看他手里的表，一股无名火从心底直冲脑门。

“你这个落后分子……你！”马大个儿正想开口咒骂，却听见耳旁响起一声带着哭腔的号叫——

“你这个浑蛋！”

话音未落，书呆子就像一道闪电冲到张振邦面前，一把抓住了他的衣领，举起拳头就想朝他身上招呼。

高高举起的拳头还没落下，就被一只大手紧紧抓住。

“住手！”李国柱抓住书呆子的手，厉声喝道。

书呆子浑身一颤，举起的拳头慢慢放下，眼镜片后的双眼涌出了滚滚热泪。

李国柱的眼圈也红了。他把手放在书呆子肩上，又转头看了一眼跪在地上号啕大哭的张振邦，高声说：“现在没工夫说这些！敌人离我们越来越近了，如果不尽快翻过隘口，我们全得报销在这儿！二蛋就白白牺牲了！”

说着，他转过身，大步来到了“龙骨”前。

见状，马大个儿狠狠瞪了张振邦一眼，又拍了拍满面泪痕的书呆子，和李国柱抬起了“龙骨”。

张振邦抹了一把泪，也急忙跑过去帮忙。

小分队开始重新朝隘口移动。

因为抬着“龙骨”，脚下又是崎岖的山地，一行人行动异常艰难。一个多小时，他们才不过向上移动了四五百米。

下午三点一过，那条通往隘口的公路，终于出现在小分队的视线中。

这条全长三百多千米的泥结石公路在群山间一路蜿蜒，穿越了整个秦巴岭，将双河和陕西连接起来。

隘口下是万丈深渊，只有一座狭隘的公路桥和一条山脊相连。山脊上有一个长约八十米的隧洞。隧洞这头，连接着双河省的崇山峻岭；另一头，则通过那座狭窄的公路桥和隘口相连。

在翻越隘口前，小分队必须穿过隧洞，而后才能一路向上通过隘口。

远眺公路隧洞，李国柱的表情有些复杂。

看到他的表情，刘汉朝有些不解，试探着问：“李营长，穿过那个洞子，我们就能到陕西了吧？”

李国柱点了点头，语气却有些踌躇：“过了隧洞，我们很快就能进入游击区的核心根据地……可敌人会就这样放我们过去？”

马大个儿似乎也察觉到了什么，闷声道：“敌人已经知道了我们的运动方向，洞子里很可能有埋伏！”

闻言，张振邦也是脸色一紧，转头看了看刘汉朝，又看了看远处的隧洞，心神渐渐被恐惧占据。

进退维谷之际，李国柱决定不再等待，指挥马大个儿和书呆子从隧洞南侧入口摸进去。洞子里没敌人最好，如果有，那就来一个突然袭击，消灭敌人之后再运送“龙骨”快速通过。

刘汉朝和张振邦，则留在公路下方的树林里，守着“龙骨”，观察动静。

下午三点十五分，刘、张二人看到，李国柱和书呆子在前，马大个儿端机枪在后，悄悄从隧洞摸了进去。

随后几十秒钟，隧洞内外一片寂静。

见状，张振邦舒了一口气：“看样子里面没鬼子……”

却不想，就在这个念头闪过他脑海的一瞬间，隧洞里突然响起了一阵枪声。

“砰砰砰——”

“嗒嗒嗒——”

“轰！”

一时间，步枪、机枪的咆哮声轰然响起，就像夏天里敲打树叶的雨点。而在一声雷霆般的爆炸声后，短促而激烈的交火声又戛然而止……

张振邦一双小眼睛瞪得溜圆，喃喃自语道：“李营长他们……出事了？”

刘汉朝也大惊失色，回头看了看地上的“龙骨”，又看了看重归寂静的隧洞，嘴巴微张，不知所措。

愣了好一会儿，马大个儿和李国柱突然从隧洞里冲了出来，一路狂奔到二人身旁，大声道：“快把‘龙骨’抬过去！”

刘、张二人大喜，急忙和他们一起抬起“龙骨”，用最快的速度钻进了隧洞。

进入隧洞后，一行人丝毫不敢停步，抬着“龙骨”一路狂奔。

沿途，张振邦看见几个日本兵横七竖八地躺在地上。隧洞中间，还横亘着一座用麻袋围成的简易工事，已经被手榴弹摧垮了一半。残存的工事里，躺着三具血肉模糊的日军尸体，一挺歪把子机枪、几箱弹药、一些压缩罐头和一个引爆器胡乱摆放在一旁。

而在工事另一侧，书呆子正背靠着隧洞的墙壁，仰着头，双眼空洞地盯着隧洞顶端。

在他身上，张振邦赫然看到三个被子弹击穿的血洞。

他悚然一惊，惊呼道：“书呆子……呆子他！”

“别停下！”马大个儿一声大喝，随即又带着哭腔说，“刚才我们摸进洞时，远远看到十来个鬼子正在工事里吃东西。这洞子一眼望到头，根本就藏不住人，因此营长当机立断，指挥我们悄悄靠过去，准备发动强攻。离工事还有二十多米，鬼子看到了我们，哇啦哇啦乱叫着开了火，还有几个鬼子冲了上来。我们立即开火还击，三下五除二就报销了冲上来的鬼子。但躲在工事里的机枪组鬼子就没那么好对付了，他们借着工事掩护，用机枪朝我们开火。见冲不上去，营长就让我们扔手榴弹，一连扔了三颗，才借着爆炸的掩护冲进了工事，又用最后一颗手榴弹结果了机枪组！但呆子也……”

说着，马大个儿转过头，看了一眼被红布包裹的“龙骨”，声音开始颤抖：“要是我们停下，没能把‘龙骨’送出去，呆子和二蛋就白死了！”

听到这话，张振邦心里一颤，抬头看了看刘汉朝，就见他也是眼眶通红。

张振邦又转过头，再看了一眼靠在岩壁上的书呆子，视线渐渐模糊，脚步却越来越快……

然而，就在小分队距离隧洞北侧出口还有三十米时，张振邦突然听到了一阵隐隐约约的引擎轰鸣声。

几个人同时转过头，就见隧洞另一侧出口外，蜿蜒盘旋的公路上，一队满载日军的卡车，正全速向隧洞冲来……

## 22

看到迅速逼近的日本军车，张振邦觉得胸口一紧，好像心脏被人捏碎了。

身旁的刘汉朝，同样一脸惊恐。

“李营长，怎么办？”张振邦朝李国柱喊道。

李国柱面色微微一紧，眼睛里随即闪烁出一种灼灼的光。

他示意大伙放下“龙骨”，又抬头看了看马大个儿，嘴角竟然溢出一丝不易察觉的微笑。

马大个儿轻轻叹了口气，盯着李国柱，忽然也笑了。

看到那种笑容，张振邦觉得似曾相识。

那种笑容，他不是在谢二蛋脸上也看到过吗？

这时，李国柱一脸决绝地转过头，对刘、张二人大声说：“你们从洞子另一头出去，快！”

刘汉朝一愣，低头看了看“龙骨”，急声问：“‘龙骨’怎么办？”

李国柱凄然一笑：“‘龙骨’至少要四个人才抬得动。你们还是别管了，快跑吧！我们不会让这宝贝落到鬼子手里！”

张振邦大惊，叫喊道：“李营长，不是还有我们吗？你们想要做什么？”

李国柱转过身去，掏出驳壳枪，说：“我们四个抬着‘龙骨’，无论如何也跑不赢鬼子的车轮子。我和小马殿后，给你们争取点儿时间。”

“不！”听到这话，张振邦发出一声长啸，扑通一声跪在了地上，“你们跟我们一起走，还来得及！”

马大个儿发出一声冷笑：“我们自个儿跑了，国宝不就拱手送给鬼子了？虽然我们搬不走‘龙骨’，但也不会把它送给敌人！鬼子掩体里有引爆器，他们已经埋好了炸药，本来是想对付我们的。没承想，这就要给他们自个儿用上了！”

闻言，张振邦赫然想起在掩体里看到的那个引爆器。

见二人还不动，马大个儿把刘、张二人朝身后一推：“快滚！不然我们几个就真白死了！”

话音未落，马大个儿就和李国柱交换了一下眼色，一起朝那个残存的掩体冲去。

“李营长、马排长！”张振邦还想说什么，抬起手朝两人的背影抓去，却什么也没抓到。

这时，鬼子的军车已经冲进隧洞，车上的机枪开始开火——

“嗒嗒嗒……”

密集的子弹飞到刘、张二人面前，在公路地面上激起飞扬的尘土和石屑。

“快走！”李国柱和马大个儿冲进了掩体，回头朝两人猛地挥手。

言罢，他们操起两挺机枪，就朝敌人猛烈开火。

密集的枪声中，刘汉朝一把拉起张振邦，朝隧洞另一头飞奔而去。

张振邦一边跑，一边回过头，最后一次凝望隧洞。

迅速逼近的大队日军，李国柱和马大个儿岿然不动的背影，被镶金红布包裹的“龙骨”，还有谢二蛋决绝的笑容、书呆子腼腆的眼神……这一切，全都深深刻在了他的心里。

一分多钟后，他们冲出了隧洞，又发疯般冲过连接隧洞和隘口的公路桥，钻进了隘口下方茂密的树林。

这时，身后激烈交火的隧洞里，突然传来一声巨响——

“轰！”

两人的身子同时一震，转头看向隧洞。

只见一团巨大的火舌从隧洞里席卷而出，裹挟着烟尘和无数碎石冲天而起。在这烟与火的拥抱下，整个隧洞就像狂风中倒伏的麦浪，整个坍塌下去……

“李营长、马排长……”张振邦只觉得眼眶一热、双腿一软，面朝燃烧的隧洞跪了下来。

刘汉朝也是涕泪横流，抱着头痛哭起来。

隧洞爆炸后，刘、张二人并没有离开。

他们想去看看，能不能收殓李国柱他们的遗骨。

一直等到天黑后，浓烟和大火才渐渐熄灭。在确认周围没有敌人后，刘、张二人才蹑手蹑脚地穿过公路桥，重新来到了已经被炸塌的隧洞前。

借着皎洁的月光，他们在残存的洞壁和满地的碎石间寻找着，寻找一切小分队曾经存在的证据。

然而，剧烈的爆炸已经让小分队和不共戴天的敌人一起化成了碎片。找了整整一夜，除了一些残破的枪支和破碎的人体碎片外，他们二人什么都没找到。

而“龙骨”也早已在猛烈的爆炸中化为粉末。

一直到第二天天亮，当火红的朝阳照亮群山，筋疲力尽的刘、张二人，才在一块垮塌的大石头下，找到了一些可以确认是李国柱的遗骸。

那是一小截手臂和一截残腿。因为被压在了大石头下面，这部分残骸才得以在烈火中保存下来。

之所以说确认是李国柱，是因为那只手臂上，正戴着一只印着俄文的洋表。而那截残腿上，还包裹着青灰色的破碎军服和一小截松散的绑腿。

看到那些残骸，张振邦和刘汉朝“哇”的一声，又哭了出来。

这时，天已经渐渐亮了，远处通往双河省的公路上，隐隐约约出现了一长队军车，像是在群山间爬行的甲虫，一点点朝垮塌的隧洞移动。

望见那些军车，刘、张二人知道是日军大队赶到了，只得匆忙收拾起遗骸，快速逃进了山里，找了一个山洞藏了起来。

在山上搜了一天一夜，漫山遍野的日军才撤了下去。又过了一天，张振邦和刘汉朝从藏身的山洞出来。

他们商量了一下，决定找一块风水宝地，把烈士遗骸好生安葬。

刘汉朝建议，往东八十里，有一座大山，不仅山清水秀风水好，而且山的名字也很好，叫作“光华”，有“光耀中华”之意。

于是，两人立即启程，沿着山间小道一路跋涉，花了四五天时间才赶到光华山。

看到这座巍峨的大山，张振邦不禁赞叹：“汉朝，你可真会选地方……”

## 23

1940 年 8 月 24 日，刘汉朝和张振邦来到光华山主峰下，把烈士残骸安葬在一条山脊下方的小溪谷里。

两人花了一天工夫，挖了一个方方正正的坑，又在坑底垫上鹅卵石，把那残腿、断臂和洋表一起放了进去。

下山后，为了防止日军搅扰烈士安息，刘汉朝和张振邦约定，永远保守这个秘密。

两人随后分道扬镳。

后来，刘汉朝一路向东，到华中敌占区找到了抗日根据地，成了一名游击队员。在紧张的战斗生活中，他没有忘记李国柱的嘱托，一直看书学习。因为有文化，他最终被军分区保送到军政大学，成了一名知识分子。抗战胜利后，他又考上公费大学生，后来还到苏联留过洋。

令人不解的是，刘汉朝在填报专业时，选择了一个当时很冷门的专业：生物学。

别人问道：“选这个专业，莫非想当动物园园长？”

他却只是笑着用半开玩笑的语气说：“我要给国家寻找‘龙骨’。”

此后大半个世纪，刘汉朝真的用尽一生，不断寻找和研究“龙骨”，终成学术界一方泰斗。

其间，他一直和张振邦保持着联系。

和刘汉朝分开之后，张振邦先是一路向西，逃往大后方躲避战乱，其间颠沛流离，尝尽了人世间的苦楚。

这也让他更加想念李国柱、马大个儿、谢二蛋和书呆子。

因为只有这些人，不但不会看不起他，甚至还愿意为了救他去死。

于是，在陪都躲了一年之后，他决定去寻找这些人。或者说，是去寻找这些人的同类。

1942 年，张振邦再次来到秦巴岭，进入了陕双鄂游击区，并成功来到被八路军控制的核心根据地。

在这里，张振邦分到了土地，成了一名普普通通的农民。他也参加了识字班，可以看书甚至写信了。

在根据地的日子，张振邦惊喜地发现，原来，这里的军官和士兵，都像李国柱一样对自己好，他们果然都是一类人！

这几年的好日子，让他更加想念李国柱他们。

中华人民共和国成立后，张振邦返回光华山，准备给李国柱守一辈子墓。

他把自己的名字从“张兴”改成了“张振邦”，在山下的村子定居下来，结婚生子。因为改名改得早，他的妻子孩子包括村里的父老乡亲，都不知道他曾用过“张兴”这个名字。

每年春节、清明节，他都会独自来到那个主峰下的小溪谷，给烈士倒一杯自酿的粮食酒，点上几支辛辣的土烟。

几十年的光阴转瞬即逝，张振邦始终如一。

这么多年里，他一直和刘汉朝保持联系。一次，刘汉朝在信里对他说，现在形势越来越好了，咱们也不怕敌人打扰李营长了，要不给政府报告一下，把营长挪到烈士陵园去？张振邦坚决不从，因为那会让他觉得“李营长他们不在身边了”……

回忆到这里，张振邦停了下来。

说完这些，他长长地出了一口气，就像卸下了一副无形的重担。

而在他面前的所有人——包括我在内，眼睛里都盈满了泪水。

刘富强揉了揉发红的眼眶，用有些颤抖的声音说：“老太爷用这么极端的手段阻止光华山开发，原来是为了把李营长他们留在身边……”

我轻轻点了点头，接口道：“老太爷在村里传播‘龙骨埋在光华山’的传言，就是为了防止有人进山破坏或盗掘烈士坟墓，可惜别人并不相信。后来几十年，烈士墓并没有被破坏和盗掘，因此老人也就没再提这事了。十年前，他得了老年痴呆症和狂躁型精神分裂症，别的记忆在逐渐丧失，唯独‘龙骨’这件事一直记得清清楚楚。三年前，张村长开始谋划开发光华山旅游项目，被老太爷偶然听到了，才有了后来的一系列冲突……”

说到这里，小田忽然插了句话：“老太爷为什么不早说？为什么要用这么极端的手段？如果他说出来，他儿子应该会听的啊！就算儿子不听，镇政府知道山里埋了烈士，也一定会好好保护的。”

我摇了摇头，苦笑道：“老太爷的儿子张村长，一心想帮村子脱贫致富。对他来说，开发光华山就是天字第一号大事。因此，听到有老年痴呆症的父亲说‘光华山上不能动土’，他不过是当成了一句疯话。后来，因为一场百年不遇的暴雨，老太爷担心洪水会破坏溪谷里的烈士墓，于是独自上山转移烈士遗骸。巧的是，他正好被张村长碰见了。于是，张村长一路跟着自己老爹上山，又看到老人家从一个土坑里挖出了一截人的手骨和一块还有光泽的洋表。当时，他就认定老爹在盗墓，因此才不愿意光华山被开发。对于‘龙骨’的说辞，他就更不信了……我就寻思吧，这也不能怪他。在那种情形下，换作你我，可能也会这么想。见儿子不相信，老太爷的行为也更加极端，终于发展到了动刀子的地步……也许老人并不知道，自己这样做会有什么后果。但我相信，就算知道，他也会不顾一切地保护‘龙骨’。”

说着，我转过头，看了看那部“摄像机”。

狭小的屏幕上，张出吉已经老泪纵横。

捂着脸哭了半晌，他才抹了一把脸上的泪，朝镜头前的父亲作了一个揖，哭道：“爸，我对不起你……”

我叹了一口气，继续道：“至于老太爷为什么不愿意报告政府，刚才他自己已经说了，希望能把李营长留在身边……”

听了我的话，刘富强若有所思，皱眉想了想，又问道：“小路，就算老太爷不愿意说，但我爸也可以说啊，他是知道‘龙骨’的，为什么直到去世才提这事？”

我摇了摇头，应道：“如果我没有猜错，刘老教授虽然知道这件事，但还是选择尊重张老太爷的意愿。因为他明白，守护‘龙骨’对老太爷来说意味着一次新生。这也是为什么老太爷定居光华山之后，悄悄把名字从‘张兴’改成了‘张振邦’。而刘老教授一直等到去世前才说，是因为……”

说到这里，我停了一下，犹豫着要不要对刘富强说下面的话。

察觉到我的犹豫，刘富强主动开口道：“小路，你还知道什么？说！”

我抿了抿嘴，还是决定说出来：“刘馆长，之前你跟我说过，去世前，刘老教授曾接到过一个电话，后来还独自出了一趟远门。那次回家后，他就突然昏迷了，对不对？”

刘富强点点头：“对。”

我又说出了一个电话号码，问：“这个号码是你父母家的吧？”

刘馆长愣了愣，反问道：“小路，你是怎么知道的？”

我说：“在老太爷手机上看到的。今天上午来派出所时，我看过他的手机，上面存了两个号码，一个是张村长的手机号，另一个就是这个座机号。我又看了通话记录，发现老太爷最后一次拨打这个号码的时间，正是一个月前……”

听了我的话，刘富强恍然大悟，眼睛里瞬间溢满泪水：“原来如此！一个月前，我爸接了电话就出去了，结果一回来就发了心脏病……当时我还在想，我爸是不是受了什么刺激……现在看来，应该是老太爷见光华山即将开发，无可奈何之下才打电话找他帮忙……”

我轻轻“嗯”了一声，转头对着手机里的张出吉，说：“张村长，这就是老太爷和‘龙骨’的故事，也是他拼命阻止你搞旅游的原因。在这件事情上，你们父子都有自己的立场，而且你们的立场其实都没错。闹到今天这个地步，很大程度上就是因为一场误会，导致了你们父子互相不信任……以后，你还得多多体谅老人家。”

闻言，张出吉面露愧意，绷着脸点了点头。

说着，我又转过身，对小田说：“兄弟，今天就到这里吧。等会儿请你帮我问问开发光华山的地产公司，他们有没有接待过一位叫刘汉朝的老人家。哦，对了，顺便也问一问镇政府。”

小田点点头，转身扶起张振邦，和我们一起走出审问室。

谢过高所长后，我和刘富强钻进汽车，踏上了归途。

八个小时后，我们回到了灯火阑珊的省会。

这时，我接到了小田的电话：“路记者，我问过房地产公司和镇政府了。房地产公司说，一个月前，刘汉朝老教授的确找过他们老板，希望他们能推迟对光华山的开发，但公司没有同意。当时老教授很激动，和他们老板大吵了一架，还说要去找镇政府反映。当天晚些时候，刘老教授也的确给镇政府打了电话，约好第二天和镇领导面谈，但第二天他并没有赴约……”

放下电话，我把小田说的转述给刘富强。

听了我的转述，刘富强摇头唏嘘道：“原来是这样……我爸在和房地产公司交涉无果之后，又约了镇领导继续谈，却不想，当天晚上他就突发了心脏病，因此才把保护‘龙骨’的事给搁置了下来。可直到去世，他还是对保护‘龙骨’念念不忘……”

我点了点头，不再说什么。

半个月后，司法机关对张振邦做出了裁决。

闻讯，张出吉立马给我打了电话。

得到确切的消息后，我又把刘富强约了出来。

我告诉他，张振邦因为患有老年痴呆症和狂躁型精神病两种疾病，再加上他对张出吉的伤害并不严重，且已经获得了当事人的谅解，因此被拘留十五天后已经释放回家了。

而张出吉心心念念的旅游开发项目，也将于下个月开工。

听到这个消息，刘富强一脸紧张："那'龙骨'怎么办？"

我笑道："经过当地政府争取，地产公司决定以李营长之墓为核心，打造一个小型纪念馆，并修建一座'龙骨'丰碑，供后人缅怀'龙骨'小分队的故事。"

刘富强大喜："那就太好了！这样的话，我爸也能含笑九泉了……"

说着，他的眼眶又有些发红。

我怕他想起父亲会伤心，于是转移了话题："刘馆长说得没错。只可惜'龙骨'被毁了，要不然，你还可以再研究研究呢。"

听到我的话，刘富强忽然笑了："'龙骨'没有被毁。他就埋在光华山上，一直在保佑我们国泰民安呢。"

我读懂了他话里的深意，于是也笑道："对，'龙骨'就埋在光华山，保佑我们国泰民安！"

# 故事四：恶灵画作

## 1

3 月 7 日，河东市美术馆。

精品展区内，一场“新纪元先锋艺术展”正在举行。

来自全省各地的上百件先锋艺术作品，将在这里展出十八天。

这些作品，据说都是本省新锐前沿艺术家的杰作。

这次展览规格很高，因此来这里参观的，除了本次参展作品的作者外，还有来自全省各地的艺术品收藏家和艺术评论家。

这些人西装革履，端着装满香槟的高脚杯，一边在展区里慢慢转悠，一边对那些一般人压根儿看不懂的艺术品评头论足，像极了电影里上流社会的酒会。

为了完成这次采访任务，一身休闲服的我，也混进了这群极有格调的人群中，一边在展品之间穿梭，一边琢磨着怎么把这场展览写成一朵花。

昨天，集团负责内容生产的总编辑亲自安排任务，说这场展览的策展人是自己的一个老朋友，让我一定要去好好采访宣传一下。

“又是熟人稿？”我立马推辞道，“领导，外行人都说‘鲜花插在牛粪上’，可我们记者都说，写这样没有技术含量的熟人稿就是‘要把牛粪写成鲜花’！你就饶了我吧！”

却不想，领导发出一声冷笑：“路晓，你小子别清高啊。这场展览的策展人每年到我们集团投放上百万的广告，你不愿写，那就给我挣一百万回来！”

我愣了愣，立马挤出一个笑脸：“写个稿子就值一百万，是我名记者能力的体现……”

就这样，我来到了展览现场。

在展区里转了好几圈，我来到一件名叫《链接》的雕塑作品前，饶有兴趣地看了起来。

这是一张用大大小小的手机拼接起来的人脸，眼睛圆瞪、嘴巴大张、表情空洞地望着远方。

无数条金属线从人脸上放射出来，向四面八方延伸着……

盯着这件雕塑看了很久，我忽然会心一笑。

这时，身旁忽然有人问我：“先生，你也被这件作品震撼了？”

转过头，就见一个身穿低胸晚礼服、手里还端着高脚杯的美女，正用一双涂满了烟熏妆的黑漆漆的大眼睛看着我，那眼神可叫一个销魂夺魄。

见是美女，我很矜持地笑了笑，开始信口胡诌：“这件作品造型前卫、立意高远，表现了都市人在现代文明的禁锢下的某种无奈和彷徨……”

“先生，你说得可真专业。”美女莞尔一笑，“这件作品反映了现代人对互联网和智能手机的依赖，是难得的超现实主义作品……”

“小姐，你也很专业。”我朝美女点点头，转过身准备离开。

美女却叫住了我：“先生，你是艺术品收藏家？”

我一脸神秘地摇摇头，心里却开始叽叽歪歪：“艺术品收藏家？如果我是那就太好了——玩艺术品收藏的可都是有钱人哪……”

见状，美女媚笑道：“那……你是艺术评论家？”

我依旧矜持地笑着，却一个字也没说。

也许是被我神秘的笑容吸引，美女竟然来了兴趣，上下打量了我一下，又问道：“那你是参展的艺术家？”

“都不是。”我被她问得有些烦，索性亮明了身份，“我是记者。”

说着，我递过一张名片。

接过名片一看，美女竟然花容失色。

“你……就是《暗角》的主编路晓？”她抬起头，用被黑眼圈包围的水汪汪的大眼睛盯着我，眼神里竟溢满了饥渴。

看到美女的反应，我小小的虚荣心得到了极大的满足：“哟，难不成艺术圈都知道我的名号？”

正这么想着，那美女竟然挽住我的手，又把涂满口红的樱桃小嘴凑到我耳朵旁。

湿热的呼吸拂过耳旁，我脑子里立马充满了各种刺激的幻想。

“她准备约我……今天晚上酒店见？”

“这就是传说中的艳遇？”

“可惜了，我比较喜欢御姐，像这样的清纯妹子不是我的菜。”

…………

却不想，美女接下来说的话大大出乎我的意料：“路主编，我知道你喜欢调查鬼鬼祟祟的事……我就知道一件……”

闻言，我眼前轰然飘过八个大字：“孔雀开屏，自作多情。”

“什么叫‘喜欢调查鬼鬼祟祟的事’？”我有些恼羞成怒，低声嘟囔道，“这位小姐，你以为我是跳大神的？”

美女急忙解释道：“路主编，我不是那个意思。我是说，你很擅长调查一些……怎么说呢……超自然事件——而我现在正好碰到了一件……”

“超自然事件？”听到这五个字，我一下子来了兴趣，“小姐，你碰到了什么事？”

“别小姐小姐的，听着怪别扭的。”美女噘了一下嘴，从名牌手包里掏出一张名片，“路主编，你叫我朱莉就行。”

“这是英文名？艺术圈的人果然都洋气十足啊。”我心里嘀咕着，低头看了一眼名片，上面写的是“林凯源艺术工作室　运营总监　朱莉”。

“原来人家真的叫朱莉……”我苦笑了一下，抬头说道，“原来是朱莉小姐，真是人如其名，天生丽质。”

也许是被男人吹捧惯了，朱莉对我的夸赞并没有任何反应，而是直接进入了主题：“我们工作室的老板林凯源是本市资格最老的画家，也是这次展览的发起人之一。不知道路主编听说过没？”

“林凯源？”我在脑子里搜索着这个名字，忽然想起了什么，“哦，就是那个在法国待了二十多年，被誉为‘巴黎画派东方代表’的海归画家？”

“对，就是他。”见我听说过自己老板，朱莉好像有些得意，“三年前，林老师回国开办了工作室，准备在国内好好发展发展。因为他结合了巴黎画派和传统中国画的优点，因此这几年在国内艺术圈声名鹊起……”

“声名鹊起？就是说他的画一定涨价了吧……”我心里叽叽歪歪，嘴上却奉承道，“原来如此，果然彪悍的人生不需要理由。”

朱莉很妩媚地笑了笑，继续道：“去年，我们工作室搬到了位于市中区的天街艺术广场。就是在那个时候，林老师碰到了一件诡异的事……”

说到这里，朱莉那双被黑眼圈包围的大眼睛里，忽然闪过了一丝恐惧。

## 2

“哟，来劲了。”我有些激动，忍不住插话道，“到底是什么诡异的事？”

朱莉抿了抿樱桃小嘴，又抬头看了看周围正在观展的人群，伸手再次挽住我，压低声音说：“路主编，我们换个地方说话。”

我点点头，和她一起并肩朝展区外走去。

来到展览茶歇区，我们找了一个僻静位子坐下。

朱莉这才继续说道：“路主编可能还不知道，林老师既是优秀画家，也是资深的艺术品收藏家。去年年底，不知道他从哪里买了一幅画，名叫《空间》。而诡异的事，就是从买进这幅画的第三天开始的……”

“《空间》？”我笑了，“听起来好科幻的名字——这幅画是超现实主义的？”

朱莉摇摇头：“不，是很朴素的写实主义。”

说着，她低头掏出手机，又在屏幕上点了几下，把手机递给了我。

手机屏幕上，显示着这幅名叫《空间》的画作。

这是一幅油画——墨蓝色的天空占满了大部分画面。天空中群星闪烁，汇成了绚丽的银河。天空下，一座小屋屹立在黑漆漆的树林旁，金色的灯光从小屋的两扇窗户里倾泻出来，给人一种很温暖的视觉体验。

而在窗户里，还能看到三个人。

在左侧的窗户里，一个男人和一个男孩正并肩站立。男人一手放在男孩肩上，一手指着浩瀚的星空，好像正向男孩讲述关于星星的故事。男孩则双手托腮趴在窗沿上，似乎无比向往地仰望着漫天繁星。

从两人的动作来看，他们似乎是一对亲密的父子。

而在右侧的窗户里，一个女人站在餐桌旁，正弯腰收拾桌上的杯盘碗碟。

盯着那幅画看了很久，我抬起头失望地说："朱小姐，这幅画有什么诡异的？"

朱莉却答非所问："路主编，这幅画给你的感觉是什么？"

我被她问得一愣，犹豫了一会儿才说道："这幅画给人的感觉……怎么说呢……挺温暖的。"

"对！"朱莉忽然激动起来，"林老师说过，当初看到这幅画的时候，就是这种温暖吸引了他，于是立即买了下来，挂在了工作室的墙上。可是，买进这幅画的第三天，这种温暖就变成了诡异……"

说到这里，她的表情再次阴沉起来："因为那天晚上，林老师发现这幅……竟然动了。"

"动了……"我挠了挠头，有些丈二和尚摸不着头脑，"怎么个'动'法？"

朱莉抿了抿嘴，解释道："准确地说，是画上的内容变了……"

说着，她取回手机，又在屏幕上扒拉起来，随后再次把手机递到我面前。

我低头一看，只觉得心里"咯噔"一紧。

手机上，还是那幅《空间》……

就见漫天繁星下，那栋小屋依旧亮着灯。

但小屋窗户里透出的人影，却和之前迥然不同。

那个仰望星空的男孩，此时正用手揉着双眼，好像在伤心地哭泣。

在他身旁不远处，那个收拾碗筷的女人正趴在餐桌上，从身体的姿势来看，好像也在放声痛哭。

而那个男人，已经来到屋子外，一只手提着一个行李包，另一只手正拉着另一个女人。

看到画上的内容，我更加摸不着头脑，抬起头愣愣地盯着朱莉。

见状，朱莉开口解释道：“买进《空间》的第三天晚上，林老师创作到半夜……”

那天是去年 12 月 18 日，林凯源独自在工作室加班。

深夜十一点一过，他觉得身心俱疲，于是就放下画笔，想去泡一杯咖啡。

走出工作室的时候，林凯源眼角的余光瞥见了挂在墙上的《空间》。

就是这不经意的一瞥，让林凯源隐隐察觉到：这画好像和之前有些不一样。

他下意识地停下脚步，转过头，看向《空间》。

果然，他发现画上三个人物的位置和动作都发生了改变，而且还凭空多出了一个新的女性人物。

“咦？”林凯源当时就是一惊，第一反应是：这幅画被人偷换了。

他立即给朱莉和助理李汉强打电话，质问是谁动了那幅画。

但两人的回答都是：没人动过。

林凯源心绪烦乱地放下电话，也没了创作的心情，于是回家睡觉去了。

第二天一大早，他早早地来到工作室，准备等工作人员都上班后，再好好调查一下是谁偷换了这幅画。

却不想，他来到工作室却看到：《空间》里只有三个人物，而且他们所在的位置和动作，都和之前一模一样。

看到这幅画又变回了最初的样子，林凯源又吃了一惊，开始怀疑头天晚上是不是自己过度劳累看花了眼……

“画面又变回去了？”听朱莉说到这里，我不解道，“那你是怎么拍到这张照片的？”

朱莉苦笑了一下，解释道：“因为一到晚上，画面又会发生改变……”

看到画面并没有变化，林凯源怀疑是自己眼神不好，于是也就没有声张。

12 月 19 日晚上，他继续熬夜创作。

因为头天晚上的经历，林凯源会有意无意地抬起头，朝不远处墙上的《空间》看去。

每次看，那幅画都静静地挂在墙上，并无异样。

林凯源渐渐放松下来，开始专心创作。

刚过十一点，林凯源再次抬起头，看向《空间》。

这一看不要紧，林凯源的三魂差点儿被吓飞了俩……

因为他看到：画面又变成了四个人！

…………

“又变成了四个人？”我也吃了一惊，“你是说，这幅画又变成了头天晚上的样子？”

朱莉点点头，一张笑脸也变得煞白：“当时，林老师虽然吓得不轻，但脑子还是很清醒。他怕等天一亮，画面又会变成最初的模样，于是用手机把那幅画拍了下来。果然，次日一早，画面真的复原了……”

说着，朱莉下意识地看了看桌上的手机：“路主编，刚才你看到的照片，就是这么拍到的。”

“这件事好像有点儿意思……”听到这里，我也来了兴致，总结道，“也就是说，每到十一点左右，这幅画上就会多出一个人，而等到天亮之后，画面又会恢复成最初的样子，对吧？”

朱莉点点头，随即却又摇了摇头：“刚开始的时候是这样，但后来，画面内容又不一样了……”

## 3

“又不一样了？”我琢磨着这句话，皱眉道，“难不成，《空间》又出现了第三个画面？”

朱莉轻轻“嗯”了一声，又继续说了起来——

12 月 20 日上午，林凯源来到工作室，立即叫来朱莉和李汉强，告诉了他们《空间》会自动变化的事，还给他们看了自己拍的照片。

听了林凯源的介绍，两人一开始并不相信，但也觉得这件事很蹊跷。

于是，林凯源提议，当天晚上他们一起待在工作室，看看《空间》究竟是怎么变的。

李汉强当即表示同意，那表情就像要参加刺激的探险。

朱莉虽然心里觉得这件事太玄乎，但也没表示异议。

当天晚上，三人还真就没有回家，一直守在工作室。

随着时间离十一点越来越近，林凯源也越发紧张。

朱莉和李汉强虽然很好奇，但也没有怎么当回事。他们一个玩手机游戏，一个浏览着艺术品拍卖网站，兴奋却又百无聊赖地等待着十一点来临。

晚上十点四十五分，三人就来到《空间》前面，瞪大眼睛盯着这幅画。

终于，时间来到了深夜十一点。

然而，画面并没有任何改变。

朱莉和李汉强都有些失望，林凯源却并不气馁。他说："前两次，我都是过了十一点看到画面变化的，说不定这次也是。"

于是，三人又瞪着眼，盯着《空间》等了十多分钟。

直到夜里，《空间》都没有任何变化。

经过这次徒劳的守候，朱莉突然觉得自己很蠢。三个成年人守了一宿，竟然是要等着一幅油画自己变成"动画"……

她本来想劝林凯源，之前可能是他劳累过度，看花了眼。

但想到林凯源拍到的照片，她又觉得不能自圆其说，于是只能保持沉默。

对此，林凯源却还不死心。

他对李汉强和朱莉说："明天晚上，我们继续。"

"这不是变相加班吗？"朱莉心里叫苦不迭，却又不能违抗自己的老板。

幸好，李汉强想出了一个两全其美的办法："要不在工作室装个监控，专门对着这幅画？"

林凯源当即同意，朱莉也松了一口气……

说到这里，朱莉轻轻叹了口气："说来也怪，接下来一个多月，那幅画没有任何变化，就像知道监控盯着自己一样。原本我以为这件事就这么过去了，可就在春节前，画面突然又变了……"

“又变了？”我来了劲，急声问道，“这次又变出了什么幺蛾子？”

面对这个问题，朱莉眼睛里再次闪过一丝惊恐。

她犹豫了一下，说道：“这次的画面更诡异了……”

今年2月8日，距春节还有一个星期，林凯源给员工放了假，自己则继续留在工作室创作。

就是在这天夜里，消停了一个多月的《空间》，却再次发生了变化。

这天夜里十一点一过，林凯源结束工作，准备回家。

提起包走出工作室时，他再次看到《空间》的画面发生了变化——

和前两次不同，这次画上只剩下小男孩一个人。

天空依然群星闪烁，小屋依然亮着灯。

但小屋洞开的窗户里，却已经见不到一个人。

之前那个小男孩，已经来到了小屋外。

而在小屋外，赫然耸立着一座新坟。

新坟上，还放着一张照片。

照片上，小男孩正咧着嘴笑，他身旁，站着已经从画上消失的父母。

小男孩正趴在新坟上。而更加诡异的是，他的右手，正紧握着一把寒光闪闪的刀。

整个画面阴郁而诡异，也不知道小男孩是正趴在坟上哭泣，还是已经用刀自杀……

说到这里，朱莉缓缓停了下来，又在手机上拨弄了几下，找出另一张照片：“看到画又变了，林老师当时就拍了照。”

看到那照片，我心里又是一紧。

照片上《空间》的内容，还真和朱莉说得一模一样。

盯着照片，我心里也升起了一团疑云：“新坟、刀、消失的父母、多出的女人——这些变化到底有什么意义？”

沉默了一会儿，我又问道：“那天晚上，监控拍到了什么？”

“监控是最诡异的地方……”朱莉小声嘟囔着，低头喝了一口饮料，好像要给自己压压惊，“林老师调取了当天的监控，但什么都没发现……”

“什么都没有？”我苦笑道，“难不成这幅画真的是‘动画’？”

朱莉轻轻叹了口气，应道："本来我是不大相信超自然现象的。但经过了这件事，我和李汉强都觉得这幅画里可能藏了什么不干净的东西。"

盯着她美丽而阴沉的脸，我低声问："既然觉得这画不干净，你们为什么还留着它？"

"林老师不让我们扔。"

我又问："为什么不让扔？"

"不知道。"

说着，朱莉抬起水汪汪的大眼睛，可怜巴巴地盯着我："经过了这些事情，林老师受了很大刺激，成天窝在家里无心创作。路主编，你一定要帮帮林老师，求你了！"

面前的美女如此楚楚可怜，一向怜香惜玉的我立马应道："需要我做什么？"

见我答应，朱莉立即笑靥如花："我想请你调查一下这幅画，看它到底是真的有鬼，还是……"

说到这里，她意味深长地顿了顿："还是有人在背后捣鬼！"

听到这话，我坏笑起来："朱小姐，你和我想的一样，这算不算是心有灵犀？"

朱莉却像对我的话免疫一样，答非所问地说："路主编，你相信世界上有鬼吗？"

"这问题也太老套了吧。"我耸了耸肩，反问道，"朱小姐，你相信吗？"

"我……"朱莉犹豫了一下，低声说，"以前不怎么相信，但现在不知道了。"

我点点头，笑道："我嘛……既不相信，也相信。"

朱莉一愣："这话怎么说？"

我故作高深地说："唯心的鬼是不存在的，但人心的鬼却永恒不灭。"

"路主编说话好深奥啊。"朱莉又笑了，"那我们就这么说定了——今天我先回工作室做些准备，明天恭候路主编光临，我们一起把藏在画里的鬼找出来！"

我也笑了："行啊，能和美女一起抓鬼，这就叫'抓鬼也风流'。"

## 4

中午时分，我和朱莉约定，第二天到工作室见面。

临别前，我又问她："那幅《空间》的作者是谁？"

朱莉只是耸耸肩："那幅画上并没有署名，但我听林老师说，那幅画出自一个名叫'圆子'的本省画家之手。"

我"哦"了一声，默默记住了这个名字。

回到《暗角》编辑部，我脑子里都是林凯源和他那幅诡异的油画，于是打开电脑，开始搜索起林凯源的信息。

据相关报道显示，林凯源今年四十九岁，生于河东市金山区偏远农村。

据说，林凯源从小就爱画画，还经常用泥巴捏个小猫小狗什么的。十八岁高中毕业后，林凯源就到当地一家国营林场当了护林员。

十年后，林凯源二十八岁，决定带着自己多年存下的积蓄出国深造，于是只身远赴法国，考上了巴黎一家闻名全球的艺术院校。

天赋再加上勤奋，让林凯源在天才云集的学校脱颖而出。从学校毕业后，他在塞纳河边开办了一间小画廊，把东西方绘画技法进行糅合，创新出自己专属的艺术风格，得到了众多名家赏识。

此后十多年，林凯源一发而不可收，相继斩获多项国外美术大奖，可谓功成名就。

三年前，林凯源决定衣锦还乡，回到河东市开办画廊，开始大力开发国内市场。

对于回国的动机，他对外宣称的是：叶落归根，思念故乡。

但艺术圈里也盛传，林凯源这次回国，纯粹是看上了近年来国内突飞猛进的艺术市场……

看完这些资料，我对林凯源的人生经历有了一个大概的画像，于是又开始搜索那幅名叫《空间》的油画及其作者圆子。

出乎意料的是，关于这幅诡异的油画，在无所不能的互联网上，竟然找不到一星半点的信息。

这就让我犯了嘀咕：“林凯源不是外行，能让他舍得花钱，想必这个叫圆子的画家也不是等闲之辈。既然如此，网上却怎么一点儿信息都没有？真是怪了。”

这时，办公桌上的电话响了。

我一把抓起听筒：“喂，你找哪位……”

话还没说完，耳旁就传来总编辑燕木盛的咆哮：“路晓，你要磨蹭到什么时候？今天上午展览的稿子怎么还没出来？”

听到领导“温柔”的提醒，我心头猛然一紧。

一看时间，已经下午四点半了！

“竟然忘了写展览的稿子……”我吓得吐了吐舌头，急忙对着听筒憨笑道，“燕总，一个小时，一个小时之内稿子一定写好！”

“一个小时？”燕总好像怀疑自己听错了，“从采访回来到现在都几个小时了？你堂堂一个省级十佳记者，动作比实习生还慢？”

“实习生……”听到这话，我暗自发出一声坏笑，拍着胸脯对燕总说，“一个小时，我保证完成！”

说完，我也不等燕总回话，“啪”地挂断了电话。

一秒钟后，我又抓起听筒，拨通了人力资源部的电话：“喂，梁子吗？你马上安排一个实习生到我这儿来。对，马上！来做什么？做工作啊！”

电话那头，传来人力资源部主任梁大勇叫苦不迭的声音：“路主编，我的亲哥！实习生已经分配到各部门了，你让我上哪儿去安排？”

“我不管，燕总亲自安排的任务，你马上给我找一个过来！”我耍起横来，一个劲儿冷笑道，“梁胖子，当初《暗角》成立的时候，你就答应我会尽快招人，可这都多久了，《暗角》还是就我一个人！今天你要是连个实习生都不给我找来，到时候耽搁了领导安排的任务，你就等着吃不了兜着走吧！”

听到我的威胁，梁大勇吞了一口唾沫，只得一拍胸脯：“行，这就给你找！”

得到了梁大勇的保证，我心满意足地放下电话，点燃一支烟吸了起来。

吸了几口烟，我又想起了什么，于是又抓起电话，拨通了河东市文化艺术协会的号码。

电话接通，听筒里传来一个老男人低沉的声音：“喂，你找哪位？”

我立马很亲热地说：“张会长吗，我是小路！”

张会长的声音也立即变得亲热起来：“哦，路大记者啊，你好你好。上次你给我们协会写的稿子，艺术家们都很满意啊！我还正想哪天请你吃个饭，表示一下感谢呢！对了，今天你找我有什么事吗？”

“张会长过奖了，今天我想请你帮个忙。”

“哎哟，能给大记者效劳，可是我的荣幸啊。说吧，需要老大哥我帮你做什么？”

“多谢老大哥。作为市艺术协会的会长，老大哥对全市乃至全省的艺术家应该都很熟吧？”

“那倒是，别的我不敢说，但要论在本省艺术圈里的人脉，老大哥我还是很有发言权的。不说别的，只要是本省有点儿名气的艺术家，我不说每个人都认识，但至少百分之九十我是知道的！”

“那真是太好了。我想请老大哥帮忙找一个人……他是一名画家，艺名叫圆子，真名就不知道了。”

“圆子？”张会长一愣，嘟囔道，“我没听说过这人呢……”

“张会长都没听说过？”我闻言也是一愣。

“对，这个名字很陌生，在我印象里，应该没有这样一个画家。”张会长说道，“路记者，你确定他是本省的艺术家？会不会是外地的？”

“不，他就是本地的。”我十分确定地说。

“这样啊。”张会长小声说，“刚才我也说了，本省只要有点儿名气的艺术家，我认识百分之九十。但这个圆子，很可能就属于我不认识的百分之十。路记者，要不你宽限两天，我找人帮你问问？”

“行，那就有劳老大哥。”我道了声谢，放下电话。

这时，一个大学生模样的妹子钻进办公室，怯生生地问道：“请问路晓路主编在吗？”

我应道：“我就是，你是梁主任安排的实习生吧？”

妹子点点头，轻声说：“请问路主编叫我过来，有什么指示？”

“现在的大学生说话怎么爱扯官腔……”我心里嘟囔着，嘴上却很亲切地说道，“指示可不敢当，有个稿子想请你帮下忙……”

接下来的几分钟，我简单给妹子介绍了一下今天上午展览的情况，又把展览主办方提供的宣传材料给了她，让她东拼西凑地帮我把稿子写出来。

而我，则继续在网上收集圆子和《空间》的资料。

妹子写好了稿子，我简单改了一下，发给领导就算交差了。

看看时间也到了饭点，我叫上实习生到外面吃饭。吃完饭，实习生下班回家，我则回到编辑部继续查资料。

一直加班到凌晨，手机突然尖叫起来。

“谁啊，这大半夜的……”我很没好气地嘟囔着，抓起桌面上的手机。

按下接听键的一瞬间，朱莉惊恐的声音涌入耳膜：“路主编，林老师自杀了！”

## 5

“你说什么？”我的第一反应是自己听错了。

“林老师……他自杀了。”朱莉的声音开始颤抖。

我心里一震，急声问道：“你怎么知道他是自杀？”

朱莉急了，尖叫起来：“我就在工作室，亲眼看见的！他吞了一整瓶安眠药，还割了手腕！”

“双料自杀？”我愣了愣，脑子开始急速运转起来，“报警了吗？警察怎么说？”

“警察已经到了，正在工作室做调查。”朱莉的语气平静了些，柔声说，“路主编，你能过来一下吗？”

“好，我这就过去。”我应了一句，站起身就准备朝门外走。

“不，不是现在！现在工作室里全是人！”朱莉又急了，“明天……明天白天你来吧！”

我又是一愣，隐隐察觉到她话里的深意：“好吧，朱小姐，明天白天你有空的时候我再过去。”

“谢谢……”朱莉道了一声谢，挂断了电话。

和朱莉通完话，我盯着手机，心里涌出了一团浓密的疑云。

这天晚上，我一夜无眠。

第二天上午九点，我接到了朱莉的信息：“我和同事在警察局做笔录。今天下午三点，工作室见。地址：河东市长丰区建国路 98 号。”

“长丰区？”看到工作室地址，我灵机一动，立马低头在手机通讯录里翻找起来。

很快，我找到了一个署名“长丰区公安局李局长”的号码，拨了出去。

电话接通的一瞬间，一个浑厚的声音飘进耳膜：“路老弟，你可是好久没联系我啦。你小子是无事不登三宝殿，说吧，今天又要我帮什么忙？”

“李局好久不见，小弟甚是想念。”我寒暄了一句，随即进入了主题，“李局，昨天深夜，你们辖区是不是接了一个艺术家自杀案？”

“你说那个画家？路大记者消息可真灵通。”李局长一愣，朗声笑道，“没错，昨天夜里，我们局下属的建国路派出所接到报警，说有一个艺术家在自己的工作室双料自杀，分局法医和技术队也出警了。目前，尸检和自杀现场的勘查都已经做了，初步的勘查报告估摸着今天就能出来……”

闻言，我急吼吼地插话道：“报告结论一出来，也给小弟我看看行吗？”

“路老弟，你要这个做什么？”李局犹豫了一下，笑道，“目前看来，这只是一起普通的自杀案——你不是喜欢调查那些所谓的超自然事件吗？这样的案子都能入得了路大记者法眼？”

我苦笑起来：“瞧李局说的，正常的案子小弟就不能写啦？再说了，这位艺术家自杀前，还真碰到过一些超自然事件……”

“哦？”李局察觉到了我话里的深意，语气也严肃起来，“行，我们掌握的案件资料，都可以提供给你。但如果你查出了什么，也要及时跟我们通个气。对了，关于涉案信息的规矩老弟你也是懂的……因为涉及案件调查细节，在结论正式公布之前，一定不要外传哟。”

“没问题。”我急忙说道，“等忙完这个案子，小弟请李局吃火锅。”

“行啊，不过你请客，我出钱。”李局长开了一句玩笑，挂断了电话。

好不容易熬到下午，我按照和朱莉的约定，来到了林凯源工作室。

这间工作室位于长丰区大学城核心地段，紧邻河东美术学院和繁华的建国路商业街。

说是工作室，实际上却是一栋造型时尚的八层小楼。

“在这个寸土寸金的地段，能盘下一整栋办公楼……看来，这林凯源不仅会画画，也很会做生意……”

心里这么嘀咕着，我快步走进了工作室。

一钻进工作室大门，我就看见了正在一楼大堂等候的朱莉。

见我进来，她急忙迎了过来，朝我勉强挤出一个笑容：“路主编来了，我们到楼上办公室说吧。”

我点点头，又看了看她通红的双眼和硕大的黑眼圈，心说：“这妹子怪可怜的，现在不画烟熏妆，眼圈都是黑的了……”

我一脸怜香惜玉地说：“朱小姐，昨天一宿没睡吧？”

朱莉苦笑了一下，轻轻“嗯”了一声，领着我进了电梯。

在电梯里，我看到了工作室的楼层分布图——

一楼是接待区，二楼是员工食堂，三楼是作品展示区，四楼、五楼是员工办公室，六楼是茶歇区和健身房，七楼是仓库，八楼是林凯源的画室。

见这阵势，我心里又开始叽歪：“乖乖，这工作室的配置比好些大公司还齐全，看来是真不差钱。”

朱莉好像看出了我的想法，她盯着楼层分布图，柔声说：“这几年林老师的名气越来越大，他作品的行情也水涨船高，我们工作室也越来越大。现在来看，应该是全省最大的一间画家工作室了。”

我“哦”了一声，问道：“现在工作室有多少人？”

朱莉按下四楼的电梯键，答道：“有三十多人。”

我轻轻叹了口气，又说道：“现在林老师自杀了，工作室以后怎么办？”

盯着电梯上跳动的数字，朱莉发出一声叹息：“林老师是高产的画家，现在还有三百多幅作品没卖出去。接下来，我们会专心运营这些作品的版权，等赚够钱之后，再转型做些其他业务，比如说艺术培训之类的……不过，那都是后话了。”

说着，朱莉的眼圈又红了。

见状，我有些于心不忍，但又不得不提出了下一个问题：“对了，朱小姐，那幅《空间》还在吗？”

一提到这幅画，朱莉的眸子里立即闪过一丝恐惧。

她转过头正想说什么，电梯里忽然响起一声提示音——

“叮！”

四楼到了。

和我一起走出电梯，朱莉一脸紧张地看看四周，忽然拉住我的手，快步朝走廊尽头的一间办公室走去。

走进办公室，她又小心地关上了门，这才对我说道：“路主编，那幅画就在八楼的画室。但因为那幅画太邪性，林老师又是在画室自杀的，警察一走，我们就把那里封起来了。”

“瞧这妹子，还真是被那幅画吓得不轻……”我心里这么说着，在办公室的沙发上坐了下来，直接进入了主题，“朱小姐，昨天到底是怎么回事？请你详细和我说说。”

闻言，朱莉轻轻点了点头，在我身旁慢慢坐下，但没有立即开口。

她低头盯着地板，抿了抿烈焰般的红唇，紧蹙的眉宇间隐隐透出一丝惊恐，好像陷入了某种恐怖的回忆。

见状，我主动说道：“朱小姐，你别紧张。这样吧，我来提问，你如实回答，就像昨天你和警察做的那样，可以吗？”

朱莉轻轻点了点头。

## 6

接下来二十分钟，我开始频繁提问——

“昨天，是谁发现林老师自杀的？”

朱莉脱口而出：“是李汉强。”

“李汉强？就是林老师的助理？”

朱莉应道：“对。”

我又问：“当时你也在场？”

朱莉轻轻“嗯”了一声。

我说：“当时是什么情况？你和我详细说说。”

“好。”朱莉应道，再次抿了抿嘴唇，开始回忆昨天事情的经过——

昨天和我分别后，朱莉回到了林凯源工作室。

因为几天后林凯源有三件作品要参加拍卖，她一回去就钻进办公室，开始准备各种材料，一直工作到晚上七点。

其间，林凯源和李汉强到她办公室来过一次，商量了一些拍卖的细节。

大约七点二十分，朱莉离开工作室，给林凯源打了一个电话，问他要不要一起到外面吃饭。林凯源说还不饿，让她吃完买一份外卖回来就行。

于是，朱莉叫上李汉强到外面吃饭去了。

八点左右，两人吃完饭，又买了一份外卖，回到工作室继续加班。

十点一过，朱莉完成了手头的工作，正准备下班回家，却被李汉强叫住，一起到茶歇室喝茶聊天。

十一点四十八分，朱莉见时间不早了，于是给林凯源打了一个电话，准备和他说一声然后就下班。

但林凯源没有接听。

因为平时林凯源经常吃住在工作室，而且创作累了倒头就睡，因此两人都以为他已经睡了，并不担心。

朱莉还给林凯源发了信息，告诉他自己和李汉强回家了。

随后，两人乘坐电梯来到地下车库，准备开车回家。

开车时，李汉强才发现，自己的车钥匙落在了工作室，于是独自上楼去取。

大约十分钟后，等在车库的朱莉，突然接到李汉强的电话。

电话里，李汉强惊恐地吼叫道：“林老师自杀了！”

朱莉大惊，急忙乘坐电梯来到八楼的画室，发现林凯源躺在地板上，右手持刀，左手腕处有一道深深的伤口，鲜血流了一地。在不远处的茶几上，还放着一个空的安眠药药瓶和一瓶打开的纯净水。

见状，两人吓得手足无措，急忙打电话报警。

很快，警察到达，开始勘查自杀现场。

十二点十五分，朱莉给我打来电话，说了林凯源自杀的事。

今天上午，他们又被叫到公安局，做了详细笔录。

等回到工作室的时候，却发现那幅画的内容又变了回来……

说到这里，朱莉已经花容失色，身子也在轻轻颤抖。

听了她的回忆，我脑子里也涌出了更多疑问。

怀揣着这些疑问，我沉默着掏出一支烟，又在朱莉面前晃了晃："朱小姐，我可以抽支烟吗？"

"请吧。"

我点燃烟吸了一口，逐一提出了心中疑问——

"朱小姐，听你刚才说的，你和李助理的关系好像很亲密？"

朱莉并不否认："他是我男朋友，我们住在一起。"

我点点头，又问道："昨天那份外卖是谁送上去的？"

朱莉说："我和汉强一起送去的。"

"当时林老师一切正常？"

朱莉很肯定地说："正常。"

我想了想，继续发问："昨天你说过，画室是最近才安装的监控。工作室其他地方也有监控吗？"

朱莉说："因为林老师的作品大部分都放在工作室，因此每个楼层都有监控，而且是全天候无死角的。至于画室，是因为那是林老师的创作空间，他不喜欢被人监视，因此才一直没装监控。《空间》出现诡异事件后，经他同意，画室里也安装了监控。"

我又问："这些监控随时都有人查看吗？"

朱莉说："有。我们有专门的保安室，二十四小时都有保安值班。各楼层有任何异样，他们都能及时发现。"

"都能及时发现？"我苦笑道，"但这并不包括林老师的画室吧？昨天你也说了，画室里只有一个监控，而且还始终对准《空间》的。"

朱莉也苦笑起来："路主编说得对……但除了画室，其他地方都有监控。"

我点点头："监控录像都看过了吗？有没有什么异常？"

朱莉说："昨天林老师自杀后，警察就到保安室看过，并没发现什么异常。"

回答完这个问题，朱莉反问道："路主编，你问这些做什么？昨天警察都说了，初步判定林老师是自杀……"

面对朱莉的疑问，我笑了笑，答非所问地说："刚才你也说了，昨天林老师一切正常……是什么让一个正常人突然决定要去自杀？"

谈话进行到这里，我决定把重点重新放到《空间》上，于是继续道："我觉得，这和那幅画多少有些关系。"

听了我的话，朱莉的双眼瞪得溜圆，就像突然想起了什么。

沉吟片刻，她犹豫着说："路主编，我觉得，林老师突然选择自杀，是因为《空间》又发生了变化……"

"又变了？"我闻言一惊，急声问道，"这次是怎么变的？"

"这次……"朱莉犹豫了一下，好像在寻找合适的形容词。

良久，她才吐出几个字："这次画上的内容好像变成了……厉鬼索命。"

说着，朱莉把手机递了过来。

"厉鬼索命？"我一边重复着这四个字，一边接过手机。

手机上，显示着《空间》最新的画面——

画面上，天空中依旧群星闪烁。

满天繁星下，那栋林间小屋不见了，取而代之的是一栋小楼。

看到那栋小楼，我忽然觉得有些面熟，下意识地数了数楼层——正好是八楼！

"这莫非就是……林凯源的工作室？"我心里一惊。

小楼最上的一层，画着一个灯火通明的大房间。

房间里，一个男人躺在地板上。

男人的右手，正紧握着一把刀。

在他左手手腕处，已经涌出了一大摊鲜血，在地上汇成了一个血池。

令人触目惊心的是，男人身旁还站着另外一个人。

那是一个披头散发、浑身散发着黑气的女人。

那女人的脸一片煞白，两只硕大的眼睛却是红色的，就像是两个血色灯泡。

画面上，女人咧嘴狞笑着，用两只“血色灯泡”紧紧地盯着地上的男人……

整幅画面，透出一种浓浓的诡异感，联想到林凯源的自杀，更是让人心惊胆战。

我的心，也像被一只隐形大手揪紧了。

## 7

把手机还给朱莉，我已经可以确信，林凯源的自杀并不是看起来那么简单。

这么想着，我又问朱莉：“朱小姐，你觉不觉得，这幅画好像真是‘动画’？”

“动画？”朱莉一愣，显然没明白我话里的深意。

我笑了笑，解释道：“截至目前，《空间》先后出现了四幅不同的画面。如果前后连贯起来看，这些画面似乎组成了一个完整的故事。昨天，你对我说过，自从那幅画出现变化，林老师的情绪就产生了很大波动，甚至影响了他的创作进度……”

说着，我盯着朱莉的双眼，一个字一个字地说：“当时我就琢磨，林老师之所以受到如此大的影响，很可能是因为画上的故事和他有关……”

“画上的故事……和林老师有关？”朱莉重复着我的话，一脸茫然。

我也不多做解释，转而提出另一个问题：“关于这幅画的事，你们对警察说过没有？”

朱莉急忙摇头道：“没有，怎么可能说这个？而且就算我们说了，人家能相信吗？”

我很善解人意地点点头，又问：“林老师有什么仇家没？”

“林老师在圈子里人缘很好，没听说他和谁红过脸，更别说是仇家了。”朱莉脱口而出，随即又反问道，“路主编，你老问这些做什么？莫非你觉得，林老师不是自杀？”

我不置可否地耸耸肩，继续道：“那么，林老师结婚了吗？”

朱莉点点头：“当然。林老师的夫人是双河美院的老师，他们结婚二十三年了，感情一直很好。”

“朱小姐记性可真好，林老师结婚多少年都记得这么清楚。”我笑道。

朱莉摇了摇头，解释道：“路主编说笑了，去年林老师结婚纪念日，邀请工作室的员工去吃了顿海鲜大餐，因此我印象比较深刻。”

“哦，原来如此。”我嘟囔了一句，又问道，“他们有孩子吗？”

朱莉摇摇头：“他们一直没有要孩子。”

“原来如此！看来，不管是事业还是家庭，林老师都是人生赢家啊。”我似笑非笑地应了一句，随后就话锋一转，“朱小姐，我想见见林夫人。”

“现在？”朱莉一愣，苦笑道，“昨天林老师刚去世，现在就去打扰他的家人，恐怕不太好吧？”

“谁说我是去‘打扰’的？”我坏笑起来，“林老师去世，你们总要去他家看望看望吧？你们去的时候，叫上我就成。”

“好……吧。”朱莉犹豫着答应了，“明天，工作室准备举办一场林老师的追思会，到时候圈子里的一些朋友和夫人都会参加……”

我点点头表示感谢，又问道：“林老师只结过一次婚？”

面对这个冷不丁冒出来又有些八卦的问题，朱莉似乎有些不悦：“路主编，之前林老师结过几次婚，我是真不知道。但我知道的是，林老师的婚姻很美满。”

盯着朱莉认真的表情，我决定转移话题，于是问道：“对了，李助理在吗？”

朱莉应道：“他在楼上整理林老师的遗物。”

“楼上？”我一愣，急声道，“他在林老师的画室？”

“不，在七楼仓库。”朱莉急忙更正道，对我的反应有些不解。

我说：“朱小姐，我想到画室看看那幅《空间》，请你叫上李助理陪我去一趟，行吗？”

闻言，朱莉的眼眸里再次闪过一丝惊惧之色，显然不太愿意面对那幅邪性的油画。

见状，我急忙又补充道："我知道这对你来说很难，但为了查明林老师自杀的真相，我觉得还是有必要去一趟。"

良久，她才犹豫着答道："好……吧。"

"好，那我们这就上去？"我笑着站起身来。

朱莉也站了起来，掏出手机拨通了李汉强的电话："汉强，路主编来了，他想到画室看看。你马上到八楼画室等我们。对，就是昨天我和你说的《暗角》编辑部的路晓路主编……"

等朱莉打完电话，我们一起进了电梯。

来到八楼，一条长长的走廊出现在面前。

走廊尽头，就是林凯源的画室。

此时，画室门口还贴着黄色的警用封条，但大门却是敞开的。

"汉强已经到了。"朱莉说着，和我一起穿过走廊，径直走进了画室。

果然，一进门，我就看到了一个身材高大的年轻男子。

这男子约莫三十岁，五官端正、相貌堂堂，英俊的相貌配上身上笔挺的定制西服，俨然一副精英人士的扮相。

然而，和英俊的外表形成鲜明反差的是，这位精英人士正面朝墙壁跪在地上，面前还插着三根高香，一边双手合十念念有词，一边还不断对着墙壁点头作揖。

他正在跪拜的墙壁上，赫然悬挂着一幅油画。

定睛一看，正是那幅《空间》。

见自己男友跪在地上一个劲儿磕头作揖，朱莉不禁有些嗔怒，厉声喝道："汉强，你这是唱的哪出啊？"

听到女友的河东狮吼，李汉强这才察觉到身旁有人，急忙站起身，看看朱莉，又看了看我，有些不好意思地挠了挠头，随后朝我伸出了手，笑道："你就是路晓路主编吧？"

我也笑着回应道："对，我是路晓。你就是李汉强李助理？"

"对，我就是朱莉的男朋友李汉强。路主编，久仰了。"李汉强说着，和我不冷不热地握了一下手。

“朱莉的男朋友？”我心里重复着李汉强的话，暗自发出一声冷笑，“和陌生人做自我介绍，这小子竟然强调自己是朱莉的男朋友。看来，李汉强虽然个子很大，但心眼儿却很小啊……也难怪，谁让我才貌双全呢，哈哈。”

心里这么叽歪着，我从李汉强身上移开视线，指着他身后的油画说：“这就是那幅油画？”

李汉强和朱莉异口同声道：“对。”

我急忙绕过李汉强，眯缝着眼观瞧起来。

墨蓝色的天空，闪烁的群星，林间小屋，明亮的灯光，幸福的一家三口……的确如朱莉所言，画上的一切，都透出一种宁静温暖的气息。

盯着那幅温暖的画面，我嘟囔道：“昨天‘厉鬼索命’的画面已经消失了？”

对此，李汉强似乎并不觉得意外：“路主编，小莉应该和你说过吧，《空间》的变化规律，每次都是晚上十一点一过出现新的内容，第二天白天又变回来。”

我笑着点头，转身对李汉强说：“对了，李助理，作为林老师的全职助理，你应该对他很了解吧？昨天自杀前，林老师看起来正常吗？他的情绪有什么异常吗？”

李汉强点点头，随即又摇摇头：“昨天，林老师一切正常。晚上我给他送外卖时，我们还商量了一下后天拍卖会的细节……”

“哦？”我轻轻皱了皱眉，“也就是说，林老师是没有任何征兆地突然自杀了？”

“应该……是吧。”此话一出，李汉强的语气犹豫起来，下意识地转头看了看朱莉……

## 8

看到李汉强的表情，我察觉到他好像有什么话藏着没说，但又有些忌惮朱莉。

于是，我笑着对朱莉说：“朱小姐，不好意思，能让我和李助理单独谈谈吗？”

朱莉愣了愣，低头看了看地上的香烛，又看了看李汉强，一脸犹豫地点点头，转身走出画室，顺手关上了门。

看到朱莉的反应，再联想到刚才李汉强磕头作揖的举动，我忽然灵机一动：“朱莉和李汉强似乎都相信这幅画很邪性。但和朱莉不同的是，李汉强似乎特别相信……”

这么想着，我坏笑着问：“李助理，既然这幅画这么邪乎，你们何苦还留着它？把它一把火烧了，岂不是一了百了？”

李汉强大惊，急声说道：“路主编，使不得啊！这幅画上藏着恶灵，我们怕要是对它不敬，就会被报复——就像林老师一样！”

“报复？”我咀嚼着这个词，隐隐觉得这两个字背后隐藏了很大的信息量，于是又问，“李助理，警察都说了，林老师是自杀的。你又是怎么知道他是死于……恶灵的报复？”

李汉强沉默了一秒钟，随后就答非所问地说：“路主编，你相信这个世界上有鬼吗？”

面对这个似曾相识的问题，我苦笑道：“李助理，昨天朱小姐也这么问过我。看来，你们俩还真是心有灵犀……”

李汉强也笑了，眼神里竟然还有些得意。

“这个小男人，不仅占有欲很强，而且对朱莉的感情也很深。”我心里嘀咕着，反问道，“你相信世界上有鬼吗？”

李汉强低头看了看地上的香烛，又用眼角的余光瞥了一眼墙上的《空间》，再一次答非所问：“路主编，我是你们《暗角》的铁粉……看你写的稿子，大部分都是有关超自然事件的。你应该也很相信这些，对吧？”

李汉强话一出口，我立即察觉到了他的意图。

“这小子……竟然想诱导我？

“哼哼，他太小看我了。我可是堂堂的名记者，怎么可能被轻易诱导！

“不过，他既然把我往这个方向引，那就说明他有某种目的，我不妨就顺着他的话往下说，看看他到底想怎么样……”

心里这么盘算着，我故作诚实地开口道：“李助理说得没错。以前，我觉得超自然事件都是封建迷信，但经历了太多这样的案例，现在我也有些相信了。毕竟在茫茫宇宙之间，在神秘的阴阳两界之中，究竟存在着什么，究竟发生着什么，作为凡夫俗子的我们，是无权下定论的。”

听到我的话，李汉强大喜，急声应道：“路主编，我们想到一块去了！以前，我也是不大相信鬼神的，但自从林老师买了这幅画，我就越发相信，这画上藏着恶灵！而林老师突然选择自杀，就是恶灵施加给他的报应……”

“报应？”

我一脸玩味地重复着这个词，装出一副很惊讶的表情：“李助理，刚才你说林老师之所以毫无征兆地自杀，是遭到了画中恶灵的报复。现在你又说林老师遭了报应。莫非林老师以前做过什么……亏心事？”

李汉强并没立即回答，而是一脸紧张地看了看房门，确认房门紧闭后，他才凑到我耳旁，用一种充满诡异的声音说——

“林老师和我说过，以前他害死过人……现在，死者已经化成了厉鬼，要来找他索命了！”

“林凯源害死过人？”我大惊失色，急声问道，“这是什么时候的事？他都是怎么说的？你又是怎么知道的？”

见我连珠炮般提出了一连串问题，李汉强眼神里再次闪过一丝兴奋。

似乎觉得我已经相信，他才又继续说道：“去年年底，《空间》第一次出现变化，林老师就变得有些心神不宁，好像是察觉到了什么。今年春节前，《空间》的画面再次改变，林老师的情绪就崩了。当时我就觉得，他之所以有这么激烈的反应，很可能和画上的内容有关……”

接下来大约十分钟，李汉强用充满诡异和惊恐的声音，向我回忆了林凯源人生最后几个月的心路历程——

按照李汉强的说法，在今年春节前夕，《空间》发生了第二次变化。

自从那时开始，林凯源就变得魂不守舍，甚至有段时间连日常创作都进行不下去。

因为春节后就要参加一系列展览和艺术品拍卖，朱莉和李汉强急得就像热锅上的蚂蚁。

迫于无奈，李汉强陪林凯源去见过一位大师。

大师看了林凯源的手相，又要了他的生辰八字，掐指一算，当时就脸色大变，厉声道："你以前是不是作过'大恶'？"

闻言，林凯源大惊，立即点头承认，但并没坦白自己究竟作过什么"恶"。

大师也不深究，只是一脸严肃地说："天道轮回，报应不爽。三月之内，因果必现！"

听到这话，林凯源吓得身子一软，差点儿从椅子上摔下来。

一旁的李汉强急忙道："大师，可有什么破解的方法？"

大师沉吟半晌，才低声说："那幅'魔画'吸收了多年怨气，可谓凶煞至极，因此不能随意销毁，反而还要好好保存。我再写一道符，藏在那幅'魔画'之中，作为镇压之用。你再多乐捐一些钱财，用来破财免灾……"

见大师有破解的方法，林凯源立马答应下来，当时就乐捐给大师十万元，又把大师画的符请回家，藏在了《空间》的画框后面。

说来也神奇，自从请回了大师的符，《空间》就没有再发生过变化。

林凯源的心情也渐渐平复下来，又开始画画参展赚钱。

其间，李汉强曾试探着问过林凯源，当年他究竟作了什么"大恶"。

林凯源犹豫了很久，模糊地回答说自己曾害死过一个人。

李汉强也不便再多问。

然而，昨天夜里，"魔画"再次发生变化，林凯源不堪其扰，最终精神崩溃选择了自杀……

## 9

"路主编，我觉得，林老师之所以平白无故突然自杀，就是因为受不了'魔画'的刺激……"

说到这里，李汉强停止了讲述，圆瞪着一双铜铃大眼，一脸惊恐地盯着我。

而我，则陷入了深深的沉默：

“不管李汉强刚才说得多玄乎，他的话里至少提供了两条有用的线索……

“第一条线索，是林凯源突然选择自杀或者说……被杀的原因——几乎可以确定，他是因为多年前作过的‘大恶’而遭到报复。

“第二条线索，是‘大恶’究竟是什么——根据李汉强的讲述，林凯源曾经害死过一个人。

“那么，新的问题也来了——当年被林凯源害死的人，究竟是谁？现在报复林凯源的‘恶灵’，又是谁？”

想到这里，我默默抬起头，望向墙上的那幅画。

良久，我才再次发问道：“李助理，大师写的那道符，现在还在画框里？”

“在！”李汉强把头点得像鸡啄米。

“取出来给我看看。”

听到我命令般的语气，李汉强一愣，嗫嚅着看了看我，又转头有些恐惧地看了看那幅画。

愣了好一会儿，他又向那幅画点头作揖了几下，这才蹑手蹑脚地摘下画框，从画布后面取出一道杏黄色的符纸。

我瞥了一眼，不说话了。

见我不说话，李汉强小心翼翼地把符纸放回画框，又重新把画挂了起来。

等他做完这一系列动作，我又开口道：“李助理，你觉得，当年被林老师害死的人会是谁？”

闻言，李汉强脸上的肌肉跳了跳，下意识地瞥了一眼墙上的画，又苦笑着说：“路主编，这我就不知道了。”

我却步步紧逼道：“在和现任妻子结婚前，林老师结过婚吗？”

李汉强挠了挠头，继续苦笑道：“林老师的个人经历，早就在网上公开了。我跟了他这么些年，还真不知道他以前结过婚……路主编，你问这个做什么？”

我高深莫测地笑了笑，反问道：“李助理，你觉不觉得，当年林老师所作的‘恶’，很可能已经被《空间》讲了出来？”

李汉强一愣，随即好像明白了什么，嗫嚅道：“路主编是说，这幅画上的内容，就是对当年林老师作‘恶’的……记录？”

我笑着点点头。

“这……怎么可能？”李汉强双眼圆瞪，一脸不可置信地说。

闻言，我忽然话里有话地说道：“李助理，你连‘恶灵复仇’这样的事都信，怎么就不能信我说的？”

李汉强又是一愣，脸上再次溢满了惊恐的神情：“不，我不是不信，而是觉得……如果真是路主编说的这样，这幅画可就太邪性了……”

我盯着他的双眼，一个字一个字地说：“原来如此，多谢了。”

说完，我转身走出画室。

一直等在门口的朱莉立即迎了上来：“路主编，你们都谈完了？”

我点点头，笑道：“朱小姐，工作室里除了你们，平时还有哪些员工跟林老师比较亲近？”

朱莉皱起柳叶眉，很认真地想了一会儿，犹豫着说：“要说个人感情的话，林老师比较亲近的只有我和汉强。但要说工作关系的话，会计部的王主任、后勤办公室的牛总监都跟他接触比较多。”

这时，李汉强也跟了出来，插话道：“小莉说得对，平时和林老师关系近的员工，还真就我们俩。”

我耸了耸肩：“行，请你们把王主任和牛总监找来，我和他们聊聊。”

李汉强一头雾水地问：“路主编想聊什么？”

“我也不知道聊什么。”我一脸诚实地答道，“但我就是觉得，林老师的自杀和那幅画之间，还存在着某种关系——某种我还不知道的、更深层次的关系。”

听到我这句话，朱莉和李汉强面面相觑。

片刻后，李汉强忍不住问：“路主编，莫非你觉得，林老师不是……自杀？”

“哈哈，朱小姐也这么问过。”我打了一个哈哈，“看来，你们还真是心有灵犀。”

几分钟后，我和两人一起回到了朱莉的办公室。

一进屋，李汉强立即掏出手机，叫来了王主任和牛总监。

我把旁人请出办公室，先和王主任谈了起来。

王主任今年五十七岁，是资深的注册会计师。三年前，工作室成立之初，他就受邀成了林凯源的账房先生。

在谈话中，王主任提到，林凯源一向乐善好施，每年都会给本市的一些著名寺庙和道观乐捐香火钱，还经常给一些慈善机构提供资助。

至于其他情况，他说的和我从朱莉、李汉强口中听到的基本一致。

随后，我又和牛总监聊了一会儿。

牛总监今年四十五岁，是一个体重两百多斤的胖子。

见到他，我一边暗自惊叹“工作室后勤油水真多”，一边开始和他东拉西扯。

作为掌管工作室后勤的总监，他也提到林凯源乐善好施，而且在本市交友广泛。每年，林凯源都会给一些慈善机构和众多朋友送礼物。

其中，他提到了一个之前我不知道的细节——“去年年底，林老师认识了一位著名的心理医生，春节前还专门安排我准备了一份厚礼，由他亲自给那位医生送去。”

听到这话，我心里一动，默默记下了这个细节……

一个小时后，我结束谈话，和朱莉、李汉强打了一个招呼，准备离开。

临别前，朱莉问我：“路主编，明天林老师的追思会，你也要参加吗？”

我笑着点了点头。

## 10

回到家，已经是晚上七点多了。

点了份外卖胡乱吃下，我斜靠在沙发上，慵懒地点燃一支烟，脑子却在快速运转。

简单梳理了一下当天采访的收获，我再次明确接下来调查的两个主要目标——

一是当年林凯源究竟害了谁？

二是“恶灵”究竟是谁？

对第一个问题，我虽然已经有了某种猜测，但还没有找到印证这种猜测的有力证据；至于第二个问题，目前完全没有线索。

这么想着，我喷出一口烟，轻轻发出一声叹息：“现在缺的，还是关于‘恶灵’的关键线索……管它呢，明天见了林凯源的老婆再说。”

…………

一夜无话。

第二天上午八点，我出门拦下一辆出租车，再次来到林凯源工作室。

我还没下车，就远远看见工作室外竖起了巨大的白色幡布，上面印着一行醒目的黑字：著名画家林凯源先生追思会。

工作室大门口外，摆满了各色花圈。

一些装扮各异的男女，正在大门里进进出出。

来到工作室大门口，我见到了正在接待来宾的李汉强。

就见他身穿黑色礼服，面色凝重而肃穆。

看见我，李汉强挤出一个职业的笑容，说：“路主编来了，快里面请。”

我朝他点了点头，大步走进工作室。

走进一楼，就见宽敞的大堂正中，悬挂着一幅巨大的林凯源遗像，四周同样摆满了花圈。

和肃穆的摆设不同，大堂一侧还支起了众多画架，画架上陈列着数十幅油画作品，形成了颇有气势的作品展区。

我瞄了一眼这些作品的署名，全都是林凯源。

画架旁，一列长桌一字排开，桌上摆满了托盘。托盘上，高脚杯、香槟酒、葡萄酒和放满零食的精致餐盒列成了方阵，任由宾客取用。

大约三百人正拥挤在大堂里，一边相拥着美酒零食，一边三五成群地聊着天。

其中，既有西装革履、一副精英扮相的成功人士，也有身穿机车夹克、梳着莫西干发型的时尚达人。

此情此景，让我啧啧称奇："瞧瞧这会场，既像追悼会，又像上流社会的社交party；既有穿着体面的精英，也有朋克风的重金属怪咖……看来，著名艺术家的追思会，还真不是我这种土包子看得懂的……"

这时，身旁传来一声清脆的呼唤："路主编来了……"

一转头，就见朱莉正朝我款款走来。

她同样一身黑色礼服，配上胸前一朵素净的白玫瑰，那气质绝对能迷倒不少没见过世面的宅男痴汉。

"幸好我是见过世面的，要不然就和李汉强一样，被她迷得神魂颠倒了。"

我心里叽歪着，笑着迎了过去，开门见山道："朱小姐，林夫人来了吗？"

"来了。"朱莉抬起一双凤眼，朝大堂正中挤了挤眼。

顺着她的目光望去，就见一个身材瘦削的高个子中年女人，正坐在林凯源巨大的遗像旁。

这女人面色苍白、眼圈泛红，虽然已经年近五旬，但精致的五官仍然在向人们传递出一个信号："老娘当年也曾倾国倾城……"

此时，女人正蜷缩在宽大的沙发里，面若冰霜地注视着眼前摩肩接踵的人群。

不时有宾客凑上前去，对那女人嘘寒问暖。她也只是点头作答，矜持而不失高傲。

那种默不作声却镇压众人的强大气场，想必就是林夫人无疑了。

把目光从林夫人身上移开，我又问朱莉："朱小姐，夫人什么时候有空？我想单独和她谈谈。"

朱莉沉吟了一下，答道："追思会九点开始，然后会有一些嘉宾发言。作为家属，林夫人是最后一个发言的。如果要单独和她谈话，可能要等到追思会结束后，大概要等一个小时。"

"行，请你先和夫人说一声，等会儿我去找她。"我说着，朝朱莉笑笑表示感谢。

朱莉也还了我一个妩媚的笑容，转身走进了人群。

我则找了一个位子，百无聊赖地坐了下来。

九点整，朱莉手持麦克风，款款来到大堂前方，宣布追思会正式开始。

随后，一个据说是全球华人画家联谊会主席的大个子老头儿接过话筒，开始絮絮叨叨地总结林凯源的人生，说他是“照耀东西方的华人艺术之星……”。

唠唠叨叨了十多分钟，老头儿恋恋不舍地交出了话筒，一个西装革履、头发油光锃亮的中年男人又站上了前台。

朱莉介绍道，这位西服男是法国某华人画廊的老板。

捏着话筒，西服男用半生不熟还掺杂着英文和法语单词的普通话，吧啦吧啦了一大通他和林凯源关系如何如何好，林凯源的画价值如何如何高……

第三位发言嘉宾，是一个涂着烟熏妆、疑似患有面瘫晚期的机车朋克男。

据说，他是林凯源嫡传弟子。

这位嫡传弟子动作机械地来到众人面前，又歪着身子、面无表情地讲述起林凯源是如何教导他，而他又是如何不忘师恩的……

在长达一个小时的时间里，多名嘉宾轮番上阵，或声泪俱下、或面无表情地吐出一大串溢美之词，努力向其他来宾证明着自己和林凯源的关系不一般……

其间，我始终很有风度地坐着，一脸微笑地欣赏着来宾们的表演，心里却早就骂开了街：“虚伪、做作、肉麻……某些所谓艺术家圈子的风气，真是让人不忍直视，也难怪林凯源对这世界生无可恋……”

怀着这样的想法，我终于忍耐不住、满心厌恶地站起身，转身出门吸烟去了。

吸了一支烟，我再回到会场时，发现已经轮到林夫人发言了。

“终于快结束了……”我精神一振，脑子里也开始盘算等会儿要怎么套林夫人的话。

十多分钟后，林夫人发言结束，朱莉随即宣布：“请各位来宾移步展区，在林老师的画作中追寻故人的身影……”

话音未落，人群立即骚动起来，开始涌向作品展区。

这时，林夫人也黯然转身，独自走向电梯。

见状，我立马挤过人群，朝她一路追了过去。

在电梯门口，我追上了她。

昨天进行采访准备时，我就详细查询过林夫人的资料，也知道了她的名字——她叫马玉琴，是河东美术学院油画系教授。

在追上马玉琴的一瞬间，我决定用她的姓氏来称呼她。

于是，我开口叫道："马老师请留步。"

闻言，马玉琴停住脚步，转身一脸狐疑地看着我："你是哪位？我们……认识吗？"

我笑了笑，双手递过一张名片："马老师，我是话锋传媒《暗角》编辑部的路晓。刚才朱小姐应该和你说过，关于林老师的事，我想单独和你谈谈……"

马玉琴愣了愣，苦笑道："刚才小朱是和我说过。但我觉得这件事没什么好谈的……"

"不，我想聊的不仅是林老师，更是马老师……"我一脸严肃地说，"马老师，圈子里的朋友都知道，当年在河东市艺术界，你可是极具潜力的油画才女。但为了支持林老师的工作，你毅然放弃了很多。如今，林老师虽然去世了，但他的成就大家有目共睹。因此，我想采访一下你，挖掘一下在林老师背后默默付出的贤内助的故事……"

听到我充满真情的游说，马玉琴先是一愣，随即眼圈就是一红。

片刻后，她朝我使劲点了点头："凯源去世后，人人都在议论他，你倒是第一个来关心我的……好，就冲这一点，我就要和你好好聊聊。"

## 11

闻言，我大喜过望，急忙伸手点开电梯门，笑道："马老师，我们找个安静的地方说话？"

马玉琴笑笑，和我一起进了电梯。

来到画室四楼办公区，整层楼空无一人。

马玉琴轻车熟路地推开会议室的门：“就在这里吧。”

我道了声“好”，和她一起进入会议室。

坐定后，马玉琴直入主题：“路主编，你想采访什么？尽管问吧。”

我也开门见山道：“马老师，你和林老师结婚已经二十三年了吧？”

马玉琴点点头：“对，凯源出国前，我们就认识了。”

“这么说来，你应该是最熟悉林老师过往经历的人了。”我双眼开始放光，“能给我讲讲你们是怎么认识的吗？”

马玉琴苦笑了一下：“路主编对这个感兴趣？”

我郑重其事地点点头：“你们二位，是本市乃至本省艺术界的一对深情伉俪。完整了解你们的情感心路，我才能在稿子里还原你们的真挚感情……”

听到我一本正经地胡诌，马玉琴信以为真：“好吧，那我就给你说说……”

接下来二十分钟，马玉琴向我简单回顾了她和林凯源的情史——

二十七年前，马玉琴二十二岁，正在河东美术学院油画系念大三。

那年暑假，系里组织了一场针对业余画家的油画技能培训，她作为学生干部，被老师叫来帮忙。

就是在那场培训上，她认识了林凯源。

当时，林凯源主动报名，成了培训班学员。很快，马玉琴和培训老师就发现，这个来自偏远林场的护林员拥有极高的绘画天赋。

不仅如此，林凯源对人也非常热情，经常在放学后主动留下，和马玉琴一起整理教室。

一来二去，林凯源对绘画的热情打动了马玉琴，两人不知不觉就走到了一起。

后来，林凯源决定到法国学习绘画，已经考上河东美院研究生的马玉琴不顾家庭反对，当即变卖了父母买给她结婚用的房产资助林凯源，并申请休学陪同林凯源远赴巴黎。

一年后，两人在塞纳河畔完婚。随后，马玉琴回国继续念书，每逢寒暑假就到法国和林凯源团聚。

此后整整二十年，同样热爱油画的她几乎放弃了对艺术的追求，全身心地支持林凯源的事业……

听马玉琴说到这里，我故作惊叹地嚷嚷道："二位可真是伉俪情深，特别是马老师的默默付出，让我听了深受感动。"

听到我貌似真心的感叹，马玉琴似乎得到了某种满足，于是很矜持地笑道："路主编见笑了。这都是些陈年旧事，不足挂齿。"

见马玉琴已经敞开心扉，我脑子里闪过了《空间》上出现的那个女人和小男孩。

于是，我决定进入主题，不动声色地问道："对了，马老师，我听说认识你之前，林老师是结过一次婚的？"

面对这个突如其来的问题，马玉琴不禁一愣，眼神里闪过一丝不悦："路主编，你消息可真灵通。但凯源这段孽缘，和你想写的稿子有什么关系？"

听到"孽缘"这个词，我心中不禁一阵狂喜："终于被我蒙对了！原来，林凯源之前真的结过一次婚！这么说来，画面上的女人和小男孩，恐怕就是……"

想到这里，我一脸真诚地说："马老师请不要误会。我之所以提到林老师的上一段婚姻，是想和林老师认识你之后的幸福美满做一个对比，说白了，就想要衬托你作为贤内助的无私和贤惠……"

说着，我又坏笑道："没有对比就没有伤害——林老师和前妻的不幸福，正能衬托他和你的幸福，不是吗？"

听了我的解释，马玉琴这才有些释然，但随即又说道："路主编想得很周到，但我觉得，稿子里还是不要提到这件事比较好……"

说着，她发出一声叹息，随即说出了一句令我无比震惊的话："毕竟……死者为大。"

"死者为大？"我察觉到马玉琴话里的深意，急声问道，"马老师，莫非林老师的前妻……已经死了？"

马玉琴轻轻点了点头："凯源认识我的时候，其实已经结婚了，还生了一个儿子。当时他很坦诚地对我说过，这段婚姻是父母包办，那个女人又没什么文化，因此他们过得并不幸福，更谈不上有什么共同语言了。认识我半年后，凯源就从那个家里搬了出来，在美院附近租房子住。"

"林凯源有一个儿子！这就对了！"听到这话，我心里的狂喜已经冲出了天际，急忙又问道，"这些年，林老师和他们还有联系吗？"

马玉琴摇了摇头："和凯源离婚之后，那女人很快就去世了。至于他儿子，后来也没了音信。"

"原来如此。"我若无其事地点点头，心里却激动得像有火在烧，脑子也开始快速运转——

"我果然没有猜错，林凯源之前的确结过婚，而且还生了一个儿子！

"这说明，那幅画上的内容，就是林凯源自己的真实经历！也难怪看到画面变化后，他会受这么大的刺激。

"接下来要搞清楚的，就是那幅画的作者了。显然，作者创作这幅画的动机，应该是要报复林凯源。但这个作者究竟是谁？"

而对于这个问题，我心里已经有了模模糊糊的答案。

想到这里，我又开口道："对了，马老师，请问你认识一位名叫圆子的画家吗？"

"圆子？"马玉琴一愣，显然这个问题有些出乎她的意料，皱眉想了好一会儿，她才应道，"我印象里好像不认识……"

闻言，我并不气馁，换了个方式又问道："那么，之前林老师买了一幅名叫《空间》的油画，这件事你知道吗？"

马玉琴再次摇头："凯源不仅是画家，也很喜欢收藏艺术品。只要是自己喜欢的，他就会买回来放在工作室。至于他买的是什么，我就不太清楚了，也从来不管。"

谈话进行到这里，我已经提出了所有问题，并且获得了远远超出预期的收获。

于是，我笑着站起身来，朝马玉琴伸出了手："马老师，在今天这样一个特殊的日子，你还能接受我的采访，真的非常感谢。"

马玉琴也站起来，和我轻轻握了一下手，有些勉强地挤出一个矜持的笑容：“哪里，路主编，应该是我感谢你才对。”

我也点点头，转身和她一起朝门外走去。

马玉琴并不知道，就在从座位到门口的过程，我已经决定再放出一个“大招”……

## 12

来到会议室门口，我假装又想起了什么，突然发问道：“对了，林老师突然去世，他的财产是怎么安排的？你这么多年含辛茹苦，可别便宜了他儿子……”

看到我一脸嚼舌根的表情，马玉琴不禁一愣，随即就察觉到了我话里的深意。

她苦笑了一下，说道：“多谢路主编关心。三年前刚回国的时候，凯源的遗嘱就立好了——他还没卖出去的画作，都作为工作室的资产，由小朱和小李负责运营，所得的收入工作室和我平分；家里的几处房产归我；另外还有两千多万元的存款，他也分成了两半，一半给我，另一半……”

说着，马玉琴停了一停，眼里忽然闪过一丝尴尬。

看到她的眼神，我心里没来由地一震。

果然，她接下来说的话，印证了我的猜测：“家里的另一半存款，他给了和前妻生的儿子。但因为很久都没联系，他委托律师在他死后寻找这孩子，如果能找到，就把钱给他；如果没找到，就把钱捐给慈善机构……”

闻言，我一脸震惊，急声问道：“这么多钱都给了外人？马老师，你不觉得委屈吗？”

“委屈？”马玉琴摇了摇头，一脸严肃地答道，“订立遗嘱的时候，凯源就和我商量过。他说，因为自己追求梦想，这么多年并没有尽到一个父亲的责任。对这一点，他觉得我能理解。他是了解我的，没错，我不仅能够理解，而且支持他这样做。”

说这番话时，马玉琴的神情平静而坦然，语气也平和自然，没有一丝装腔作势。

看着马玉琴的脸，我不禁生出一丝敬意：“当年，马玉琴闯入林凯源的生活时，扮演的角色并不光彩。但不能否认的是，如果她这些话是出自真心，那她毫无疑问是一个深明大义的女人……”

心里这么感叹着，我又问道：“马老师，那除了你之外，还有哪些人知道遗嘱的内容？”

对这个很隐私的问题，马玉琴并不设防：“除了凯源、我和工作室的代理律师老张之外，没有其他人知道。当然，既然凯源已经去世了，老张应该很快就会公布遗嘱的内容。”

我点点头，抬脚朝电梯走去。

马玉琴却没有跟上来，而是对我笑了笑：“路主编，下面人多，我想找个安静的地方自己静一静。”

说着，她的眼眶竟有些泛红。

“看来，马玉琴还是很伤心的。只是像她这样的人，在外人面前不愿流露真情罢了。”

我心里发出一声叹息，向马玉琴轻轻道了声“请保重”，转身快步钻进了电梯。

回到一楼大堂，我找了个僻静的地方，掏出手机快速编辑了一条文字信息，又从通讯录里调出长丰区公安局李局长的号码，悄悄发送了出去……

发送完信息，我长出了一口气：“现在，只要李局长回复就行了。如果我没有猜错的话，‘恶灵画作’的秘密就快解开了……”

这时，手机忽然响了。

低头一看，是朱莉打来的电话：“路主编，你和夫人聊完没？”

我应道：“刚聊完。”

“那正好，你先过来跟我们会合，等会儿我们一起吃个饭。”

我一听，急忙推托道：“和那些艺术家一起？算了吧，我最不擅长应酬这些……”

朱莉乐了：“不，就你、我和汉强几个人。追思会一结束，来宾就回去了，工作室不包伙食。”

闻言，我这才有些释然，于是点头道：“那行，你们在哪儿？我这就过去……”

几分钟后，我来到林凯源的作品展区，找到了朱莉和李汉强。

此时，来宾们已经参观完，三三两两地结伴离开。

等了约莫半小时，来宾全部离开后，朱莉和李汉强召集了工作室其他员工，开始把价值不菲的林凯源作品收集起来，重新运回安保严密的库房。

当天中午十二点半，他们忙完了手里的活，拉着我来到工作室附近的一家川菜馆。

朱莉点了一些家常菜，随后几个人就有一句没一句地先聊起来。

可能是因为追思会很成功，今天朱莉显得很轻松，主动发问道：“路主编，今天和夫人聊了什么？”

我笑笑：“也没说什么，就是聊了一下她和林老师的情史。”

朱莉也笑了：“哟，好浪漫的话题啊，你这篇稿子就想写这个？”

“对。”我点点头，看了看朱莉美丽的脸，又瞥了一眼正在埋头喝水的李汉强，心里忽然冒出一个鬼点子。

于是，我笑着问二人：“二位，你们觉得，林老师究竟是怎么死的？”

面对这个突兀的问题，朱莉和李汉强同时一愣。

良久，朱莉才犹豫着说：“怎么死的？林老师不是自杀的吗？”

李汉强也帮腔道：“对啊，警察不都说了，林老师是自杀的吗？”

我笑笑，随即放出了一个“大招”——

“林老师之所以突然死亡，不外乎自杀或他杀两种可能。但不管是哪一种可能，他的死都和那幅画有关。

“如果是他杀，凶手为什么要费尽心机、故弄玄虚地整出这么一幅‘恶灵画作’？这样做的目的是什么？

“如果是自杀，那么这幅画很可能就是刺激林老师自杀的主要原因。

那么新的问题又来了—— 究竟是谁画了这幅画？这个作者又是怎么知道林老师的过去的？”

面对我的一连串疑问，朱莉和李汉强面面相觑，一脸的不知所措。

愣了好一会儿，李汉强才试探着说道：“路主编，如果林老师真是自杀，那么你刚才说的这些还有意义吗？”

“当然有。”我笑容依旧，语气却严肃起来，“这幅画，记录了林老师过去的‘大恶’—— 如果林老师自杀是因为受到了画面内容的刺激，那么这幅画的作者，自然也就犯下了教唆他人杀人或自杀的罪行。”

此话一出，李汉强面色一紧，低声嘟囔道：“这么诡异的画，说不定里面真的有恶灵呢。”

闻言，我发出一声轻哼：“李助理，你对我是不是有什么误会？你觉得我一天到晚调查超自然事件，就应该相信这样的事？你可能还不知道，根据我这么久的经验，有的事情越是超自然，往往背后就越是人在捣鬼。要不怎么说，‘鬼’是存在的，只是住在人的心里。”

听到我这番话，李汉强陷入了沉默。

这时，朱莉接过了话茬：“路主编，那接下来该怎么做？”

我面色一沉，闷声道：“怎么做？当然是找出这幅画的作者，弄清楚他这么做的目的，究竟是什么。”

朱莉的俏脸上闪过一丝兴奋：“怎么找？”

我高深莫测地笑道：“两天之内，应该就会有答案。”

## 13

吃过饭，我告别朱莉和李汉强，回到了编辑部。

刚进门，就接到了总编室编务秘书小胡的电话：“路哥，你到哪儿去了？之前那篇展览的稿子，领导很不满意，正在满世界找你呢……”

我满不在乎地说：“一篇熟人稿，有必要这么认真吗？你转告领导，两天之内，我交一篇绝对劲爆的大稿子给他！”

“我就知道路哥最厉害了！”小胡的语气变得有些花痴，随即又坏笑起来，“对了，今天下午三点，集团采编部门所有中层开会。路哥，你也要来参加哟。”

“又开会？”我心中一紧，立即开始叫苦，“妹子，我这还有正事呢，能请个假不？”

“当然可以请假——只要燕总他老人家同意。”小胡撂下这句，就挂断了电话。

我抬手看了看表，已经两点五十四了，于是只得悻悻地出门，到隔壁集团大楼开会……

开完会，已经快五点了。

“又浪费了我一下午的时间。”我满心牢骚地回到编辑部，沏了壶茶，又点燃支烟，开始梳理和“恶灵画作”有关的线索。

在脑子里梳理完线索，我更加确信，“恶灵画作”事件很快就会真相大白。

抽完烟，我把烟蒂插进烟灰缸，靠在椅子上愣起神来：“现在该做的都做了，就等着李局长的证据了……”

可能是上午兴奋过度，我一边这么想着，一边靠在椅子上睡着了……

不知过了多久，我被一阵尖锐的电话铃声惊醒。

一看时间，已经晚上九点多了。

“好家伙，竟然睡了这么久……”我睡眼惺忪地嘟囔道，抓起手机一看，发现是李局长的电话。

我立马按下了接听键：“喂，李局，有收获了？”

李局长的声音传来：“路老弟，你这是要老哥我限时破案吗？帮你小子办个事，催得比市局领导还急……你让我查的两件事，刚才都已经有结果了。你还别说，还真有收获！”

“查到什么了？”我噌地坐直了身子。

“我就一件一件地说吧。”李局假咳了两声，语气也变得严肃起来，“先说说林凯源的儿子吧。今天上午，你让我查一查他儿子的户籍信息。我就让户籍科的同志上网查了一下，你还别说，还真给找到了。”

“话说他儿子还真命苦。他原名叫林国强，七岁时父母离婚，他就和母亲相依为命。但不到一年，他母亲就去世了，林国强只能在亲戚之间辗转，吃起了百家饭。幸好，他后来遇到了一户好心人，把他收为养子，还供他念完了大学。因此，他也随养父母改姓了李……”

听到这个姓氏，我猛然间想到了一个人，于是急声插话道：“李局，林凯源的儿子现在叫什么？”

“路老弟，你脾气比我还急。”李局念叨了一句，说道，“收养林国强那家人姓李，他就改名叫李汉强了……”

听到“李汉强”三个字，我兴奋得跳了起来：“果然和我猜的一样！”

因为白天我已经把自己的推测告诉了李局长，因此听到我嚷嚷，他丝毫不觉得意外：“是是是，名记者路晓果然名不虚传。我们接着说第二件事……”

“按照你提供的线索，我们还调查了林凯源去年送过礼的那个心理医生。说来也扯，那家伙虽然是心理医生，心理素质却差得很。见到我们之前，他已经知道了林凯源的死讯，紧张得都快精神崩溃了。因此今天我们一上门，他立马就撂了，不仅坦白了他假借心理治疗之名，通过药物控制和催眠，诱导林凯源自杀的犯罪事实，还交代了他的幕后指使人……”

我忍不住插话道：“指使他的，就是李汉强？”

“对。”李局长朗声笑道。

见李局长气定神闲，我急了：“那你还等什么？还不快去抓人？”

李局长更乐了：“路老弟，你这不是小瞧我们吗？刚才一坐实李汉强的犯罪事实，我就已经派人出去了，相信这次一定可以找到他装神弄鬼、诱使林凯源自杀的证据！”

闻言，我总算松了口气。

这时，李局长又问道：“路老弟，林凯源无疑是自杀的。但在他的自杀背后，却潜藏着犯罪的阴谋。路老弟，你又是怎么发现这一切的？”

“因为凶手故弄玄虚，而我，又恰巧对这些故弄玄虚的事情特别注意。”我苦笑了一下，解释道，“之前你们调查林凯源案件的时候，并不知道‘恶灵画作’的存在，因此仅仅把调查重点放在了刑侦技术的层面。幸运的是，我偶然知道了油画的事，并把这幅诡异的油画和林凯源的自杀联系到了一起。要知道，像这样邪乎的事，其背后必定有更加邪乎的人性……”

“说得太好了，名记者果然名不虚传！”李局长由衷夸赞道，“行，等我们抓住了李汉强，再跟你通个气。”

我点点头，正想挂电话，忽然想起了什么，于是又补了一句：“哦，对了，因为林凯源的遗产划分问题，我怀疑李汉强可能会对林凯源的妻子马玉琴不利；另外，林凯源工作室的运营总监朱莉是李汉强的恋人，也有可能知情。”

“路老弟，又小瞧我了不是？”李局长朗声笑道，“林凯源的利益关系人，我们都已经安排警力盯上了，确保万无一失。”

听到这话，我悬着的一颗心也终于放了下来，道了声谢，挂上了电话。

因为案子有了重大突破，我只觉得浑身轻松，就连肚子也欢呼起来。

看看时间，已经十点二十了。

我决定去吃点儿东西，然后回家睡觉，第二天再问问李局对李汉强的审讯结果。

于是，我走出编辑部，慢悠悠地走向附近的好吃一条街。

行走在灯火阑珊的街道，我只觉得神清气爽，也不知道是因为轻抚过面颊的春风，还是因为案件即将真相大白。

来到好吃一条街，我挑了一家常来的烧烤摊，要了两串烤鸡心、一串辣酱五花肉、两串花枝鱿鱼和一瓶绿茶，准备好好解解馋。

身旁，几个年轻妹子正在七嘴八舌地聊天。

“你们听说了没，因为老六帮阿珍抄作业的事，阿花把老六甩了。”

“老六长得一般，个性也太老实，被甩也是天经地义的。”

“谁说的，我觉得老六挺可怜的，都怪阿花太小气。这女人的嫉妒心啊，杀伤力真是深不可测……”

听着妹子们叨叨，我一边在心里感叹“年轻真好”，一边继续等着我的菜上桌。

不一会儿，泛着油光的烤串端了上来，早就饿得前胸贴后背的我，立即大快朵颐起来。

吃完饭，已经过了十一点。

付完钱，我溜达着来到街边，拦了一辆出租车回家。

刚来到小区门口，我的电话又尖叫起来。

“谁啊，这大半夜的……”我嘟囔着，按下接听键。

耳旁，传来朱莉惊恐的声音——

“路主编，那幅画……又变了！”

## 14

“又变了？”我心中一紧，急声道，“又变成什么了？”

“你自己看……”朱莉应了一句，我手机上随即响起一声清脆的信息提示音——

“叮。”

一幅《空间》的最新照片传送了过来。

我急忙低头一看，画面上的内容果然再次发生了改变——

画面上，墨蓝色的天空中，群星依然在闪烁。

上一幅画面中的八层小楼，仍旧屹立在满天繁星下。

但不同的是，小楼灯火通明的窗户里，已经没有了人。

而在小楼外，一个黑漆漆的人影正行走在茂密的树林间，人影手里还提着一个硕大的行李包……

看到那幅画，我脑子里猛然闪过一个念头：“李汉强在哪里？”

朱莉一愣，低声说：“今天下午，他说约了一个大买主，要商量一下过几天拍卖会的细节……”

“也就是说，从今天下午开始你就没见过他了？”我近乎吼叫起来。

朱莉显然也被我吓到了，声音也一阵颤抖：“对，从今天下午开始，他就没在工作室了……路主编，刚才警察也来找过他，莫非……你是在怀疑汉强？”

“对，我就是在怀疑他！”我发出一声咆哮，也不再解释什么，直接挂断了电话，又火速拨通了李局长的号码。

电话接通，我立即吼叫起来：“李局，你们抓到李汉强没有？”

李局长愣了愣，说道：“路老弟，我正想给你打电话，你就先找我来了……大记者消息可真灵通，刚才我们民警兵分两路，到林凯源工作室和李汉强家里找他，但都没找到……经过对工作室员工的询问，我们听说他约了客户，随即又联系那名客户，但对方说，压根儿就没联系过李汉强……”

闻言，我闷声应道：“李汉强是畏罪潜逃了？”

李局的声音也低沉起来：“按照现在的情况来看，很可能就是这样。目前，我已经安排民警调取了相关监控，同时给机场、火车站、汽车站发出了协查通报，争取在他离开本市前堵住他。”

说着，李局长沉默片刻，又自顾自地补了一句：“既然今天下午李汉强就逃了，那幅画怎么还在变呢？我可不相信，那里面真的住着‘恶灵’……”

李局长这话像是对我说的，又更像是自言自语。

但在我听来，却好像一声惊雷，震耳欲聋。

因为听到这句话的同时，我也猛然意识到之前被忽略的一个细节：“作为诱导林凯源自杀的工具，《空间》画面内容的改变一定是凶手捣的鬼。但李汉强已经潜逃，那幅画怎么还会变化？难不成……”

想到这里，我的心咯噔一紧：“难不成……李汉强不是幕后真凶？”

见我沉默，李局长也心领神会，接口道：“路老弟，你觉得有没有可能……凶手不是李汉强，又或者，凶手不止一个？”

我点点头，闷声说：“现在看来，的确很有可能。”

“看来，我还得加派人手，进一步扩大调查范围……路老弟，我们随时联系，你如果有什么进展，也及时跟老哥我通个气。”李局长语气凝重地嘀咕了一句，随即挂了电话。

放下电话，我的脑子嗡嗡作响，整个人就像掉进了冰窖。

在这种强烈的挫败感笼罩下，身旁灯火阑珊的高楼和远处来往奔驰的汽车，好像都变得模糊起来。

我头昏脑胀地回到家，蜷缩在客厅的沙发上，点燃一支烟吸了起来，努力让自己平静下来。

“如果真凶不是李汉强，又到底会是谁呢？”这个萦绕在心头的巨大疑问，很快就让我身心俱疲。

把烟蒂放进烟灰缸，我依然没有答案，于是只得愣愣地盯着天花板，不知不觉睡了过去……

第二天上午九点一过，我猛然惊醒。

翻身从沙发上坐起来，我只觉得喉咙像着了火，于是起身来到冰箱前，取出一听饮料，一仰头喝了一大半。

解了渴，我重新坐回沙发，掏出了手机。

手机上有两条未读信息。

第一条信息是李局长发来的：人还没找到，继续排查。

第二条信息是市文化艺术协会的张会长发来的：路主编，之前你想找的画家圆子已经有消息了。你空了回个电话，详聊。

“圆子？”看到这个名字，我整个人为之一振，急忙拨通了张会长的电话。

电话一接通，我立即急声问道：“张会长，画家圆子找到了？”

张会长不紧不慢地说：“路主编，我可是费了好大力气才找到的，你可欠我一份人情啊……”

我哪有心情和他扯这些，于是又重复了一遍之前的话：“张会长，圆子到底是什么人？这件事万分紧急，请你立即告诉我！”

听到我急切的语气，张会长也意识到这件事的严重性，于是正色道：“路主编，前天我就查找了我们协会三百多位会员的档案，并没有找到这个圆子。后来，我又请教了圈子里的好几个大腕，但就连他们也没听说过这位画家。当时我就琢磨，这个圆子要么是已经封笔，不再从事创作了；要么就是不在本市了……”

听着他东绕西绕老是说不到重点，我更着急了，急声吼道：“张会长，我的亲哥，你只需要告诉我，圆子到底是谁！”

闻言，张会长吞了一口唾沫，憨笑道：“马上就到重点了——后来，我又找来好些个德高望重的老画家，请他们回忆了一下，本市是不是出现过一个叫圆子的画家……没承想，还真被我问到了！一位教油画的老教授说，以前，他有一个学生的笔名叫圆子，不过这个学生自己已经不画画了，而是在学校里教人画画……”

听到这里，我整个人猛地一震，急忙问道：“那个老教授……是不是在河东美术学院工作？”

张会长一愣，随即笑道：“路主编，你怎么知道？”

“我……就是知道。张会长，你这次帮了我大忙，等改天空了，我请你吃饭！”我很敷衍地应了一句，就准备挂上电话。

张会长乐了：“吃饭就不必了，路主编如果觉得我这人不错，就多帮我们协会宣传宣传……”

我很认真地道了声“好”，随即挂了电话。

我点燃一支烟，又怀着无比激动的心情，拨通了李局长的电话：“李局，我知道谁是真凶了，请你立即派人控制住林凯源的妻子马玉琴！”

## 15

听到我的话，李局长一愣，急声问道：“林凯源的妻子是凶手？你有证据吗？”

我被他问得一愣，随即反问道：“从昨天晚上到现在，马玉琴的活动轨迹你们都掌握了吗？”

“当然，昨天我就说过，本案的利益关系人早就被我们盯上了。”李局长闷声道，“根据监控和民警的蹲点观察，从昨天晚上到现在，马玉琴一直在工作室……”

闻言，我长出了一口气：“那好，我这就过去——证据就在林凯源工作室！”

半个小时后，我来到林凯源工作室。

就见工作室大门紧闭，门口正停着三辆警车，一名民警正守在大门前。

我快步来到门口，还没开口，守门的民警就抢先说道："路主编，李局长正在八楼等你。"

我点点头表示感谢，快步钻进了大门。

来到八楼，我直奔画室，就见李局长、朱莉和马玉琴都在里面，旁边还站着八九个警察。

见我进来，朱莉动了动嘴唇，好像想要说什么，却一个字也没说出来。

马玉琴则朝我点点头，一脸的云淡风轻。

而那幅《空间》，依旧悬挂在画室墙上。

画面里，那座林间小屋屹立在满天繁星下，屋子里的一家三口仍然幸福美满。

盯着那幅温暖的画面，我心里却感到一阵阴冷。

"人都到齐了。"李局长看了看我，闷声说，"路老弟，开始吧。"

我点点头，拉了把椅子坐下，开口道："两位，今天请你们参加这个会，是因为我们已经发现林老师的真正死因……"

"真正死因？"听到这个词，朱莉的身子轻轻一抖，一双水汪汪的眸子里瞬间溢满了惊恐，"路主编，你是说，林老师果然不是自杀？"

"他是自杀，但也不全是。"我模棱两可地应了一句，随即又继续说道，"接下来，我想给各位讲一个故事。相信听了这个故事，你们就会明白，林老师到底是怎么死的……"

说着，我一脸神秘地朝朱莉和马玉琴笑了笑——

"很多年前，有一个少女。她不仅天生丽质，更拥有令人惊艳的绘画天赋。

"后来，她考上了河东美术学院，又邂逅了一个年轻的护林员。

"护林员不仅长相英俊，更令人心动的是，他和少女一样拥有得天独厚的绘画天赋，并且对绘画同样也有着远超常人的痴迷和执着。一来二去，少女就和护林员产生了情愫。

"但遗憾的是，护林员此时已经成了家，而且还有了一个儿子……对少女而言，要么挥剑斩情丝，另寻意中人；要么就只能横刀夺爱，争取小三儿转正。

“这时，护林员告诉少女，自己有一个梦想——那就是到国际艺术之都巴黎学习绘画。这又何尝不是少女的梦想？于是，她当即表示，愿意资助护林员出国留学，也愿意和他一起白头偕老。

“可能是因为护林员和他的妻子没有真感情，也可能因为少女的美貌、才华和殷实的家境太过诱人，护林员毅然决然地抛家弃子，和少女一起远赴法国，开始了一场浪漫的追梦之旅。

“在随后的很多年里，少女渐渐变成了少妇，又从少妇渐渐变成阿姨。但她心中不变的，却是对护林员的爱。为了这份爱，她放弃了另一份爱——对于油画艺术的爱！就这样一路走来，护林员功成名就，少女却成为丈夫背后那个默默付出的女人，在画坛上默默无闻。

“如果他们就这样白头偕老，这个故事也算是有了一个圆满的结局。但令人遗憾的是，护林员功成名就之后，却突然提出要给自己多年不见的儿子留一笔钱，而且这笔钱的数量和他留给少女的一样多。护林员做梦也没想到，就是这样一个决定，为自己招来了杀身之祸……”

说到这里，我缓缓停下，盯着马玉琴。

一脸震惊的朱莉，也圆瞪着一双大眼睛，看着马玉琴愣愣地说：“夫人，难不成是你……”

而马玉琴，则一脸冰霜地坐在椅子上，一动不动。

“朱小姐，我的故事还没讲完呢。”我笑了笑，继续说道——

“我们并不知道，听到这个消息的时候，少女内心经历了怎样的煎熬。但我们可以确定的是，当时她一定觉得，自己默默付出这么多，但护林员心里还惦记着那个和前妻生的儿子！莫非他爱的并不是自己，而是那个女人？如果真是这样，那么她的所有付出、她为了爱所放弃的一切，岂不是都打了水漂？

“越是这样想，少女越生气，渐渐陷入了一种歇斯底里的狂怒……于是，她决定，既然付出真爱却没有回报，那就捞一些实实在在的好处，也可以顺便出一口恶气。

“做出这个决定后，她动用一切关系，找到护林员失散多年的儿子，并重新挑起了男孩对自己父亲抛家弃子的仇恨。随后，少女把他安排到护林员身边。经过三年的准备，护林员的儿子逐渐获得了父亲的信任，少女复仇的时机也终于成熟。

“几个月前，少女展开了复仇。凭借对护林员的了解，她知道丈夫乐善好施，是因为笃信神佛鬼怪，于是就决定利用这一点。首先，她再次拿起画笔，按照当年护林员和妻儿生活的场景，绘制了一幅油画，取名《空间》。我猜，之所以取这个名字，是因为少女即将给护林员营造一个‘死亡空间’吧……

“随后，她又通过某种方法，让护林员看到了自己的这幅作品。作为当年的油画天才，少女的画作精准地勾起了护林员心灵深处的某种回忆，让他想起了当年老婆孩子热炕头的温馨。正是这种温馨，让护林员买下了这幅画，并把它挂在了画室的墙上。

“接下来，少女又画了四幅画，分别展示了护林员抛家弃子、前妻死亡、灵魂化成厉鬼前来索命的故事情节，每隔一段时间，就让护林员的儿子把这些画替换到画室的墙上，有意让别人看到后，再偷偷把原画换回去，以此来营造画里住着‘恶灵’的假象，用来扰乱护林员的心智。

“同时，她又让护林员的儿子教唆自己父亲，去接受心理医生和风水大师所谓的‘治疗’，并授意心理医生通过催眠和药物控制等方法，不断从心理和生理上对护林员进行诱导，最终迫使他相信‘恶灵’来找自己索命的假象，在惊恐和愧疚中选择了自杀。当然，出面执行这一切，并不是少女自己，而是由护林员的儿子代劳……

“现在，护林员已经自杀，她只需要处理掉作为替罪羊的护林员的儿子，营造出他畏罪潜逃的假象，就能获得丈夫的全部遗产。”

说到这里，我再次停了下来，默默地盯着马玉琴。

这时，朱莉却似乎察觉到了什么，突然插话道：“路主编，你刚才说护林员的儿子……莫非就是汉强？”

我转过头，看着她美丽而惊愕的脸，默默点了点头。

朱莉一愣，沉默几秒钟后，随即爆发出一阵歇斯底里的尖叫：“你是说，汉强是林老师的儿子？还……还参与了杀人案？不……这不可能！”

见状，李局长急忙朝两名女警使了个眼色。

两名女警立即走过来，把朱莉带出了画室。

我一脸怜悯地看着她离开，轻轻叹了口气，随后又转过头，盯着马玉琴一个字一个字地说："马老师，我说的故事，你觉得熟悉吗？"

面对我咄咄逼人的提问，马玉琴依然不动声色，只是发出一声冷笑道："路主编，你刚才说的'恶灵画作'，我可是第一次听说。听你话里的深意，凯源是被我谋杀的？没错，你的故事很精彩，但可惜口说无凭……"

此话一出，众人的目光又聚集到我身上。

"马老师果然是见过大风大浪的，心理素质很高啊。"我打了一句哈哈，反问道，"请问马老师，你开车吗？"

面对这个貌似平常的问题，马玉琴却下意识地面色一紧。

看到她的反应，我心里立马有了底，坏笑着说——

"《空间》每次发生变化，都是在深夜十一点之后，第二天又会悄悄变回来。按照这个规律，昨天晚上《空间》发生了最后一次变化。这说明，一定有人替换了画面，完事后又把原画换了回来。"

"据我所知，你在工作室没有办公室。而从昨天晚上到现在，你一直都在这里。那么，问题就来了——被你替换下来的画，究竟藏在哪里了？"

说着，我忽然话锋一转："既然在工作室，你没有藏画的地方，那么被替换下来的画一定还藏在你的车里！"

听到这句话，马玉琴浑身一颤，随即低下头不说话了。

见状，李局长立即安排了两名警察，下楼去检查马玉琴的汽车。

几分钟后，两名警察回来了，手里还提着一幅被塑料布包裹的画卷。

把那幅画展开一看，果然就是昨天晚上朱莉发给我的画面。

这下，我更加十拿九稳，再次发问道："李汉强还活着吗？"

见证据确凿，马玉琴终于放弃抵抗，默默点了点头："昨天下午，我把他骗到了家里，用药放倒了他。本来，我是准备等这里的事情了结之后，再到野外下手的……"

听到李汉强还活着，我长长地出了一口气。

这时，李局长却黑着脸，说道："马玉琴，你明明都已经身家千万，为什么还要做出这样的糊涂事来？你害了自己丈夫性命，还把李汉强拖下了水，就连你自己现在也要接受法律的严惩。你这么做，究竟是为什么啊？”

面对李局长这个问题，马玉琴眼圈一红，却一个字也没回答。

而我脑子里，却悄然飘过了答案。

那是昨天在烧烤摊上，听邻座妹子说过的一句话：“这女人的嫉妒心啊，杀伤力真是深不可测……”